로크미디어가
유혹하는
재미있는 세상

ROK
MEDIA
로크미디어

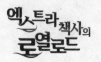

엑스트라 책사의 로열로드 10

2023년 4월 19일 초판 1쇄 인쇄
2023년 4월 24일 초판 1쇄 발행

지은이 mensol
발행인 강준규

기획 이기헌 왕소현 박경무 강민구 조익현
책임편집 이정규
마케팅지원 이원선

발행처 (주)로크미디어
출판등록 2003년 3월 24일
주소 서울시 마포구 마포대로 45 일진빌딩 6층
Tel (02)3273-5135 **Fax** (02)3273-5134
홈페이지 rokmedia.com **E-mail** rokmedia@empas.com

ⓒ mensol, 2022

값 9,000원

ISBN 979-11-408-0730-7 (10권)
ISBN 979-11-354-8160-4 04810 (세트)

엑스트라 책사의 로열로드

mensol 퓨전 판타지 장편소설

Contents

1장

쏴아아아!

새벽부터 내리기 시작한 비는 동이 틀 무렵 호우로 변해 있었다.

측근들을 이끌고 왕궁 내를 걷고 있던 조셉은 창밖을 보곤 표정을 찌푸렸다.

"라일란드 재상이 피습됐다는 게 정녕 사실이냐?"

"그렇사옵니다. 재상의 집무실은 난장판이 되었고 재상의 모습도 사라졌다고 합니다."

"그런 짓을 하다니! 란디스 형님……!"

라일란드 재상은 선왕이 발탁한 자로서, 무려 40년간 국정 운영에 관여해 오던 이였다.

국가 원로 중의 원로인 셈. 하여 조셉도 섣불리 그를 어떻게 할 수가 없었고, 그럴 필요조차 없었다.

재상은 정치적 중립을 선언하며 왕위를 계승한 자에게 국정 운영을 넘겨줄 거라 확언했으니까.

그랬던 게 최근 문제가 생겼다.

재상이 돌연 왕위 계승을 촉구하며 7일 후 왕위 결정을 위한 논의와 조정을 제시한 것이다.

그리고 그 자리에 본인이 참석해 힘을 행사할 것임을 암시했다.

이에 조셉은 당황하면서도 좋은 기회라 생각했다.

상황이 지지부진했던 건 사실이기도 했고, 무엇보다 그 자리에서 란디스를 몰아붙일 자신이 있었다.

란디스는 책보다 검을 휘두르기를 좋아했던 막무가내. 그런 사람에게 자신이 논의에서 밀릴 거라곤 생각하지 않았다.

'그렇게 될 걸 알고 재상을 죽인 거군! 한심한 사람!'

뭐가 됐든 이건 란디스 왕자의 강력한 메시지였다.

재상을 죽였다는 건 다시 말해 온화한 방법으로는 왕위 계승전을 끝내지 않겠다는 것이었으니까.

당장 오늘부터 일이 벌어질 수도 있는 만큼 조셉은 새벽임에도 바쁘게 움직이고 있었다.

그는 문득 떠올랐다는 듯 측근에게 묻는다.

"그러고 보니 재상은 루크가 지키고 있지 않았나?"

"예, 루크레치아 아카샤 경도 행방이 묘연한 상황입니다. 현장 부근에서 그녀의 근위대 휘장이 떨어져 있는 것을 확인했다고 하니, 그녀도 습격을 받았다고 사료됩니다."

"바보 같은 녀석. 나를 따랐다면 목숨을 보전할 수 있었을 것을."

"한 가지 마음에 걸리는 게 있사옵니다만……."

"뭐지?"

"로자 공주님이 라일란드 재상과 아카샤 가문을 이용해 왕위에 앉으려 하는 게 아니냐는 첩보가 있었습니다. 재상이 피습당한 것도 이러한 맥락에 있는 게 아니냐 하는 이야기입니다만."

"낭설이다. 로자는 그런 일을 벌일 애가 아니야."

그들이 향하고 있는 곳은 왕좌가 위치한 알현실이었다.

왕위 계승이 온화한 방법으로 끝날 수 없게 된 이상 승리 조건은 간단했다.

왕궁을 완전히 점거해 반대 세력을 제압하고 왕좌를 차지하는 것.

그러기 위해서 조셉도, 란디스도 암암리에 전력을 왕궁 안에 잠입시키고 있었다. 알스가 침투시킨 스파이들도 이때 함께 들어온 것이다.

"알현실 부근의 상황은?"

"근위대가 문을 지키고 있습니다. 란디스 왕자가 진입을 시도한 정황은 보이지 않습니다."

"근위대는 몇 명이나 있지? 아니…… 내 눈으로 직접 봐야 겠군."

그렇게 알현실의 입구로 향한 조셉은 운명적이게도 란디 스와 마주쳤다. 란디스도 일파를 이끌고 알현실을 보러 온 것이다.

"조셉……!"

"형님."

눈을 마주한 둘 사이에 험악한 분위기가 흘렀다. 측근들은 당장이라도 칼을 뽑아 들 것처럼 살기등등했다.

그때 돌연 란디스가 호통을 쳤다.

"네 이놈──!!"

그 호통에 조셉 일파는 물론이고 란디스의 측근들조차 움 찔했다.

왕국 최강의 전사라는 평가를 받을 정도로 무예에 출중한 란디스가 오러를 담아 소리치자 그 위세가 어마어마했다.

"재상을 습격하다니, 제정신이냐! 라일란드 재상은 아버 님의 파트너이자 둘도 없을 친우였다! 그런 사람을 단지 방 해된다고 생각하여 죽이다니! 감히 프라우드 형님을 살해 했을 때부터 알고는 있었지만, 정말 피도 눈물도 없는 놈이 구나!"

조셉은 기가 찰 뿐이었다.

"재상을 죽인 건 형님이시겠죠. 이틀 뒤에 있을 논의에서 제게 이기지 못할 거라 생각하고 일을 벌이신 것 아닙니까?"

"뻔뻔한 놈!"

"뻔뻔한 건 형님입니다."

조셉은 으르렁거리듯 란디스를 위협했다.

"제발 자중해 주십시오, 형님. 이건 경고입니다만. 만약 형님께서 선을 넘어 로자까지 건드린다면, 저는 이성을 잃어 버릴지도 모릅니다. 왕위를 이은 뒤 형님을 어떻게 대할지 모른다는 겁니다."

"내가 할 소리다. 네놈이 로자를 해하려 한다면, 나는 단칼에 네놈의 목을 쳐 버릴 거다."

역시 대화로 해결할 단계는 끝났다. 그렇게 확신한 양측은 자연스럽게 무기의 손잡이에 손을 가져갔다.

그러나 그때였다.

헐레벌떡 뛰어오는 부하. 조셉과 란디스 양측 모두에게 그 정보가 전해진다.

"뭐라고!? 왕궁의 정문이 습격당했다니!"

"그게 사실이냐!"

애쉬와 루크레치아가 이끄는 200의 병력이 왕궁의 정문을 습격. 애쉬는 왕궁 경비대를 모조리 구속하고 기절시킨 뒤 홀연히 자취를 감췄다.

그로 인해 조셉과 란디스는 같은 결론을 내린다.

'란디스 형님이 왕궁 내에 병력을 진입시켰구나! 오늘 일을 끝내기 위해서!'

'조셉이 병력을 들여보낸 거군! 오늘 안에 승부를 보려는 거야.'

당장 새벽에 재상을 습격한 사건이 있었으니 그렇게 생각할 수밖에 없었다.

거기까지 생각이 미치자 그들은 허둥지둥 대치를 끝냈다. 여기서 이럴 새가 없었던 것이다.

조셉은 서둘러 왕궁 내 거처로 돌아와 측근들과 회의에 들어갔다.

"외부에 있는 병력을 어서 왕궁으로 끌어들여야 한다! 외부에 있는 두텍에게 전해라!"

그리고 이건 란디스도 마찬가지였다. 란디스도 도시에 준비시켜 놨던 병력을 급히 왕궁 안으로 진입시키려 한다.

이로 인해 병력들끼리 중간에 마주치면서 시가전이 발생. 발이 묶이는 결과가 되면서 조셉과 란디스 두 세력의 어떤 병력도 왕궁으로 들어오지 못하게 된다.

습격을 끝내고 몸을 숨기고 있던 애쉬는 시가전을 벌이고 있는 양 세력의 병력을 보며 조소했다.

반면 루크레치아는 눈을 크게 뜨고 있었다.

"서, 설마 웨이드는 이렇게 될 것을 예측하고 정문을 습격하라고 한 건가요?"

"당연하지. 녀석이 누구라고 생각해? 아, 루크 넌 모르겠네."

루크레치아는 애쉬의 반말에 살짝 울컥했으나 어떻게든 참아 냈다.

"실력 있는 장군이라고 얘기는 들었어요."

"누구한테?"

"본인에게 들었습니다. 그 이후 메이센이나 비스케타 씨에게도 얘기를 들었습니다만. 역병을 이용해 몇만의 대군을 괴멸시켰다느니, 첫 번째 전쟁에서 상대 대장군을 죽였다느니, 워낙 과장스러운 얘기들이 많아서⋯⋯."

"과장이 아니야. 그거 다 사실이거든. 나도 개한테 덤볐다가 깨진 적이 있어."

"당신이 말입니까⋯⋯?"

"나 같은 건 상대도 안 됐어. 뭐, 정면으로 붙은 건 아니긴 하지만 어찌 됐든. 녀석은 장군으로서 나보다 몇 수는 위에 있지."

루크레치아는 조금 전의 습격 작전을 통해 애쉬의 지휘력이 어느 정도인가를 피부로 느끼고 있었다. 그런 애쉬가 이런 저자세로 나오다니.

"용병 웨이드라고 하면 다들 난리가 났을 정도라고."

"허……."

이젠 루크레치아도 믿을 수밖에 없었다. 믿고 싶었다. 그래야 이번 계승전을 승리할 수 있을 테니까.

"한데 웨이드는 어째서 병력을 진입시키지 않고 있는 건가요? 우리 병력을 왕궁에 진입시키려면 저들이 싸우고 있는 지금이 적기가 아닙니까?"

"그건 그렇지만……. 아무래도 녀석은 제3의 세력이 있다고 생각하는 것 같아."

"제3의 세력……?"

"정확히 말하면 재상이랑 루크, 널 습격한 세력을 말하는 거지."

"……!"

루크는 자신을 습격한 세력이 필히 란디스나 조셉 둘 중 하나라고 생각했다.

"그게 아니라면……?"

"나도 자세히는 몰라. 어쨌든 우리는 그 3세력의 병력이 왕궁으로 진입하려고 할 때 그 옆을 찌를 거야."

"그렇기에 이곳에서 매복을 하고 있는 겁니까!"

"맞아. 양쪽에서 일시에 협공하기 위해서지. 그렇게 허리를 끊어 적을 혼란시킨 뒤엔 왕궁으로 진입해라. 그게 알스의 지시야."

꿀꺽! 루크는 등골을 타고 오르는 소름에 몸을 떨었다.

생각 이상으로 치밀한 작전.

작전이 개시되기 직전조차도 유유자적하게 아기랑 놀고 있던 알스가 여기까지 계산을 해 놨을 줄은 꿈에도 생각지 못했다.

루크는 승리를 예감했다. 이 작전이 실패할 것 같지는 않았으니까.

그러나 애쉬의 표정은 밝지 못했다. 루크가 이에 대해 묻자 애쉬는 입맛을 다신다.

"작전의 성패는 애초에 우리한테 달려 있지 않거든."

"그 말은……?"

"그 로자 공주인지 뭔지를 탈환하지 못하면 아무런 의미가 없어. 그러니 저쪽이 잘해 줘야 할 텐데…….."

쿠르르릉, 쾅! 심해지는 빗줄기. 애쉬는 걱정스러운 얼굴로 왕궁 쪽을 바라보았다.

그러더니 곧 무언가를 결심한 듯 고개를 끄덕인다.

시간은 오전 5시가 넘어가며 동이 틀 무렵을 훌쩍 지나 있었지만, 먹구름과 빗줄기로 인해 날은 여전히 어두웠다.

로자 공주 탈환 작전을 실행하고 있던 리노아 일행은 은밀하게 왕궁을 누비며 수색을 진행하고 있었다.

"이곳이에요."

왕궁에서 시녀로 일한 경험이 있는 에리나는 능숙하게 일행을 인도했다. 일차적인 목적지는 로자 공주의 방.

여기에 로자가 있어 줬다면 일이 편했겠지만 방에서 로자의 모습은 찾을 수 없었다.

리노아는 입술을 앙 깨문다.

"일이 귀찮게 됐네요."

로자 공주를 구속만 할 생각이었다면 그냥 방에 놔뒀을 것이다. 굳이 납치를 했다는 건 로자를 통해 무언가를 얻고자 한다는 뜻이다.

"보나 마나 배후를 캐내기 위해서일 겁니다."

안두하가 가볍게 방을 수색하며 말한다.

"로자 공주님의 입이 가볍다고 생각할 수는 없지만 그분도 연약한 여성. 고문을 당하면 버티지 못할 겁니다. 또는 상대에게 흑마법사가 있다면 정신계 마법을 사용할지도 모르지요. 즉, 우리 브랜포드 가문이 관여됐다는 것도 곧 알려질 겁니다. 혹여나 일이 잘못된다면……."

브랜포드 가문은 멸문지화를 당한다.

리노아는 불길한 얘기를 하는 안두하를 나무랐다.

"웨이드도 그걸 알고 곧바로 작전을 시작한 거예요. 게다가 도를 모르는 자들이라고 해도 함부로 로자 공주님을 해하려 들진 않을 겁니다."

그런 반면 라일란드 재상은 다르다. 괜히 알스가 재상의 생존 확률을 낮게 본 것이 아니다.

"어쨌든 이곳에 공주님이 없는 이상 다른 곳을 찾아봐야 해요."

리노아의 주도하에 로자 공주의 수색이 진행됐다.

그 과정에서 조셉, 란디스 일파는 물론이거니와 알스가 말한 제3세력에도 들켜선 안 됐기에 수색은 빈말로도 매끄럽다 할 수 없었다.

오전 6시가 지날 때까지도 수색에 진전이 없자 리노아는 초조한 한숨을 토해 냈다.

"에리나, 당신은 달리 짚이는 곳이 없나요? 숨겨진 비밀스러운 공간이라든가요!"

"비밀스러운 공간……."

에리나는 눈을 반짝였다.

"한 가지 짚이는 곳이 있긴 해요."

"어디죠!?"

"과거에 제가 왕궁에 전이됐을 때의 이야기입니다만……."

처음에 첩자로 몰려 감옥에 투옥됐던 에리나는 감옥만큼은 빠져나오기 위해 자신이 왕궁에서 일하기로 한 시녀라고 주장했다. 그 사실 관계를 확인하기 위해 어떻게든 감옥에서 나올 수 있었다.

"그때 어떤 방에 구속돼 있었어요. 다른 방들과는 달리 가

구들이 많지 않은 곳이었죠. 그런데 시녀로 일하기 시작한 뒤로 여러 방을 들어가 봤지만, 그 방을 다시 본 기억이 없어요."

"요인 구속을 위한 방이라는 건가요⋯⋯. 필히 출입하기 어렵게끔 길이 만들어져 있겠네요."

리노아는 눈을 꾹 감고 왕궁의 구조를 떠올렸다.

왕궁의 설계도 같은 게 있다면 단번에 알아낼 수 있었겠지만 당연하게도 왕궁의 설계도 같은 건 없다.

"⋯⋯혹시, 거길 말하는 건가요."

왕궁에 구속당한 경험으로는 리노아도 지지 않았다. 한탄의 숲의 일 이후 한 달 가까이를 왕궁에 구속당했었으니까.

리노아는 당시 자신이 머물렀던 방들을 떠올리며 고개를 끄덕였다.

"생각났어요. 따라와요."

그 방으로 가기 위해선 별도의 계단을 올라가야 했다. 왕궁 내에 은밀히 숨겨진 구역이라고 할까.

공교롭게도 이곳은 조셉 일파, 란디스 일파 어디에도 속해 있지 않은 구역이었다.

그곳으로 빠르게 향하던 리노아는 턱! 자신의 손을 붙잡는 엘레나에 의해 멈춰 서야 했다.

"왜 그러는⋯⋯!"

"쉿, 앞에 사람의 기척이 있습니다. 둘, 셋⋯⋯! 모두 상당한 실력자들입니다."

"그렇담 더더욱 공주님이 이곳에 있을 가능성이 높다는 겁니다. 시간이 없어요. 강행 돌파는 가능한가요?"

"……"

엘레나는 적의 전력을 가늠해 보고는 가볍게 심호흡했다.

하나하나는 자신에 미치지 못하나 둘이 협공하면 쉽게 이겨 내기 어려울 것 같았다. 그것이 셋이라면 말할 것도 없다.

'첫 번째 기습으로 한 명을 처치하고 다른 둘과 대치하면 공주를 구할 시간을 벌 수 있을 거야.'

그렇게 결론을 내린 엘레나는 고개를 끄덕였다.

자신이 진입한 틈을 이용해 방을 수색하라는 뜻이었다.

"그럼 가겠습니다."

타닷, 탓! 바닥을 박차며 돌진하는 엘레나. 경계하고 있지 않던 상대는 엘레나의 갑작스러운 기습에 당황하고 만다.

"하앗!"

"으옷!?"

엘레나의 첫 번째 표적이 된 남자는 다급히 무기를 들어 방어하려 했으나 늦고 말았다.

콰콰콱! 머리는 방어했으나 심장에 한 방, 복부에 두 방이나 꿰뚫리며 치명상을 입고 만다.

'하나는 처리했어!'

엘레나는 나머지 둘에게로 주의를 돌렸다.

'좋아, 이 틈에 수색을……!'

그러나 그때 그녀의 등 뒤로 진득한 살기가 느껴졌다.

부웅! 쇄도하는 할버드.

"뭣……!?"

엘레나는 서둘러 몸을 돌렸으나 공격을 미처 피해 내지 못하고 쇄골 부근을 크게 베이며 중상을 입고 만다.

"크윽!"

엘레나는 경악으로 눈을 치떴다.

'말도 안 돼! 분명 심장을 꿰뚫었을 텐데……!?'

심장을 꿰뚫린 남자는 그럼에도 할버드를 휘둘렀다. 그것으로 모자라 상처조차 급속도로 회복되고 있었다.

"하하핫! 기습이라곤 해도 내 심장을 단번에 찔러 버릴 줄이야. 역시 바깥세상은 심심하지가 않다니까."

완전히 회복되는 상처.

남자는 비릿하게 웃었다.

"창잡이인가. 흥, 검은 같이 사용하지 않나 보군."

"……!"

그제야 에리나는 상대가 누구인가를 간파했다.

'알스 님과 겨루었던 그 죽지 않는 남자야!'

아티클을 등지고 부하 흑마법사들과 함께 연맹에 투신한 공포의 기사 커스버트.

그가 앞을 가로막으면서 리노아 일행은 위기를 맞게 된다.

에리나는 다급히 외쳤다.

"조심하세요! 저자는 어떤 상처든 회복해요! 처치하기 위해선 머리를 노리거나 마력을 공급하고 있는 흑마법사들을 처리해야 합니다!"

"……!"

엘레나도 당시 전쟁에 참여하긴 했으나 커스버트와 맞붙은 적은 없었다.

'그렇군, 저게 일라인을 괴롭혔다는 불사의 괴물!'

알스가 그 이야기를 하며 힘들었다고 했을 땐 나약한 소리를 하는 거라 생각했으나 직접 상대해 보니 생각이 달라졌다.

꿰뚫린 심장마저 회복할 줄은 그녀조차 예상하지 못했던 것이다.

"앙? 나를 아는 걸 보면 당시 전쟁에 참여한 녀석이 있나 본데."

커스버트는 에리나의 얼굴을 알아보지 못했다. 당시엔 드래곤의 힘으로 인해 외형도, 목소리도 변형이 돼 있었기 때문이다.

"흥, 누가 됐던 웨이드, 그놈이 아니라면 볼일은 없다. 죽어라!"

부상을 입은 엘레나는 극단적인 수비 태세에 들어가 있었다.

리노아는 선택을 해야 했다. 모 아니면 도 식으로 강행 돌파를 하느냐. 그도 아니면 일시 후퇴를 하느냐.

그러나 강행 돌파를 하기엔 방의 숫자가 셋. 그것들 모두를 수색하기엔 여유가 없었다.

'여기선 잠시 물러나서 상황을 보는 편이…….'

그러나 그때였다.

"누군가 왔나요!? 누가 있다면 이쪽으로 와 주세요! 부탁입니다! 라일란드 재상님이 죽어 가고 있어요!"

가장 안쪽의 방에서 들린 목소리였다. 그 익숙한 목소리에 에리나는 눈을 크게 뜬다.

"리노아 씨, 로자 공주님의 목소리예요!"

"크으……!"

로자 공주가 있는 것이 확실한 이상 뭐가 됐든 이곳을 돌파해야 했다.

그런 그녀들에게 엘레나가 소리친다.

"나머지는 내게 맡기고 방으로 진입하세요!"

"하지만……!"

"괜찮습니다!"

엘레나의 지시를 받고 무작정 방으로 돌진하는 일행.

상대 중 하나가 리노아의 목을 노리고 검을 휘둘렀으나 안두하가 가까스로 막아 낸다.

"하앗!"

쿵! 리노아는 마법으로 생성한 정밀한 공기 대포를 쏘아 문의 걸쇠를 파괴하고 방으로 진입했다.

"공주님, 무사하신가요!"

"리노아!? 에리나도!"

로자와 라일란드 재상은 나란히 의자에 묶여 있었다.

다른 점이 있었다면 재상은 피투성이인데 반해 로자는 멀쩡했다는 것 정도.

"재상님을 봐줘! 나를 감싸고 대신 고문을 받았어!"

리노아는 재상의 맥을 짚어 보더니 고개를 흔들었다.

"돌아가셨어요."

"그럴 수가……!"

"좌절하고 있을 때가 아닙니다. 어서 도망가야 해요."

하지만 도망간다고 해도 어디로?

지나왔던 출입구 쪽은 막혔다. 심지어 이변을 듣고 새로운 전력이 출입구 쪽을 포위한 채 달려오고 있었다.

남은 도주로는 창문밖에 없었다.

창밖으론 왕궁의 정원이 보인다.

'뛰어내리기엔 너무 높은데……!'

그때 엘레나 쪽에서 이변이 일었다.

"으아앗!"

"젠장! 이 망할 년! 열기를 다루잖아!"

일행이 방 안에 들어온 덕에 엘레나는 마음껏 힘을 방출할 수 있었다.

밀폐된 복도에서 그녀가 열기를 방출하자 커스버트를 비롯한 실력자들도 버텨 내지 못하고 거리를 둬야 했다.

"마법을 쏴! 열기를 밀어 내고 저년을 통째로 쓸어버리라고!"

마침 도착한 적의 지원 전력이 엘레나를 향해 마법의 집중 포화를 쏘아 내자 엘레나는 버티지 못하고 넝마가 되어 방으로 굴러 들어왔다.

"크윽……!"

엘레나는 피투성이가 된 채로 일어섰다. 적이 추격해 들어오지 못하도록 열기를 문 쪽으로 집중했으나 상대는 또 한 번 마법 세례를 퍼부을 준비를 하고 있었다.

리노아는 결단을 내릴 수밖에 없었다.

"뛰어내리겠습니다! 망설이지 마요!"

창문을 연 리노아는 가장 먼저 뛰어내렸다.

그 높이는 지상 6층 정도로, 떨어져 내리고 멀쩡하기는 힘들어 보였다.

그러나 그녀는 아카데미생 수준이라곤 해도 바람 속성을 다루는 마법사.

그녀는 바람의 힘을 이용해 낙하로 인한 충격을 최소한으로 줄였다.

그 후에는 하나씩 떨어져 내리는 동료들도 마법을 통해 받아 냈다.

"허억! 허억! 됐어요! 엘레나 씨도 어서……."

그때 쿠궁! 적의 마법 공격을 받고 실이 끊어진 인형처럼 창밖으로 추락하는 엘레나. 그대로 떨어졌다간 죽을 것이 분명했다.

리노아는 온 정신을 집중해 엘레나를 안전하게 받아 낼 수 있었으나 그 시간적 빈틈으로 인해 상대의 추격을 허용하고 말았다.

콰득! 커스버트는 아무런 안전장치도 없이 땅으로 뛰어내렸다.

그로 인해 양다리가 뒤틀리는 부상을 입었으나 그 부상은 곧 치료됐다.

그는 좀비처럼 일어서더니 리노아 일행의 퇴로를 틀어막았다.

그 뒤를 이어 다른 동료 둘도 각자의 노하우를 이용해 뛰어내리며 재차 포위되고 만다.

커스버트는 입꼬리를 올리며 비웃었다.

"수법이 너절하다고. 강행 돌파를 한 뒤에 창밖으로 뛰어내린다니, 고전적이잖냐."

쏴아아아! 거센 빗줄기가 더 이상의 희망은 없다는 듯 일행의 위로 쏟아졌다.

"열기 마법은 재밌긴 했지만 이런 환경이라면 그 열기 마법도 제대로 기능하지 못하겠지. 이제 끝이다. 너희들의 작전은 실패했어. 얌전히 포로가 되거나 저항하다 죽어라."

"……아뇨, 전혀 실패하지 않았습니다."

에리나였다.

그녀는 일행을 보호하듯 서서 말했다.

"이것 모두 그분의 계산대로이니까요."

"그분……?"

고개를 갸웃하는 커스버트. 그가 여유로울 수 있었던 건 그때뿐이었다.

파직!

"엇……!?"

커스버트는 동물적인 움직임으로 몸을 뒤로 날렸다. 그러기 무섭게 그가 서 있던 자리에 번개가 내리친다.

"번개술사!? 설마 넌 그때 그……!"

에리나는 문답무용으로 주문을 시전했다.

번개술사가 평소에 시전할 수 있는 번개는 기껏해야 세 번. 그러나 이런 날씨 상황이라면 얘기가 다르다.

마나 소모량이 1/10가량으로 줄어들며 시전 속도마저 비약적으로 상승하기 때문이다.

괜히 악천후에서 번개술사가 무적으로 불리는 게 아니다.

커스버트는 번개의 사정권에서 벗어나기 위해 부리나케 건물 안으로 뛰어야 했다.

몇 번 정도는 어떻게든 보호 마법으로 막을 수 있어도 그이상은 불가능하다.

"젠장!"

그의 회복력이 뛰어나건 말건 번개를 제대로 맞으면 그냥 죽는다. 머리를 보호한다는 개념이 없이 몸 전체가 숯덩이가 될 테니까.

"물러난다! 번개술사가 있으니 죽고 싶지 않다면 외부로 나가지 마라!"

상대가 부리나케 도망가는 모습을 리노아는 멍하니 바라보고 있었다.

"대, 대단해……."

"리노아 양의 덕분이에요. 창밖으로 안전하게 뛰어내릴 수 없었다면 의미가 없었을 테니까요."

"설마 이 상황 전부 웨이드가 설계한 건가요?"

"사실 그런 건 아니에요."

알스는 그저 에리나에게 위험할 땐 바깥으로 나와서 싸우라고 조언했을 뿐이다. 그러면 유리하게 싸울 수 있기도 하고, 번개를 보고 지원을 갈 수도 있으니까.

"그보다 로자 공주님도 되찾았으니 일단 물러나죠!"

"그러는 게 좋겠네요."

자리를 벗어난 에리나는 알스에게 보여 주기 위해 특대형 천둥을 내리쳤다.

이 천둥을 본 것은 알스뿐만이 아니었다.

왕궁에 있는 각각의 사람들이 이 번개에 놀라 주목하더니, 곧 심각한 얼굴로 제 갈 길을 가기 시작했다.

이 천둥은 마치 이번 왕위 계승전이 종반으로 접어들었음을 보여 주는 것 같았다.

서로 신경전을 벌이며 발이 묶인 왕궁 밖의 병력.

그들은 어떻게든 왕궁으로 진입하려 했으나 시가전이라는 특성 때문에 쉽게 움직일 수가 없었다.

매복이 용이한 시가전은 함부로 움직였다간 뼈도 못 추릴 수 있기 때문에 양측 모두 조심스러웠다.

이는 제3세력에게 있어 더할 나위 없는 호재였다.

조셉과 란디스의 병력이 신경전을 벌이고 있는 사이, 2천에 달하는 병력이 갑자기 나타나 왕궁 정문을 향해 움직이기 시작한 것이다.

어떻게 이런 병력이 갑자기 나타날 수 있었냐면 마찬가지로 시가전이기 때문이다.

병사들은 미리 건물에서 숨을 죽이고 숨어 있다 타이밍 좋게 빠져나왔다.

그들을 이끌고 있던 지휘관은 음흉하게 웃는다.

'멍청한 놈들. 거기서 그러고 있어라. 이 틈에 우리가 먼저 왕궁으로 들어가마.'

왕궁에 진입한 이후 문을 닫으면 게임 끝. 왕궁은 성의 형태로 돼 있기 때문에 농성에 용이하다. 정문만 제대로 지키면 다수의 병사들이 침입할 틈새는 없다. 조셉과 란디스의 병력이 힘을 합치는 게 아닌 이상 뚫릴 일은 없었다.

"어서 들어간다!"

그러나 그때 그들의 양옆을 타격하는 부대가 있었다.

"지금이다!"

쿵! 송곳처럼 찌르고 들어오는 애쉬의 부대.

이 갑작스러운 기습에 3세력의 병력은 혼란에 빠지게 된다.

"뭐냐! 어떤 부대가……!"

"대장님! 저들이 왕궁으로 진입하고 있습니다!"

"뭣!? 아, 안 된다! 들어가게 놔둬선 안 돼!"

애쉬는 알스의 지시대로 그들의 허리를 강하게 끊어 버린 뒤 물밀듯이 왕궁 안으로 들어갔다. 그러고는 왕궁의 정문을 닫아 버렸다.

이 모습을 본 조셉과 란디스 일파의 병력들은 발등에 불이 떨어져 매복이고 뭐고, 막무가내로 왕궁 방면으로 뛰었다.

"대, 대장님! 뒤에서 병력들이……!"

애쉬가 왕궁으로 들어가 문을 닫아 버리자 3세력의 병력은 낙동강 오리알 신세가 돼 버렸다.

정문은 막혔고, 뒤에선 헐레벌떡 양 일파의 병력이 몰려오고 있다.

그들은 졸지에 앞뒤로 포위가 돼 버린 것이다.

"이건 치밀한 작전이다! 누군가…… 다른 누군가가 개입하고 있는 거야! 어서 이 사실을 왕궁에 있는 사람들에게……!"

그러나 그런 여유는 없었다. 그들은 뒤에서 몰려온 양 일파의 병력과 치열한 전투를 벌여야 했다.

왕궁에선 바깥의 상황을 알기 힘들었다.

상황이 분 단위로 빠르게 진행되는 만큼 일일이 보고를 받고 움직일 시간이 없었기 때문이다.

애초에 아침에 있었던 애쉬의 습격 작전으로 인해 조셉과 란디스는 서로의 병력이 이미 왕궁에 들어와 있다고 착각하고 있었다.

"어, 어쩌지……."

조셉은 안절부절못하고 있었다. 란디스의 병력이 이미 왕궁에 들어와 있는 상태라면 당장은 밀리고 만다.

그는 자연스럽게 측근에게 시선을 돌렸다. 연맹과 연이 닿아 있는 귀족이었다.

그 귀족은 누군가와 심각하게 이야기를 나누고 있었는데, 조셉은 그 모습에 눈살을 찌푸렸다.

"이봐, 너는 뭐지? 처음 보는 얼굴인데."

"처음 뵙겠습니다, 왕자님. 브로큰 혼에서 급하게 파견된 페일이라고 합니다."

"오, 오오! 브로큰 혼에서!"

브로큰 혼은 상위 연맹 중 하나로, 조셉을 지지해 주고 있는 곳이었다. 그곳에서 급하게 사람이 왔다고 하니 조셉은 마음이 든든해지는 느낌을 받았다.

"그렇다는 건 지금 상황에 대한 대책을 가지고 왔다는 거겠지!"

"그렇습니다."

"어서 말해 봐라!"

그러나 측근 귀족은 조셉을 만류했다.

"잠시 기다려 주십시오, 왕자님. 아직 정말로 브로큰 혼의 소속이 맞는지 확인된 것이 아닙니다. 얘기는 그 신분이 확인된 후에 하심이……."

"지금 상황에서 무슨 느긋한 소리냐! 대략적인 것만 확인하면 되는 거잖나!"

그 대략적인 심문에서 문제 될 것은 발견되지 않았다. 그가 브로큰 혼의 내부 사정은 물론이고 일부 기밀까지도 술술 말했기 때문이다.

그 탓에 심지어 무리에 잠입해 있던 브로큰 혼의 끄나풀들조차 그를 간부 직속의 정보원 같은 거라 생각하고 의심하지 않았다.

이곳에 진짜 간부가 있었다면 가짜라고 발각이 됐겠지만, 간부들은 얼굴이 잘 알려진 만큼 이곳에까지 함께할 순 없었다.

괜히 들켰다간 연맹과 결탁을 하고 있다며 상대에게 책을 잡힐 테니까.

"왕자님, 지금이야말로 왕좌를 차지해야 할 때입니다."

"그 뜻은……?"

"보고에 의하면 왕궁 밖에서 란디스 일파의 병력과 우리들의 병력이 교착 상태에 빠져 있다고 합니다. 그렇다면 양쪽 병력들은 당분간 들어오지 못한다는 뜻! 그러니 그곳에서의 결과를 기다리기보단 먼저 치고 나가는 게 좋다고 사료됩니다."

"하, 하지만 오늘 아침 란디스는 왕궁의 정문을 습격하고 일정 수의 병력을 들여보냈다. 그 병력이 왕궁 어딘가에서 숨을 죽이고 있을 거야!"

"그 숫자는 얼마 되지 않을 겁니다. 왕궁 내에서 목격했다는 증언이 없다는 게 그 근거입니다."

"확실히, 많은 숫자가 들어왔다면 왕궁의 사람들이 보지 못했을 리는 없지. 다만 그렇다고 해도 백여 명 정도는 있다고 생각해야 한다."

"그 정도는 극복할 수 있사옵니다. 근위대를 포섭한다면 말입니다."

"근위대를?"

"예, 속전속결로 왕좌를 차지하여 근위대를 휘하에 둔다면, 란디스 일파를 몰아낼 수 있을 겁니다! 이후 밖에서 진입한 병력과 함께 왕궁을 점거하면 당신이 왕이 되는 겁니다!"

왕이 된다는 말에 조셉은 몸이 붕 뜨는 감각을 느꼈다.

"하지만 근위대가 나를 따라 줄까?"

"따라 줄 겁니다. 생각해 보십시오. 오늘 새벽에 란디스 왕자가 벌인 일을. 그는 재상을 습격하고 로자 공주를 납치했습니다! 그 과정에서 근위대 간부인 루크레치아 경을 비롯한 근위대원들도 공격을 했지요! 그러니 근위대가 란디스의 편으로 돌아설 일은 없다고 봐도 좋습니다!"

"과연! 과연 그렇군!"

전부 알스가 지어낸 이야기에 불과했지만 일의 앞뒤가 절묘하게 맞았던 탓에 조셉은 꼼짝없이 속아 넘어가고 만다.

그는 왕좌가 위치한 알현실의 점거를 위해 서둘러 이동을 개시, 이건 똑같은 간계에 당한 란디스 왕자도 마찬가지였다.

혼란을 틈타 왕궁으로 들어온 나는 에리나 일행과 합류했다.

"에리나! 괜찮아!?"

아까의 번개를 봤을 때 전투가 벌어졌음이 확실했기에 먼저 그녀의 안위를 확인했다.

"전 괜찮아요. 위험하긴 했지만요. 알스 님, 그자가 이곳에 있어요. 그 죽지 않는 남자가……!"

"으엑."

그 지독한 놈이 이곳에 있다고 하니 소름이 쫙 돋았다.

"그놈이……. 보나 마나 3세력 쪽이겠네."

커스버트를 포섭한 녀석은 아마 아티클의 뒤통수를 치고 드래곤을 뺏어 간 놈들이 분명하다.

그리고 그렇다는 건 그들이 프라우드 왕자 암살의 배후일 가능성이 굉장히 높다는 거다.

모든 일의 원흉, 흑막.

"그보다도……."

엘레나가 넝마가 되어 치료를 받고 있었다. 목숨에 지장은 없는 상태였지만, 가슴께에 입은 상처는 두고두고 흉터가 될 터였다.

"면목이 없군요. 자신 있게 소리치고 이런 꼴이라니."

"버틴 것만으로도 용합니다."

"훗, 일리야 안페이였다면 달랐을 거다. 그렇게 생각하겠죠."

"그런 거 아니니까 자책하지 마요."

위로를 해 주고 싶었으나 그럴 새는 없었다.

마침 왕궁에 진입한 애쉬가 내 쪽으로 달려온 것이다.

"야, 금발 양아치!"

"지금은 우리밖에 없으니까 그런 이상한 별명은 안 써도 돼. 작전은 잘됐어?"

"당연히 잘됐지, 누가 지휘했는데! 적은 지금 정문 앞에서 누가 누군지도 모른 채 싸우고 있어."

"루크레치아는? 안 보이는데."

"그녀한텐 내가 따로 작전을 하나 명령했어."

"작전?"

"별거는 아니고, 그냥 가능하면 좋을 것 같은 작전이 있었 거든. 뭣하면 지금 취소해도 상관없어."

작전 내용을 들어 보니 괜찮을 것 같았다.

"이제 왕자들이 알현실 점거를 위해 움직일 시간인가. 하나부터 열까지 전부 다 네 계산대로 가는 걸 보면 소름이 돋는다고."

"이제부터가 진짜야."

로자 공주 탈환 과정에서 벌집을 들쑤시고 말았다. 그로인해 3세력도 우리의 존재를 알고 경계하게 됐겠지.

뭐가 됐든 그들을 전면으로 끌어내야 했다. 그러기 위해 조셉과 란디스를 알현실로 모은 것이었다.

알현실을 점거하기 위해 움직인 조셉과 란디스는 이번엔 알현실 내부에서 대치를 했다.

300명가량의 부하를 대동한 그들은 대놓고 무기를 빼 든 채 으르렁거리고 있었다.

"멍청하구나, 조셉. 감히 내 앞에서 무기를 빼 들 줄이야."

"형님이야말로."

둘은 계속해서 비어 있는 왕좌를 곁눈질했다. 상대를 제압하고 왕좌에 앉을 수 있으면 그걸로 왕이 된다.

그렇게 생각하니 좀이 쑤신 것이다.

그건 성질이 급한 란디스 쪽이 더 심했다.

"가타부타할 것 없이 결판을 내자! 감히 이 몸에게 대항할 자 누구더냐!"

란디스는 전면에 나서 호통을 쳤다.

이에 대응하듯 조셉의 측근인 키로스 가문의 호위 넷이 앞으로 나섰다.

란디스는 조소한다.

"키로스의 개들인가. 용사 가문이지만 같은 용사 가문인 아카샤 가문에 비하면 그 고고함도, 실적도 부족한 놈들. 그러니까 네놈들이 4왕자 따위의 호위나 맡게 된 거다. 좋다, 내가 상대해 주지! 덤벼라!"

조셉은 눈을 빛냈다. 뭐가 됐든 란디스만 죽이면 상황은 끝.

란디스가 불필요한 호기를 부리고 있는 지금이 기회였다.

"키로스! 쳐라!"

4 대 1의 싸움. 그럼에도 란디스 일파는 여유로웠다. 그만큼 란디스의 무력을 믿기 때문이다.

그들은 추가적인 난입만을 경계한 채 전투를 지켜보았다.

"으라앗! 역시 이 정도밖에 되지 않는군!"

란디스가 검을 후려치자 기세를 막지 못하고 넷 모두 한꺼번에 뒷걸음질을 쳤다.

란디스는 그중 하나에게 추가 공격을 가했다. 가장 약한 쪽. 키로스 가문의 막내이자 조셉의 아카데미 파트너인 다이언 키로스였다.

좌르륵! 쇄골부터 허리까지 단번에 베어 내는 일격.

"크헉……!"

다이언은 일격에 즉사하며 눈을 까뒤집는다. 란디스는 공포를 심어 줄 겸 그 시체를 조셉 쪽으로 뻥 차 버렸다.

굴러오는 시체.

"다이언…… 미안하다."

조셉은 이를 악물고는 외친다.

"이 악한! 다이언은 어렸을 적부터 너를 따랐다! 네게 검을 가르쳐 달라고 졸라 댄 그 아이를 이렇게 죽이다니! 넌 내

형제가 아니다! 피도 눈물도 없는 괴물이다! 그런 네놈을 여기서 처단하겠다! 전부 쳐라!"

다이언의 죽음을 신호 삼아 시작된 전면전.

알현실은 순식간에 난장판이 됐다.

그리고 이 상황을 3세력은 조마조마한 마음으로 지켜보고 있었다.

본래라면 어부지리를 취할 셈으로 이 광경을 비웃으며 지켜봤겠지만, 지금은 상황이 달라졌다.

알스의 개입 때문이었다.

3세력은 너무나도 교묘한 이 상황에 위화감을 떨치지 못했다.

이대로 조셉과 란디스가 부딪쳐 한쪽 세력이 산화하고 다른 한쪽의 전력도 약화돼 버린다면 알스의 세력을 견제할 수 없어지기 때문이다.

쉽게 모습을 드러낼 입장이 아니었기에 상황이 좋아질 때까지 숨어 있을 계획이었으나 란디스와 조셉의 전투가 격화되자 그는 참지 못했다.

"멈추십시오!"

정체를 드러내고 알현실에 난입해 오는 3세력. 그 가장 앞에 서 있는 남자를 본 란디스와 조셉은 눈을 부릅떴다.

"넌…… 파리스!?"

"파리스 형님!"

3왕자 파리스. 아티클과의 전쟁에서 흉수들에게 습격을 받아 실종된 걸로 알려진 자였다.

말이 실종이지 전후에 파리스로 추정되는 시체가 발견됐기에 사실상 죽은 걸로 여겨졌다.

그가 멀쩡히 살아 돌아온 걸로도 모자라 모종의 세력을 이끌고 난입해 왔으니 다른 왕자들이 놀라는 건 당연했다.

"파리스, 네가 어떻게……. 네놈 설마!"

"진정하십시오, 란디스 형님."

"진정하게 생겼냐!"

란디스도 그제야 일의 배후에 누가 있었는가를 깨달았다.

"네놈이구나! 네놈이 프라우드 형님을 죽이고 나를 습격했던 거구나! 그리고 자신은 죽은 척을 하고 뒤에서 일을 조종했던 거야!"

일의 전말은 간단했다.

3왕자로서 왕위 계승 순위가 낮았던 파리스는 국왕인 아버지의 건강이 나빠진 것을 보곤 자신의 안위를 걱정하기 시작했다.

프라우드 왕자가 왕위를 이을 경우 다른 왕자들은 숙청당할 가능성이 있었으니까.

이에 대해 프라우드 왕자는 형제들을 죽이는 일은 없을 거라 사석에서 공언했지만, 그 말을 곧이곧대로 믿을 수도 없는 노릇이었다.

왕이 되지 못한 왕자들의 말로가 어떤 건지는 역사가 증명했으니까.

그런 파리스에게 달콤한 속삭임을 한 자가 있었으니 바로 팍스 후작이었다.

"오래간만입니다, 두 왕자님."

"역적 놈……! 뻔뻔하게도 왕궁에 발을 내디뎠구나!"

한탄의 숲에 관한 일로 배신자로 낙인찍힌 그가 보란 듯이 파리스의 옆에 있었다. 다만 그 표정은 좋지 못했다.

그는 란디스를 보며 이를 갈았다.

"란디스 왕자……. 설마 당신이 그때 거기서 살아 나갈 줄은 몰랐습니다. 그 탓에 일이 꼬여 버리고 말았어요."

프라우드 왕자는 계획대로 죽였으나 란디스가 암살자들을 뿌리치고 살아 나간 탓에 계획이 크게 뒤틀리고 말았다.

본래는 유일하게 살아남은 조셉을 전면에 내세워 다른 연맹 세력들을 그에게 들러붙게 한 다음 그 사실을 고발하며 왕위를 차지할 생각이었다.

그것이 란디스가 생존하게 됨으로써 이런 상황이 돼 버리고 만 것이다.

"그래도 거기까진 계산이 돼 있었습니다."

여기서 어부지리를 취하고 왕좌를 차지하면 끝이 난다.

"하지만 또 다른 세력이 개입하고 말았습니다. 그러니 두 왕자님, 지금 여기선 힘을 합치지 않겠습니까? 형제들끼리 힘을 모아 정체불명의 세력을 몰아내는 겁니다!"

"개소리는 거기까지 해라!"

란디스는 팍스를 향해 달려들었다. 서슬 퍼런 검이 번뜩였다.

그것을 커스버트가 중간에 난입해 막아 낸다.

"진정하라고, 형씨. 우리라고 좋아서 이런 제안을 하는 게 아니니까."

"네놈……!"

캉! 커스버트는 거칠게 란디스를 밀어 냈다.

둘의 실력은 호각. 그런 만큼 사기적인 회복력을 가진 커스버트가 패배할 리는 없었다.

"하나 묻고 싶습니다."

조셉이 냉정을 가장한 채 물었다.

"그 또 다른 세력이라는 건 대체 어디를, 누구를 말하는 겁니까? 형님이 벌인 일은 용서받을 수 없는 거긴 하나 만약 왕좌를 노리는 게 왕족 이외의 인물이라면 얘기가 달라집니다. 왕족이 아님에도 왕좌를 노리는 괘씸한 자가 있다면, 응당 형제들끼리 힘을 합하여 벌을 내려야겠지요. 그러니 말해 주십시오. 우리 외에 누가 왕좌를 노리고 있다는 겁니까?"

"로자다."

"로자라고요!?"

"불과 수 시간 전에 내가 구속하고 있던 로자를 누군가가 구출해 갔다. 아마 라일란드 재상도 한통속이었겠지."

"잠깐, 그렇단 건 재상을 습격한 것도 파리스 형님이었다는 겁니까!"

"그건 지금 중요하지 않다고 했잖아! 로자가 우리를 노리고 있다!"

란디스와 조셉은 눈빛을 교환했다. 그러고는 고개를 흔든다.

"우리를 혼란시키기 위한 졸책이군요. 로자는 그런 야망을 가진 아이가 아닙니다."

"그러니까 부추기는 누군가가 있다고……!"

"더 이상 듣기 싫습니다. ……이 역적!"

란디스 일파와 조셉 일파는 일시적으로 손을 잡고 파리스를 향해 검을 겨눴다.

섣불리 정체를 드러낸 대가였다.

팍스 후작은 이 모두가 누군가의 계산대로라는 걸 직감하고 있었다.

'이미 외통수였던 건가. 여기 이대로 있다간 내 목숨까지도 위험해지겠군. 왕국을 집어삼키지 못하는 건 아쉽지만, 내가 죽어서야 의미가 없어.'

팍스는 전투의 혼란을 틈타 알현실 밖으로, 왕궁 밖으로 빠져나왔다.

그제야 그는 볼 수 있었다. 체크메이트로 가는 완벽한 포석을.

그들이 알현실에서 투닥거리고 있던 사이, 알스는 왕궁을 외부에서부터 점거해 들어가고 있었다. 그 속도는 팍스의 상상 이상이었다.

"흥, 이 내가 계획을 역이용당할 줄이야. 한 방 먹었군. 어떤 놈인지는 모르겠지만, 수완이 상당한걸. 쳇, 이번엔 내가 물러나 주마. 하지만 다음은 없다!"

도주하는 팍스.

그 타이밍에 맞춰 알스는 최종 단계인 알현실 점거에 들어갔다.

전투를 벌이고 있던 세 왕자는 돌연 느껴진 불온한 기운에 자기도 모르게 무기를 멈추었다.

알현실 바깥에서 느껴지는 다수의 기척.

곧 알현실의 문이 열리고 루크레치아가 근위대와 함께 모습을 드러냈다.

그녀는 애쉬의 지령을 받고 왕궁의 감옥을 가장 먼저 점거했었다.

그곳엔 왕자들을 따르기를 거부하여 투옥된 근위대원들이 있었다.

루크는 그들을 포섭하여 새로운 근위대 세력을 구축하고 기존 근위대를 흡수한 것이다.

"역적들이여! 로자 여왕 폐하를 맞이하라!"

루크의 외침과 함께 로자가 근위대원들의 호위를 받으며 모습을 드러냈다.

"로자……!?"

"오라버니들."

로자는 눈을 질끈 감았다. 그녀는 눈물을 흘리며 말을 이어 갔다.

"오라버니들이 저지른 일은 용서받을 수 있는 게 아닙니다. 왕세손 프라우드를 살해한 파리스! 선왕을 살해한 조셉! 죄 없는 사람들을 투옥하고 살해한 란디스! 제가 그 죄를, 당신들을 단죄하겠습니다!"

그러면서 로자는 알스가 건네준 고발 문서를 담담하게 읽기 시작했다.

그러는 와중에 병력이 일사불란하게 알현실 내부로 진입했다. 점점 늘어나는 그 숫자에 왕자들의 표정이 어두워졌다.

고발 문서엔 왕자들과 귀족들이 연맹과 결탁한 정황이 상세하게 적혀 있었다.

"이하의 죄에 대한 조사와 처벌은 당신들을 구속한 뒤에 시작할 겁니다. 저항한다면 그 죄를 인정하는 거라 여기고 그 자리에서 참수를 할 예정이니, 부디 저항하지 말아 주세요. ……그럼 시작하세요!"

로자의 명령이 떨어지자 병력이 움직이기 시작했다.

숫자는 명백하게 로자 쪽이 우위에 있었으나 질적인 측면에선 의문부호가 있는 상황이었다.

여기서도 핵심은 로자였다. 로자만 죽일 수 있으면 뒤집히는 상황이었기에 3형제 휘하의 실력자들이 일제히 로자를 노렸다.

그러나 카강! 그들은 로자에게 접근조차 하지 못하고 막히고 만다.

유미르, 애쉬, 엘레나, 루크레치아가 그들의 접근을 막았고, 커스버트에 대해선 알스가 직접 상대를 했다.

"안녕, 오랜만이네."

"네놈은 설마……!"

"어서 도망가는 게 좋을걸. 곧 일리야 스승이 이곳으로 올 거거든."

"헛……!?"

알스의 이 허세는 즉효였다. 커스버트는 곧바로 전의를 상실했다.

'일리야 안페이까지 이곳에 있다면 승산은 없어!'

알스가 여기 있으니 일리야가 있을 가능성도 매우 높은 상황.

그는 그걸 두고 도박을 걸 생각이 없었다. 곧바로 연맹 인원들에게 무차별 후퇴 명령을 내렸다. 이미 팍스가 홀로 도주한 상황이니 망설일 것도 없었다.

"작전은 실패다! 어떻게든 이 자리를 빠져나가라!"

"무, 뭣 하고 있는 거냐! 나를 두고 어딜 가는 거냐!"

파리스는 당황하여 외쳤지만 그의 말을 듣는 자는 없었다.

알스는 도주하는 연맹의 전투원들에 대해선 딱히 추격 명령을 내리지 않았다. 그보단 이 상황을 안정적으로 정리하고 로자를 왕위에 앉히는 게 우선이었으니까.

"로자! 네가 정녕 사달을 내고 말았구나……!"

애쉬와 엘레나에 의해 제압당한 란디스는 로자를 노려보았다.

로자는 란디스를 무시한 채 왕좌로 향했다.

망연자실하고 있던 조셉은 로자의 곁에 있는 알스의 존재를 눈치채고는 부들부들 떨었다.

"네놈이……! 네놈이 벌인 짓이구나! 네놈이 우리를 멸망의 길로 들어서게 하려는 거군! 로자! 저런 놈의 말은 듣지 마라! 넌 속고 있는 거야! 놈에게 속아 왕국을 망치려 하는 거라고!"

"틀려, 조셉. 난 왕국을 바로잡으려 하고 있는 거야."

터벅! 로자는 마침내 왕좌에 앉았다.

선왕이 죽고 나서 줄곧 비어 있던 왕좌의 주인이 결정되는 순간, 비를 쏟아 내던 하늘이 개어 한 줄기의 빛이 왕좌에 앉은 로자를 비추었다.

로자는 심호흡을 하고는 소리쳤다.

"역모를 꾀한 자들을 모조리 투옥시키세요! 이건 왕명입니다!"

선왕이 죽은 이후 처음으로 떨어진 왕명.

조셉과 란디스 왕자 편에 서 있던 근위대원들은 이 명령을 받들어야 하나 망설였으나, 그때 루크레치아가 포문을 열었다.

"여왕 폐하를 위하여! 집행해라!"

그가 측근 근위대를 이끌고 포박 작업을 진행하자, 다른 근위대원들도 행동에 나섰다.

"이, 이럴 순 없어! 로자 공주가 왕이라니……!"

"대체 왜 이런 일이 벌어진 거야!"

귀족들은 혼비백산했다. 이제는 활로가 없다는 걸 깨달은 것이다.

'외통수다!'

그들의 뇌리에 스치는 공통적인 생각이었다.

사실 로자가 왕위에 즉위하기 위해선 아주 까다로운 조건이 필요했다.

그도 그럴 게 로자를 따르고 있는 세력은 아카샤 가문과 브랜포드 가문밖에 없었으니까.

둘 다 대귀족이긴 하나 가문의 힘이 독보적인 건 아니다.

그러니 로자는 정면 승부를 할 수 없는 입장이었다.

설령 근위대를 포섭해 혼자 알현실을 점거하고 즉위를 선언했다고 해도 그건 공허한 외침밖에 되지 않는다.

조셉과 란디스 그리고 그들을 따르는 귀족 일파가 이의를 제기하며 로자를 강제로 끌어내리려 할 테니까.

그렇기 때문에 로자의 즉위에는 하나의 필수 조건이 있었다.

그건 바로 즉위 시에 반대 세력을 단번에 소탕할 수 있어야 한다는 것이다.

지금이 그랬다. 세 왕자도, 그들을 따르는 핵심 귀족들도 이곳에 있다.

그 생사여탈권을 로자가 쥐게 됐으니, 지금 상황에서 반기를 들 수 있는 사람은 없었던 것이다.

"반항하는 자들은 즉결 참수해도 좋다는 왕명이다! 주저하지 마라!"

빠르게 구속되어 왕궁 내 감옥으로 향하는 귀족들.

그 작업이 끝나자 루크레치아가 로자의 앞에서 한쪽 무릎을 꿇었다.

"폐하, 왕명을 수행했사옵니다!"

"루크, 우리끼리 있을 땐 그런 딱딱한 말은 하지 않아도 돼."

"그럴 수는 없사옵니다."

로자는 그런 루크레치아의 태도를 슬픈 듯이 바라보고는 병아리처럼 주변을 살핀다.

"웨이드는 어딨어?"

"왕궁으로 진입하려 하는 타 세력의 병사들을 처리하러 갔습니다."

"……."

로자는 마침 잘됐다며 루크에게 물었다.

"루크, 난 그에게 앞으로의 국정 운영을 맡기고자 하는데, 넌 어떻게 생각해?"

로자의 주위엔 인재가 없다. 라일란드 재상이 죽고 만 이상 뒤를 수습해 줄 수 있는 능력을 가진 건 알스밖에 없었다.

"이번 일을 보면 그 능력은 의심할 여지가 없다고 생각해."

"그렇기에 조심해야 합니다. 스스로 밝혔듯이 그는 중앙 대륙의 사람입니다. 모종의 국가에 소속돼 있지요. 그런 자에게 섣불리 국가의 중임을 맡기는 건 너무나도 위험하다고 사료됩니다. 그러니 국정 운영은 당분간 왕궁 내 내무관들에게 맡기심이……."

"그 사람은 말했어. 나를 꼭두각시로 세워서 우리 왕국을 집어삼킬 생각은 없다고. 그저 훗날 자신의 국가가 이곳으로 진출했을 때 완만하게 통합하자고 했을 뿐이야."

"그거야말로 왕국을 집어삼킨다는 뜻이 아닐까요?"

"통합과 쟁탈은 달라."

"결과는 같습니다."

"과정이 크게 다르지. 그도 그럴 게 쟁탈전을 벌인다는 건 그가 이끄는 군대와 전쟁을 해야 한다는 거잖아? 그렇게 해서 상처받는 건 병사들과 시민들이야. 전쟁 없이 평화로운 통합이 가능하다고 하면, 그렇게 하는 게 낫다고 생각해."

"하지만 우리 왕국의 유구한 역사가……!"

"귀족들 대부분이 연맹과 결탁해서 역모를 꾸미고 있었을 정도로 썩어 버린 나라야. 이제 그 순수함은 없어."

"폐하께서 정화하시면 될 일입니다!"

"그래, 난 그 길이 바로 이거라고 판단한 거야."

루크레치아는 말문이 막혔다. 지금 로자가 말하고 있는 건 극단적으로 말하면 국가를 팔아 버리겠다고 하는 것과 다름 없었으니까.

"물론 통합하기 전에 그가 이끄는 국가가 정말로 옳은 방향으로 가고 있는가는 확인을 해야겠지. 거기서 문제가 없다면 주저할 건 없어. ……루크, 내 뜻을 이해해 주겠어?"

"……"

루크레치아는 눈을 질끈 감았다.

애국심으로 따지자면 로자의 말에 동의할 수 없다. 하지만 로자 개인의 행복을 생각하면 이 방법이 가장 좋았다.

루크는 왕의 자리가 얼마나 고독하고 힘든지를 알고 있었다.

그 가시방석에서 어떤 인생을 보내야 하는지도.

그녀가 생각하기에 로자는 그런 인생을 보내선 안 됐다.

좋은 남편을 만나고, 친구와의 다과회에서 웃고 떠들며 행복한 인생을 보내는 게 어울리는 그런 사람이었다.

지금이야 어쩔 수 없이 왕위에 오르긴 했지만 맞지 않는 옷임은 명백했다.

'그걸로 공주님이 안식을 얻을 수 있다고 한다면야……'

루크레치아는 그 뜻을 존중한다며 고개를 깊이 숙여 보였다.

❖

"젠장, 후퇴해라!"

무너지는 적 병력들. 자신들이 따르던 세력이 패배하여 붙잡혔다는 소식에 그들은 물을 끼얹은 모래성처럼 무너져 내렸다.

"휴우! 겨우 끝났네."

왕궁 밖의 병사들을 전부 제압하자 피곤이 몰려오는 것 같았다.

그도 그럴 게 대부분의 일이 새벽에 이뤄진 탓에 나는 한

숨도 잘 수가 없었다.

그건 내 부관으로 움직여 주고 있던 애쉬도 마찬가지였다.

"야, 금발 양아치, 난 이제 좀 쉬어도 되냐?"

"쉰다니 무슨 소리야. 네가 뒤처리를 하고 내가 쉬어야지."

"너야말로 무슨 소리야. 영향력이 다르잖냐, 너와 달리 나 하나쯤은 없어도 될 거라고. 그리고 어차피 이제 남은 건 정치적인 뒤처리뿐이잖아? 그런 내정 업무는 내 담당이 아냐."

"……틀린 말은 아니네."

"그렇지? 그럼 난 이만 쉬러 간다."

"아니, 반대야. 곧바로 움직여 줘야겠어. 당장 북대륙으로 가서 소피아 베론을 이리로 데려와 줘."

"소피아 공주를? 아항, 내정 일로 부려먹으려는 거구만. 그런데 그럴 거였으면 일찍부터 부르지 그랬냐?"

"일이 이렇게 갑자기 벌어질 줄은 예상 못 했거든. 어쨌든 빠르면 빠를수록 좋아."

"뭐, 잠은 마차에서 자면 그만이긴 하니……. 알았어, 바로 가지."

"조심해라. 연맹 쪽도 꽤나 흉흉한 상황이야. 당장은 연맹 내부의 이권 다툼 때문에 신경 쓸 겨를이 없겠지만, 언제 정신을 차릴지 모르지. 내가 이번 일에 큰 영향력을 행사했다는 걸 알아내는 것도 금방일 거야."

"북대륙에서 연맹을 만들어 운영한다는 계획도 재고해 봐야겠네."

"편성을 바꿔야겠지. 나와의 관계가 밝혀지지 않은 사람들 위주로. 그 부분은 조만간 결정해서 얘기해 줄게."

"알겠다. 그럼 고생해라, 금발…… 아니, 알스."

애쉬를 떠나보낸 뒤에는 알현실로 향했다.

그곳에선 로자가 왕좌에 앉아 쩔쩔매고 있었다. 어떤 지시를 내려야 할지 갈피를 잡지 못한 거다.

내가 나타나자 반색하며 소리쳤다.

"웨이드! 어서 와, 마침 찾고 있었어."

알현실엔 루크레치아와 근위대 일부가 남아 있었다. 루크는 복잡한 표정으로 길을 터 주었다.

로자는 왕좌에서 일어나서 나를 맞이했다.

"이제부터 어떻게 국가를 운영해 나가야 할지, 당신에게 조언을 구하고 싶어."

"여왕 폐하, 전에도 말했지만 저에게 내정을 맡기는 건 옳지 않습니다."

"라일란드 재상이 목숨을 잃고만 이상 다른 대안이 없어. 그 재상에 관해서 얘기하고 싶은 것도 있고."

"……알겠습니다. 그 일은 주변이 조용해지면 천천히 논의하도록 하죠. 당신에게 소개해 주고 싶은 사람도 있고 말이죠. 그보다 지금은 왕궁을 완벽하게 점거하고 그 영향력을 도시 전체로 넓혀 갈 때입니다. 루크레치아!"

루크는 눈을 질끈 감더니 이내 고개를 끄덕였다.

"명령을 주십시오."

"외부의 병력들은 무력화된 상태이긴 하지만 아직 잔존 세력이 있을 겁니다. 그러니 도시의 경비대와 함께 그들을 모두 소탕하도록 하십시오."

"옛!"

이 광경에 다른 근위대원들이 술렁였다.

당장 어제까지 일개 아카데미 하급생이었던 자가 임시 근위대장에게 명령을 내리고 있으니 믿기지가 않겠지.

"웨이드, 당신도 도와주십시오."

"저는 좀 쉬려고 했는데요."

"그럴 여유는 없습니다. 어떤 변수가 생길지 모르니 적어도 당신은 있어야 해요."

"어휴……. 어쩔 수 없네요."

결국 그날은 새벽부터 밤까지 계속 일을 해야 했다. 이틀을 꼬박 새워 버린 나는 기절하듯 잠에 빠져들었다.

정변이 발생하고 4일.

로자 공주가 왕위에 올랐다는 소식은 빠르게 퍼져 나갔다.

그 반향은 대단했다. 엘란 왕국 역사상 여왕의 즉위가 처음이기도 했고, 뭣보다 왕자들의 추악한 왕위 계승전이 여과 없이 밝혀졌기 때문이다.

선왕을 살해한 4왕자 조셉. 맏형을 살해하고 죽은 척을 한 3왕자 파리스. 불법적인 숙청을 수도 없이 행한 2왕자 란디스까지.

가히 막장이나 다름없었기에 왕가에 대한 민심이 바닥까지 떨어지는 건 어쩔 수 없었다.

당면한 과제는 그 민심을 어떻게 회복하고 왕권을 바로 세우는가.

이를 두고 로자 공주가 조언을 구해 왔기에 날을 잡아 이야기를 나누기로 했다.

나는 리노아를 대동하고 왕궁의 정원으로 향했다.

그곳엔 이젠 여왕이 된 로자, 근위대장이 된 루크 그리고 그녀의 아버지이자 아카샤 가문의 당주인 로바린 아카샤가 앉아 있었다.

'저자가 루크의 아버지……'

일선에서 은퇴한 지 꽤 오래된 자였으나 로자의 요청에 특별히 조력을 하고 있었다.

나를 경계하는 모양인지, 그는 내 일거수일투족에서 눈을 떼지 않았다.

"폐하를 알현합니다."

"우리끼리 있을 땐 그런 딱딱한 행동은 하지 않아도 좋아."

로자는 리노아에게로 시선을 돌렸다.

"리노아도, 굳어 있지 말고 예전처럼 대해 줘."

"예에…… . 과분한 호의에 몸 둘 바를 모르겠습니다, 폐하."

"그러니까 그런 걸 하지 말라는 건데."

자리에 앉은 이후에는 잠시 사담이 이어졌으나 루크의 아버지가 뿜어내는 무거운 공기로 인해 금방 본론으로 넘어갔다.

"상황에 대해선 나만큼이나 잘 알고 있을 거라고 생각해. 시민들이 왕가의 존재에 의문을 표하고 있어."

"그야 그렇겠죠. 다음 왕이 될 왕자들이 전부 그 모양이었으니까요."

"그 얘기를 공표하자고 한 건 너였잖아? 무슨 대책이 있었던 거지?"

"예, 하지만 그걸 제 입으로 말하진 않을 겁니다."

"그게 무슨 소리야?"

"전에도 말했지만 제가 내정에 간섭하는 건 옳지 않습니다. 이미 당신을 왕위에 앉힌 것만으로 충분할 만큼 간섭을 하긴 했지만, 이후의 국정 운영에까지 손을 뻗는 건 앞으로를 위해서도 좋지 않아요."

"왜? 네 입장에선 그게 가장 낫지 않아? 후에 있을 양측의 통합을 생각하면 더더욱."

"여러모로 문제가 생겨요. 당신은 꼭두각시가 아니냐는 의심의 목소리가 나올 테고, 내 국가에선 오히려 내가 엘란 왕국에 국가를 팔아치우려는 게 아니냐는 얘기가 나오겠죠. 그러니 통합은 어디까지나 대등한 입장에서 잡음을 최소한으로 줄인 채 천천히 진행할 겁니다."

"틀린 말은 아니지만, 그 정도의 잡음은 감수하고 갈 수 있는 거잖아? 솔직하게 말해. 그냥 귀찮아서 그런 거라고."

"……에리나가 말했나요?"

"그래, 애랑 놀아 주면서 유유자적하게 지낼 거라고 했다 던데?"

"……."

내가 무언으로 긍정하자 로자는 가증스럽다며 말한다.

"일을 벌여 놓고 혼자 느긋하게 지내겠다는 거면 용납 못 해."

"그게 전부는 아닙니다. 달리 할 일이 있어요."

"다른 일? 그게 뭔데?"

"중앙 대륙으로 돌아갈 방법을 찾으려고 해요. 그 연구를 시작하려고 합니다. 그러니 여기 일에 대해선 사람을 구해 왔어요."

내가 신호를 보내자 대기하고 있던 근위병이 소피아를 데리고 나타났다.

로자는 소피아를 보곤 눈썹을 치켜올린다. 소피아는 격식을 갖춰 인사를 올렸다.

"소피아라고 합니다. 폐하를 알현하게 돼 영광입니다."

"으, 음. 반갑다."

로자는 설명을 하라며 눈빛으로 재촉한다.

"이 사람이 제 대신 일해 줄 이입니다."

"이 여성이?"

"능력은 확실하니 걱정은 안 해도 됩니다."

소피아는 내 쪽을 바라보며 가볍게 한숨을 쉬고는 테이블에 합석했다.

그때 잠자코 있던 로바린이 이해가 가질 않는다며 말한다.

"잠깐. 이러면 아까의 얘기와 다르지 않나. 네 가신이 중임을 맡는다는 건, 즉 너도 그만한 영향력을 가진다는 것이지. 내 말이 틀린가?"

로바린이 지적하자 루크와 로자도 고개를 끄덕이며 내 대답을 기다렸다.

"착각을 하고 있는 게 있는데……. 이 사람은 내 가신이 아닙니다."

"뭐라……?"

소피아도 미간을 찌푸린다.

"불쾌하네요. 내가 왜 당신 가신처럼 여겨지는 거죠?"

"들었죠? 내 가신이 아니에요. 오히려 약간 껄끄러운 관계죠. 지금에야 일시적으로 협력을 하고 있지만."

내 가신이 아니라는 말에 로자는 큰 관심을 드러냈다.

"소피아 당신도 중앙 대륙 출신인 거죠?"

"맞습니다. 베카비아 왕국의 공주, 소피아 베론이라고 합니다."

"공주……?"

나는 재빨리 부가 설명에 들어갔다.

"평범한 공주가 아니에요. 공주이자 왕국 내 최고의 책사였죠. 세간에선 천재 공주라 칭송할 정도였다니까요."

"천재 공주? 뭔가 대단하네!"

"그쵸? 공주끼리 공감대도 있을 거고, 친하게 지낼 수 있을 겁니다."

같은 공주라는 부분이 마음에 드는지 로자는 긍정적으로 반응했다.

곧 소피아를 시험해 보기 위해 이번 일에 대한 대책을 요구했다.

그러자 소피아는 막힘없이 대답했다.

"왕권을 세우고 민심을 얻는 방법은 어렵지 않습니다. 유력 귀족들을 현재 우리가 관리하고 있으니까요. 그들을 겁박해 그 재산을 몰수하고 몰수한 재산을 이용해 시민들을 만족시키면 왕가의 권위는 물론이고 민심도 금방 회복될 겁니다."

"그러다 귀족들 사이에서 반란이 일어난다면?"

"이미 귀족들이 역모를 꾀했다는 게 밝혀진 상황입니다. 명분은 우리에게 있어요. 강력하게 진압을 해도 불만을 품을 사람은 없을 겁니다. 게다가 웨이드도 있으니 진압 작전을 지휘해 줄 장군에 대한 걱정이 없죠. 뭣하면 제가 지휘해도 그 정도의 진압은 가능할 겁니다."

소피아는 그 세부적인 내용까지 술술 이야기했다.

로자는 물론이고 루크와 로바린까지 질문을 던졌으나 소피아는 기대를 상회하는 대답을 내놓으며 그들을 만족시켰다.

"대, 대단하네. 천재 공주란 말이 그냥 하는 말은 아니었구나."

"……폐하, 그 천재 공주란 표현은 하지 말아 주십시오."

"왜? 딱 어울리는 것 같은데. 중앙 대륙에서도 유명했다며?"

"이 남자에게 박살 나기 전까지는 말이죠. 이자에게 수모를 당한 이후에 천재 공주란 표현은 조롱에 지나지 않게 됐어요. 그러니 그 표현은 사용하지 말아 주세요."

"그, 그래, 알았어."

대체 무슨 수모를 준 거냐며 전율하는 로자와 루크레치아. 어쨌든 소피아에 대해선 받아들이기로 한 모양이었다.

이 일이 일단락되자 로자는 다음 이야기를 꺼냈다.

"저번에도 잠깐 말했지만, 라일란드 재상에 관한 이야기야."

"사망한 그에게서 무슨 문제라도 발견된 겁니까? 그조차도 연맹과 관련이 돼 있었다든지?"

"어떤 의미로는 그렇게 되겠네."

로자는 걱정스럽다며 말을 이어 갔다.

"재상은 아버님의 복수를 위해 이미 움직이고 있었어. 정확히 어떤 건지는 나도 모르겠지만, 연맹을 뒤집어 엎어 버릴 수 있는 조치라고 재상이 직접 말했으니까 가벼운 일은 아닐 거야."

"⋯⋯설마 그 작전이 지금 실행되기라도 한 겁니까?"

그건 곤란하다. 지금은 연맹을 자극해서 좋을 게 없었다. 그러다가 진짜로 전쟁이 일어날 수도 있기 때문이다.

"아직 실행되진 않았을 거야. 준비 기간이 많이 필요한 작전이라고 말했으니까."

"그럼 지금 당장 중지를 시키면 되는 것 아닌가요?"

"그게 불가능하니까 문제지. 재상이 죽고 그 부하들이 독단으로 움직이기 시작했어. 재상이 연맹의 고문을 받고 죽었다는 걸 알고 복수심에 불탄 거지. 어떻게든 그들에게 연락을 취해 보려 했는데⋯⋯."

"안 됐군요."

"응."

죽은 라일란드 재상이 뿌려 놓은 복수의 씨앗.

굉장히 불길한 느낌이 들었으나 왕인 로자마저 그 세부 내용을 모르고 있었으니 나도 어떻게 조치할 방법이 없었다.

그러니 주의만 기하면서 왕국의 안정화에 먼저 힘을 쏟기로 했다.

2장

정변이 끝나고 어언 보름.

소피아의 활약으로 인해 상황은 빠르게 수습되어 갔다.

역모에 가담한 대부분의 귀족들이 재산을 몰수당한 뒤 처형당했고, 반란을 일으킬 낌새를 보이는 귀족들은 선제적으로 타격하며 기선을 눌러 버렸다.

귀족들을 찍어 누른 뒤에는 그들에게서 몰수한 재산을 시민들에게 푸는 작업이 시작됐다.

즉위식을 겸하여 국가 전체에서 축제가 시작된 것이다.

마침 휴식이 필요한 시기이기도 했으니 나도 며칠간은 마음 놓고 쉬기로 했다.

"으음……!"

갑작스레 눈을 찌르는 빛으로 인해 의식이 깨었다. 실눈을 떠 보니 창가의 커튼 사이로 햇빛이 새어 들어오고 있는 게 보였다.

내가 깨지 않도록 커튼을 쳐 준 모양이지만, 해가 높아지며 빈틈이 생긴 것이다.

"벌써 점심인가."

얼마 만에 늦잠을 잔 건지.

배가 고파 왔기에 나는 침대를 빠져나와 식당으로 향했다.

그런 와중 이젠 일상이 된 울음소리가 들려온다.

"으아아앙─!"

난 그 소리를 따라 1층으로 내려갔다.

그곳에선 에리나가 난감한 얼굴로 류나를 안고 있었다.

"괜찮아요, 괜찮아. 울지 마요, 류나."

에리나는 어떻게든 달래 보려 했으나 소용없었다. 결국엔 류나를 유미르의 품에 돌려주어야 했다.

류나는 훌쩍이며 엄마의 가슴에 얼굴을 묻는다. 유미르는 그 등을 부드럽게 쓰다듬었다.

"아가, 무서워하지 않아도 돼요. 다들 류나를 사랑하고 있는 거랍니다."

그러나 류나는 도무지 엄마의 품을 떠나려 하지를 않는다.

이를 지켜보고 있던 엘레나는 헛웃음을 지었다.

"대체 누굴 닮아서 그렇게 겁이 많은 건지 모르겠네요."

이에 애쉬도 맞장구.

"그러게 말입니다. 잠깐 안는 것도 저렇게 질색을 해 버리니 원. 심지어 자고 있을 때 안으면 기가 막히게 눈치를 채고 일어난다니까요? 저게 유미르 씨를 닮은 것 같지는 않고, 그럼 알스를 닮은 건가?"

다들 휴가를 받은 탓인지 저택에 모여 있었다.

모습이 보이지 않는 건 왕궁에 거주하는 소피아와 일이 있어 출근한 메이센. 북대륙으로 향한 가스파르 뿐이다.

"어떤가요, 클레어 씨?"

애쉬의 물음에 어머니는 고개를 끄덕였다.

"맞아, 그 아이와 판박이야. 알스도 아기일 적엔 나나 율리아가 안으려 하면 서럽게 울었으니까. 그래서 언제나 유미르에게 안겨 있었지."

유미르도 그 시절이 생각나는지 포근하게 미소 짓는다.

그러나 애쉬는 이해가 가지 않는다며 고개를 갸웃한다.

"엥? 그건 이상하지 않나요? 어머니가 아니라 유미르 씨에게 안겨 있었다니……."

"앗."

어머니는 말실수를 했다는 걸 깨닫고는 입을 다문다.

"뭔가 사정이라도 있는 겁니까?"

이곳엔 내가 양자라는 걸 아는 사람도 있고, 모르는 사람도 있었다.

그게 중요한 건 아니었기에 나는 주의를 환기하며 끼어들었다.

"넌 남이 아기일 적의 이야기를 그렇게 듣고 싶냐?"

"어, 이제 일어났냐?"

"그래. 어휴, 다시는 너랑 술 안 마실 거다. 죽는 줄 알았네."

"하핫, 너도 가스파르 씨나 귄터 선배랑 마시다 보면 주량이 늘어날 거야."

"늘고 싶은 생각 없거든."

잠깐 환담을 하고 있던 차, 내가 허기질 것이라 생각한 에오니아가 소파에서 몸을 일으키려 했으나 에리나가 황급히 제지한다.

"에오니아 씨는 편히 계세요. 식사는 제가 준비할게요."

"예? 아뇨, 에리나 님은……."

에리나의 요리 실력을 아는 에오는 난색을 표했다.

그 기색이 뻔히 보였기에 에리나는 오기로라도 자신이 식사를 준비하겠다며 의욕을 불태운다.

그렇게 에리나가 주방으로 돌격하자 잠깐 동안 숨 막히는 침묵이 흘렀다.

먼저 움직인 건 애쉬였다.

"오늘 점심은 밖에서 먹어 볼까나."

"저도 오늘은 루크와 식사 약속이 있습니다."

"그거 괜찮네요. 엘레나 씨, 저도 데려가 줘요."

빠르게 이탈하기 시작하는 사람들.

에오니아 또한 보양식을 챙겨 주겠다며 어머니와 비스케타가 데리고 나가 버렸기에 남은 건 나와 유미르뿐이었다.

유미르는 어쩔 수 없다며 한숨을 쉬고는 류나를 내게 넘겨주었다.

줄곧 엄마의 가슴에 얼굴을 묻고 있던 류나는 내 얼굴을 슬쩍 확인하더니 환승하듯 내 가슴께에 달라붙었다.

"전 에리나 님의 식사 준비를 돕고 오겠습니다. 도련님은 류나를 봐 주세요."

"응, 천천히 해."

나는 거실 소파에 누워 아기와 놀았다.

번쩍 들어 비행기를 태워 주자 류나는 꺄르르 웃는다.

그러다 귀신같이 타인 감지 센서가 발동했는지 내 가슴께에 달라붙어 얼굴을 묻는다.

고개를 들어 슬쩍 확인해 보니 안두하가 피곤한 표정으로 내려오고 있었다.

그는 텅 비어 있는 거실을 보며 묻는다.

"음? 다들 어디 간 거야?"

"점심을 먹으러 갔어요."

"굳이? 저택에서 먹으면 되는 거잖아."

"점심은 에리나가 준비하기로 했거든요."

"……나도 점심은 밖에서 먹는 편이 좋겠군."

안두하는 그러면서 내 맞은편 소파에 앉았다.

그는 복잡한 표정으로 나를 보더니 대뜸 감사를 표해 왔다.

"정말 고맙다. 전부 네 덕이야. 네 덕분에 리노아 아가씨가 안식을 얻을 수 있게 됐어."

모든 역모죄를 뒤집어쓰고 본보기로 처형당할 계획이었던 리노아. 그러나 이제는 그럴 필요가 없게 됐다.

이미 역모를 꾀한 귀족들은 전부 잡아냈으니까.

"처음엔 껄렁한 녀석처럼 보여서 마음에 들지 않았다만…… 아무래도 넌 진짜배기였던 것 같군."

"제 살길을 찾은 것에 불과하죠. 리노아에 관한 건 그러다가 덩달아 해결된 거고. 딱히 고마워할 필요는 없습니다."

"아니, 네가 아니었다면 절대 이런 상황은 일어나지 않았을 거야. 거듭 고맙다."

머리를 푹 숙이는 안두하. 고개를 든 그의 눈시울이 조금 붉어져 있었다.

"그런데, 그 리노아는 잘하고 있나요?"

리노아는 현재 본가로 돌아가 당주로서 업무를 보고 있었다. 마침 축제 기간이니만큼 눈코 뜰 새 없이 바쁜 상황일 테다.

안두하는 애매하게 고개를 끄덕인다.

"불안한 면이 있지. 아가씨는 본인이 머잖아 죽을 것이라 확신하고 영주로서의 인생을 포기하고 계셨으니까. 갑작스레 영주의 업무를 보게 돼서 헤매고 있는 것도 사실이야."

"영지 업무가 처음엔 낯설긴 하죠."

"훗, 마치 영지를 다스려 봤다는 듯한 말투인걸."

"다스려 봤거든요. 그것도 인구 수십만의 구역을."

"예전이면 헛소리로 치부했겠지만……. 이젠 그럴 수 없다는 게 무서운 점이란 말이지."

그때 마침 식사 준비가 끝났는지 에리나가 얼굴을 비쳤다.

그녀는 텅 비어 버린 거실을 보곤 사정을 파악했는지 입술을 앙 깨문다. 그러더니 남아 있는 내게 압박을 준다.

"알스 님…… 식사 준비가 끝났어요!"

"알겠어. 도망가지 않을 테니까 걱정 마."

"안두하 씨는 어쩌시겠어요?"

안두하는 어색하게 손사래를 친다.

"기껏 준비했는데 미안하군. 난 오늘 본가로 내려가야 해서 말이야. 당장 나가야 할 것 같아."

"……."

"하, 하하……."

어색하게 웃으며 저택을 떠나는 안두하.

에리나는 나라도 확실히 잡겠다는 듯 직접 연행하여 식당으로 안내했다.

결론부터 말하자면 나쁘지 않았다. 음식들의 간이 세서 그런지 숙취 해소에는 좋았으니까.

점심을 먹고 난 뒤에는 류나를 포대기에 싸서 안은 채로
저택 밖으로 나왔다.

유미르는 에오니아가 걱정된다며 그쪽으로 갔기에 내 옆
에는 에리나가 있었다.

에리나는 포대기에 싸여 내 가슴께에 안겨 있는 류나를 부
러운 듯이 바라본다.

"왜 제가 안으려 하면 울고 마는 걸까요? 태어났을 때부터
계속 귀여워해 줬는데……."

"가스파르한테 들어 보니까 수인 아기들은 부모를 구별하
는 능력이 강하다고 그러더라. 냄새로 아는 걸지도 몰라. 겁
이 많은 건 뭐, 그냥 유전일지도 모르지."

"알스 님을 닮았다는 건가요?"

"어머니에게 듣기로 나도 어렸을 적엔 겁쟁이였다니까."

"그런 당신이 장군으로 이름을 날리고, 불가능해 보였던
왕위 계승전을 승리로 이끌다니. 세상 모를 일이네요."

왕궁을 향해 걷다 보니 아카데미가 있는 구역으로 들어오
게 됐다.

아카데미는 조용했다. 활기차던 모습은 더 이상 볼 수 없
었다.

귀족들이 축출당하는 과정에서 그 자녀들에게도 영향이

갔던 것이다.

그 숫자가 수백 명에 달했으니 아카데미가 일시적으로 마비된 건 당연한 수순이었다.

"아카데미는 언제쯤 재개가 되는 걸까요?"

"글쎄, 이렇게 된 이상 아예 개편을 하지 않을까?"

"어서 정상화됐으면 좋겠네요."

왕궁에 도착한 뒤에는 시녀들의 안내를 받았다. 그중에 친분이 있는 사람이 있었는지 에리나는 잠시 얘기를 하고 오겠다며 따로 이동을 했다.

왕궁 정원에 도착한 나는 겸사겸사 류나의 기저귀를 갈아주기로 했다. 그 도중에 소피아가 나타났다.

"왕족들이 사용하는 다과회 장소에서 애 기저귀를 갈다니. 하여간 당신은 간이 크다고 해야 할지, 체면을 따지지 않는다고 해야 할지."

"둘 다겠죠. 그보다도…… 저와 얘기하고 싶다는 건 뭡니까?"

오늘은 내가 호출한 것이 아니라 소피아가 날 부른 것이었다.

소피아는 차를 내온 시녀에게 감사를 표하곤 주위 사람을 전부 물려 버렸다.

그러고는 나직이 말한다.

"웨이드, 당신의 의도를 알고 싶어서입니다. 당신…… 로자 여왕에게 저를 재상에 앉히는 게 어떠냐 제안을 했다고 하던데, 사실입니까?"

"그 정도의 수완을 보여 줬으니 당연한 일 아닙니까?"

"제정신인가요!"

격앙하여 소리친 소피아는 류나가 겁먹은 모습을 보고는 아차 하며 냉정함을 되찾는다.

"제가 엘란 왕국의 일을 도왔던 건 그게 최선의 인선이라는 걸 알았기 때문이에요. 당신이 하지 않는다면 적임자는 저밖에 없었던 게 사실이니까요."

"사실은 비스케타 씨에게 부탁을 해도 됐어요. 다만 그녀는 나이가 많으니까요. 이런 고된 일을 맡기기는 힘들었죠. 올라프가 있었다면 그에게 맡겼겠지만……."

"그러니까 그건 납득을 합니다. 문제는 당신이 그 이상의 것을 부추기고 있다는 거예요. 저더러 재상을 하라고요? 그게 말이나 됩니까? 저는 엄연히 베카비아 왕국의 사람이에요. 다른 국가의 재상이 될 수는 없다고요."

"그런데도 재상이 되라고 한 의도가 무엇인가, 그걸 물어보는 거군요."

"그렇습니다."

"그런 거라면 이유는 간단합니다. 소피아 베론. 베카비아에 당신이 돌아갈 장소는 없습니다. 아니, 조금 잘못 말했네요. 당신이 돌아갈 베카비아라는 장소는 더 이상 없습니다."

"……"

살을 에는 듯한 침묵이 흘렀다.

"그건 무슨 뜻이죠?"

"벌써 1년이나 지났어요. 가뜩이나 정세가 좋지 않았던 베카비아가 이미 망해 버렸다고 해도 이상하지 않아요."

"우리에겐 크로싱이라는 우방이 있습니다!"

"그 크로싱을 믿습니까? 저라면 그러지 않을 겁니다. 크로싱이 뒷공작을 벌여 베카비아의 귀족들을 포섭하고 있었던 건 당신도 알고 있잖아요."

"그들이 이미 나라를 팔아 버렸을 거라는 거면 잘못 생각한 겁니다. 베카비아는 그 정도로 쉽게 무너질 국가가 아니에요!"

"당신 생각이야 어찌 됐든, 저는 베카비아가 이미 돌이킬 수 없는 형국에 접어들었다고 판단했습니다. 지금 당장 멸망하지 않았을지는 몰라도 우리가 중앙 대륙으로 되돌아갈 시점에는 그렇게 되는 게 필연이라고 생각해요."

소피아는 꽉 쥔 주먹을 부들부들 떨었다.

"그렇기에 당신을 재상으로 추천한 겁니다. 멸망한 베카비아가 아니라 새로이 일어서려는 이곳 엘란 왕국에서 당신의 능력을 마음껏 펼칠 수 있도록 말이죠."

"나를 이 세계로 끌고 들어온 것에 대한 속죄라는 겁니까?"

"속죄까진 아니더라도 미안한 마음을 가지고 있는 건 사실이에요."

"……."

"여차하면 재상 일을 하다가 우리 대륙으로 되돌아갈 시점에 사직을 하면 그만인 일 아닙니까. 너무 어렵게 생각하진 말아요."

소피아는 체념하듯 고개를 떨어뜨렸다.

그때 마침 로자가 근위대를 이끌고 이곳으로 다가왔다.

"이야기는 다 끝났어?"

"예, 그녀가 재상직을 받아들여 주기로 했어요."

"고마워, 웨이드. 나로선 어떻게 설득해야 할지 몰랐거든."

소피아는 크게 한숨 쉬고는 바람을 쐬고 오겠다며 자리를 비웠다.

로자는 그런 그녀의 등을 안쓰럽게 바라봤다.

"소피아에게도 복잡한 사정이 있는 거지?"

"그렇게까지 복잡한 사정은 아니에요. 단지 본인이 받아들이지 못하고 있는 것뿐이죠."

"나와 같은 공주였다는 걸 듣고 나니까 남 일 같지가 않더라고."

"사람은 마음에 드십니까?"

"그야 물론이지. 괜히 눈치를 봐야 하는 너보단 훨씬 나아."

로자의 표정은 밝았다. 당면한 일을 전부 원만하게 처리하기도 했고, 죄를 저지른 오빠들의 처분도 그녀가 원하는 대로 됐기 때문이다.

"왕자들은 모조리 잃어버린 땅에 유폐…… 재차 말하지

만 어수룩한 판단입니다. 그들이 그곳을 빠져나와 반란을 꾀한다면, 골치 아파질 거예요."

"그렇게 왕좌를 빼앗기게 되면, 그것도 전부 내 능력이 모자란 탓이겠지. 그리고 믿고 있거든. 너와 에리나, 그리고 소피아도 나를 도와줄 거라고."

"간신들한테 휘둘리기 딱 좋은 스타일이네요."

"후훗, 나도 그 정도의 분별력은 있거든?"

그때 로자가 손뼉을 치며 말을 이어 간다.

"맞다! 그러고 보니 네게 전할 말이 하나 더 있었어."

"라일란드 재상의 부하들이 잡히기라도 했나요?"

"그건 아직 오리무중이야. 그게 아니고, 며칠 전에 논공행상을 했거든."

"그 이야기는 들었습니다. 아카샤 가문과 브랜포드 가문이 두둑한 포상을 받았다고요."

"응, 너는 공식적으로 거론할 수 없으니까 그 둘만 포상을 준 건데…… 아무리 그래도 널 제외하고 그냥 끝낼 수는 없잖아. 그래서 너랑 네 가신들을 대상으로 따로 논공행상을 하려고 하는데, 어때?"

"논공행상이라……."

뭔가 그리운 느낌이다.

"그런 거라면 제게 맡겨 주지 않겠습니까?"

"뭔가 생각이 있나 보구나. 그럼 포상품을 네게 줄 테니까 알아서 해."

"감사합니다."

로자가 상품이라며 거론한 것들이 무지막지한 것들이었던 만큼, 그걸 어떻게 분배해야 하나 한참이나 고심해야 했다.

논공행상은 5일 후에 진행이 됐다.

이날엔 본가에 내려갔던 리노아와 안두하까지 저택에 돌아와 있었고, 이제야 겨우 여유가 생긴 도로시와 엘리엇까지 잠시 방문해 있었다.

여기에 더불어 북대륙으로 간 가스파르가 일리야 스승과 에스텔, 귄터를 데려온지라 저택은 여느 때보다 북적였다.

귄터와 일리야 스승은 왕국 내에선 수배자 신세였으나 로자가 왕위에 즉위한 지금은 문제가 되지 않았다.

귄터가 죽인 귀족에 대해서도 그 귀족이 역모에 관여한 죄가 드러나면서 그의 죄도 참작이 됐다.

"휘유! 가관인걸."

애쉬가 감탄성을 흘린다.

그야말로 총집합.

나는 그들을 모아 두고 목청을 가다듬었다.

"오늘은 논공행상을 진행하려고 합니다. 상품은 로자 여왕이 찬조를 해 줬어요. 그 덕인지 상품이 꿩장히 호화롭습니다. 기대해도 좋아요."

공을 다툰다는 말에 엘레나는 눈을 빛냈다.

반면 논공하면 좋아 죽는 에오니아는 침울해했다. 자신의 공이 거의 없다는 걸 알기 때문이다.

"자신의 공이 적다고 해서 낙담할 필요는 없어요. 다들 각자의 위치에서 최선을 다해 줬다는 걸 저도 잘 알고 있으니까요."

그렇다고 차등을 두지 않을 수도 없는 노릇이었다.

"그러니 이번엔 방식을 조금 바꾸기로 했습니다. 개인이 아니고 팀의 공적을 합쳐서 순위를 정하기로 했어요. 팀은 알아서 자유롭게 짜 주세요. 순위는 그 이후에 정하겠습니다."

이러면 공이 낮은 사람에게도 포상을 줄 수 있었다.

"팀……?"

"공적을 합친다면……."

팀을 짜라는 내 지시에 일동이 웅성인다.

그러나 그것도 잠시, 다들 바쁘게 움직이며 논공행상을 위한 팀을 구성하기 시작했다.

자유롭게 조를 이뤄 진행되는 논공행상.

사람들은 잠시 눈치를 봤다.

애쉬가 대표하듯 슬쩍 손을 든다.

"공로라고 함은 이번 왕위 계승전에서의 공로를 말하는 거야?"

"그런 것에 한정하지 않고 넓게 볼 거야. 예를 들어서 메이센 선배님은 도시 내에 찻집을 차려서 생계에 도움을 주고, 도시의 여러 정보나 소문 들을 모아 와 줬잖아? 그런 것들도 전부 평가를 할 생각이거든."

일동이 또 한 번 술렁였다. 그 경우 공로의 순위가 달라지기 때문이다.

애쉬가 확실히 하고 가자며 말을 이어 간다.

"하나 더, 이번 논공에 너도 포함되는 거냐?"

"난 제외야. 난 이미 로자 여왕에게서 따로 포상을 받았거든."

바이언 내에 위치한 호화 저택을 수여받았다.

귀족들이 대거 처형되면서 주인을 잃어버린 저택이 많이 생겼는데, 그중 하나를 내게 준 것이다.

"그 얘기도 나중에 할게. 그러니 일단 나는 제외인 걸로 생각해 줘."

"흠, 그렇다는 건 이번 논공은 전적으로 네가 한다는 거군. 여왕은 상품만 지원해 준 거고 말이야."

"뭐, 그렇지."

이에 몇몇의 눈빛이 바뀌었다.

루크레치아나 소피아 같은 타 소속의 사람은 껄끄러워하는 기색을 내비쳤다.

주군이 아닌 자에게 논공행상을 받는다는 건 기사도 정신에 어긋나기 때문이다.

다만 이것도 사람에 따라 다른지, 마찬가지로 타 소속인 애쉬나 귄터, 엘리엇은 아무렇지 않아 했다.

그에 비해 내 가신들은 조금 들뜬 기색이었다.

논공에 처음 참여하는 에리나와 에스텔도 그랬고, 에오니아에 이르러서는 눈에 불을 켜고 있었다.

로자 여왕이 아니라 내 주관이라는 걸 확인하자 의욕이 급상승한 것이다.

"그럼 자유롭게 상의를 해 주세요."

사람들은 팀을 만들기 위한 담소를 시작했다.

어머니는 이것이 내가 기획한 친목회임을 눈치채고는 창고에서 술을 꺼내 와 거실에 배치했다.

가스파르는 기다렸다는 듯 병나발을 불며 외친다.

"크하핫! 아무렴 술이 있어야지. 귄터, 애쉬! 한판 화끈하게 벌여 보자고!"

"가스파르 씨, 이런 자리에선 품위를 지켜야죠. 논공이 끝나면 어울려 드릴 테니 지금은 자제하십쇼."

"쳇, 그럼 논공부터 빠르게 끝내는 게 낫겠군."

가스파르에게는 의미심장한 시선이 쏟아지고 있었다.

객관적으로 따져 봤을 경우 공로 1위는 그가 확실했기 때문이다.

그는 노예 상인을 습격해 어머니를 구출했고, 한탄의 숲에도 동행했으며, 울란드 지하 시장 습격, 왕위 계승전에도 참가하는 등 굵직한 사건들에서 공을 세웠다.

본인도 자신의 공로가 가장 높다는 걸 아는지 넌지시 유미르에게 말을 건다.

"어흠! 이봐, 유미르, 달리 정해진 게 없으면 내 뒤에 붙어라. 그러면 좋은 포상을 받을 수 있을 거다."

"……."

묘한 표정으로 침묵하는 유미르.

그때 신기한 일이 벌어졌다.

유미르에게 안겨 있던 류나가 물끄러미 가스파르를 바라보더니 앙증맞은 손바닥을 뻗어 그의 털을 쥐어뜯은 것이다.

"앗! 요, 요 녀석!"

어쩔 줄 몰라 하며 당황하는 가스파르를 향해 유미르가 말한다.

"한번 안아 보시겠습니까?"

"뭐, 뭣!? 아니, 난 별로……."

말은 그렇게 해도 유미르가 류나를 넘겨주자 보물을 다루듯 양손으로 안아 들었다.

류나는 얌전히 그 가슴에 안겼다.

부모 이외에게 안기면 난리를 피우는 류나가 얌전히 있자 사람들은 눈을 휘둥그렇게 떴다.

"어?"

"어째서……?"

애쉬가 슬쩍 다가와 내게 속삭인다.

"야, 수인 아기들은 부모 외에는 안 따른다며?"

"몰라, 조부모도 포함인가 보지."

"뭐라고? 그게 무슨 뜻이야? 서, 설마…….'"

애쉬는 그제야 깨달은 듯 어이없이 웃는다.

류나를 넘긴 유미르는 꾸벅 고개를 숙였다.

"가스파르 님, 잠시 아이를 봐주실 수 있겠습니까? 전 음식을 준비하러 가야 할 것 같아서요."

"으, 음, 그러지 뭐."

주방으로 향하는 유미르. 가스파르는 류나를 안은 채 못 박힌 듯 서 있을 뿐이다.

사정을 모르는 사람들은 생각지도 못한 광경에 놀라고 있었고, 사정을 아는 사람들은 흐뭇하게 바라보고 있었다.

가스파르가 첫발을 떼자 사람들 사이에서 묘한 눈치 싸움이 시작됐다.

자유롭게 팀을 짜는 이 규칙은 상위권이 담합할 경우 1위가 확정적으로 나올 수 있는 구조였으나 굳이 그렇게 하려는 사람들은 없었다.

내가 골고루 포상을 주기 위해 그런 규칙을 만들었다는 걸 알기 때문이다.

다만 그렇기 때문인지 방금 가스파르가 한 것처럼 공로가 높은 사람이 먼저 제안을 하는 게 암묵적인 룰처럼 되어 있었다.

그 공로 상위권은 크게 다섯으로 가스파르, 리노아, 루크 레치아, 에리나, 엘레나였다.

이들은 각자 누구에게 권유해야 하는가 고심하고 있었다.

먼저 리노아다.

우연인지 운명인지 알 수 없는 만남으로 나와 인연을 맺게 된 그녀는 주거와 자금 면에서 큰 도움을 주었다.

실종자들의 수색에도 큰 기여가 있었고, 한탄의 숲 탐험과 왕위 계승전에서도 활약했다.

"훗, 다들 기대하며 바라보는 눈빛이 기분 좋네요."

"아가씨, 적당히 결정을 하시지요. 어차피 우리는 여왕 폐하에게 포상을 받지 않았습니까."

"무슨 소리야, 안두하. 이런 사람들에게 주목을 받을 수 있는 기회가 얼마나 된다고 바로 결정해."

"심정은 이해합니다만, 차례를 기다리시는 분이 계시니까요."

"어휴, 어쩔 수 없네."

리노아는 애타게 자신을 응시하는 에오니아를 지나쳐 메이센에게 손짓했다.

"메이센 언니."

"아, 응! 고마워, 리노아."

리노아는 가장 친분이 두터운 메이센을 택했다. 메이센은 면목이 없다는 듯 웃고는 리노아의 곁에 섰다.

그다음은 루크레치아였다.

이쪽도 만만찮게 공로가 높았다. 한탄의 숲 탐험, 아티클과의 전쟁, 왕위 계승전. 세 개의 사건에서 분투를 해 줬다.

"그렇담 전 클레어 씨와 함께하겠습니다. 그래야 에리나 양이 부담을 갖지 않을 테니까요."

"앗……! 감사합니다, 루크레치아 씨."

에리나는 크게 한숨을 돌렸다. 루크의 말대로 그녀 입장에선 우리 어머니가 최우선 선택지였을 테다.

'에리나는 눈치를 너무 많이 보니까 말이지.'

루크가 어머니를 데려가 준 덕에 에리나는 자유롭게 택할 수 있었다.

그녀의 공로는 말할 것도 없었다. 울란드 지하 시장 습격을 제외한 모든 사건을 함께했다.

"저는……."

에리나는 강렬한 눈빛을 보내오는 에오니아를 애써 무시하고는 에스텔에게 손짓했다.

"에스텔, 이리로 와!"

"역시 친구밖에 없다니까!"

둘은 마주 보고 웃더니 다음으로 꼬셔 올 사람을 상의하기 시작한다.

마지막으로 남은 건 엘레나. 그녀는 아티클과의 전쟁, 울란드 지하 시장 습격, 왕위 계승전에서 맹활약을 해 줬다.

"이거 참……. 곤란하네요."

그녀는 비스케타를 데려오려 했으나 에오니아의 울 것 같은 눈을 외면하기 힘들었던 모양이다.

"에오, 왜 그렇게 공로에 집착하는 거니?"

"그, 그야 알스 님이 하는 논공이니……. 이런 말을 하긴 뭐하지만, 전 알스 님의 논공에서 2위 아래로 내려가 본 적이 없습니다!"

"어휴……. 그래. 그러면 이런 때라도 1위를 해 보자. 다음 사람은 네가 지명하렴."

에오니아의 영향인지 이후부턴 선택된 사람이 다음 사람을 선택하는 스네이크 방식으로 조가 만들어져 갔다.

최종적으로 만들어진 조는 이러했다.

[가스파르→유미르→일리야→귄터]
[리노아→메이센→안두하→저택의 시종 일동]
[루크레치아→클레어→비스케타→엘리엇]
[에리나→에스텔→도로시→소피아]
[엘레나→에오니아→애쉬→류나]

여기서 하나 이해하기 힘든 부분이 있었다.

"인마 애쉬, 류나는 왜 뽑은 거야?"

"그냥. 귀엽잖아."

말은 그렇게 해도 본인이 소피아나 엘리엇을 뽑을 경우 1위가 확정적이 되기에 스스로 조절을 한 것일 테다.

에오니아는 1위를 노리고 애쉬를 뽑았지만, 그 애쉬가 1위 자리를 걷어차 버린 셈.

그렇다 해도 경쟁력이 없지는 않았다.

애쉬는 합류 시기가 늦어 상위 공로자에 들어가진 않았어도 상위권 이외에선 최상위 수준에 있었으니까.

엘레나와 애쉬 둘만으로도 1위를 노려 볼 법했다.

"으음……. 본격적으로 순위를 발표하기 앞서 상품을 설명할게요."

나는 로자에게서 받아 온 상품 목록을 읽어 주었다. 왕의 하사품이라 그런지 그 목록이 눈부셨다.

금은보화에 값비싼 고서, 거기에 땅문서나 집문서까지.

지금까지 있었던 논공행상 중에서 상품만은 역대급이었다.

"먼저 5위는 리노아, 당신들입니다."

리노아는 예상을 했다는 표정이다. 미리 로자에게서 받은 게 있으니 상품에 대한 미련도 없는 모양이다.

"원하는 상품이 있으면 말해 줘요."

"전 상관없으니 메이센에게나 주도록 하세요. 덤으로 저택의 일을 도와준 시종들에게도 보너스를 좀 챙겨 주면 돼요."

다음은 4위. 리노아는 실상 깍두기 같은 상황이었으니 여기부터가 진짜였다.

'그런데 왜 이렇게 밸런스가 좋은 거야?'

어디 하나 우열을 가리기가 힘들었다. 그중 하나에게 4위를 주기가 꺼려졌기에 타협을 보기로 했다.

"이런 건 재미없을지도 모르지만, 공동 3위입니다. 가스파르, 루크레치아."

이 두 팀은 애초에 논공에 크게 구애받지 않는 것도 있어서 딱히 불만을 가지거나 하지는 않았다.

이제 남은 건 에리나의 팀과 엘레나의 팀.

둘 다 은근히 1위를 노리고 있었기에 나로서도 발표가 주저됐다.

이러면 어쩔 수 없었다. 지극히 객관적으로 가는 수밖에.

"1위는 에리나."

"앗! 아앗······!"

에리나는 감격에 겨워하며 이내 에스텔을 껴안으며 기뻐했다.

반면 또 2위를 차지한 에오는 입술을 삐죽 내민다. 그래도 본인이 불평을 할 정도의 공로가 있지는 않다는 걸 잘 알고 있는지 그 이상의 불만은 표하지 않았다.

"영광입니다, 알스 님! 앞으로도 도움이 될 수 있도록 노력할게요!"

"그런 가신스러운 반응을 바란 건 아니야. 편하게 생각해."

상품에 대해선 나눠 가지는 방향으로 모두가 합의를 했다.

소피아는 흥미로운 고서를. 에스텔과 에리나는 마법 서적을. 비스케타는 건설하고 있는 저택 부지의 땅문서를. 그 외의 사람들은 금은보화를.

그렇게 즐거운 하루가 지나간다.

그렇기에 알 수가 없었다.

우리가 웃고 떠들고 있는 사이, 뒤에선 무시무시한 모략이 실행되고 있었음을.

그 모략이 어떤 것이었는지를 알게 된 건 그로부터 사흘후의 아침이었다.

이 세계엔 주기적으로 '격동'이라는 재해가 발생한다.

대기에 흐르는 불안정한 마나의 흐름이 절정에 달하는 때로, 그 불안정한 마나가 마정석이 되어 던전을 생성하는 시기가 바로 격동의 시기라고 불린다.

이 격동은 짧으면 6개월에서 길면 1년의 주기로 발생하는데, 그 시기가 되면 전조가 보이기에 대처가 가능하다.

최근엔 아티클과의 전쟁 이후 격동이 발생했었다.

각지에 던전이 발생했고, 그 지역의 시민들로부터 신고가 들어왔다.

그 정도가 심하진 않았다. 이미 수많은 마정석을 왕궁의 마정석 창고에 봉인하고 있기 때문이다.

현재 영토 내에서 발생하는 던전들은 일종의 찌꺼기들.

정말 위험한 던전들은 이미 토벌이 되어 마정석 창고에 잠들어 있거나, 잃어버린 땅에서나 찾을 수 있다.

그렇기에 리노아의 아버지가 벌이려던 일이 정말로 끔찍했다는 것이다.

리노아의 아버지는 그 마정석 창고를 습격해 봉인된 마정석을 전부 풀어 버리려 했다.

그러면 다음에 있을 격동에서 무지막지한 던전들이 무수히 발생하며 왕국이 통제권을 잃어버릴 테니까.

그로 인한 인명 피해는 상상도 가지 않을 정도다. 그러니 리노아가 눈물을 머금고 부모님을 독살한 것이었다.

"상황은 일목요연합니다."

루크레치아가 침통한 표정으로 말했다.

주위엔 로자 공주와 근위대 핵심 간부. 그리고 소피아와 나밖에 없었다.

"바로 어제 자정. 왕자 일파의 잔당들이 우리 왕궁의 마정석 창고를 습격. 그 습격으로 인해 특급으로 지정된 던전들을 포함한 위험 던전들의 마정석이 모조리 증발해 버렸습니다."

"아, 아아……!"

로자는 하얗게 질려 아무런 말도 하지 못했다.

즉위식을 하루 앞둔 시점에 벌어진 대참사.

"저, 전부 내 잘못이야! 내 즉위식 때문에 경비가 허술해
져서……!"

"아뇨, 이건 그런 문제가 아니에요."

"웨이드……?"

"경비는 허술하지 않았거든요. 그렇죠, 소피아?"

소피아도 내 말에 동의를 표했다.

"맞아요, 즉위식을 앞두고 오히려 경비 인력이 더 늘어난
상태였어요. 엘레나 씨나 루크레치아 씨도 왕궁에 있었고요.
웨이드의 조력으로 말미암아 일리야 씨와 가스파르 씨 같은
외부 인력도 왕궁 경비로 배치됐죠. 그런데도 그 경비망이
손쉽게 농락당했어요. 그렇다는 건 왕궁 내부 사정에 정통한
내통자가 있었다는 겁니다."

그러면서 소피아는 근위대 간부들을 노려봤다.

그 시선에 근위대 간부들은 사색이 된다.

"저, 저희를 의심하시는 겁니까!"

"불쾌합니다! 소피아 님!"

소피아는 비릿하게 웃었다.

"제 발이라도 저리나 보죠? 안심해요, 죄가 없으면 벌을
받을 일은 없을 테니."

로자의 즉위에 불만을 가진 사람들도 물론 있었다.

왕자 일파의 잔당들도 그랬고, 단순히 여자가 왕이 되는 게 싫은 사람도 있었다.

'이건 아마……'

전자의 가능성이 높았다.

세 왕자의 세력. 그들은 세력 다툼에 패배해 다른 왕자가 알 현실을 점거하고 왕좌를 차지했을 경우도 염두에 뒀을 거다.

그 대비책이 바로 이 마정석 창고 습격이었던 거다.

마정석을 풀어 버리면 누가 왕위를 차지하건 크게 물 먹일 수 있기 때문이다.

그런 최후의 보험이니 만큼 표면적으로 드러나는 부분이 적었을 테다.

그렇기에 로자와 내가 눈치채지 못한 것이다.

'내가 경솔했어.'

역모를 꾀한 무리가 왕자들이라는 걸 알았기에 아무리 그래도 이런 미친 수법까지 사용할 거라고는 생각지 않았다.

이건 왕국 자체를 멸망시켜 버릴 수도 있는 최악의 수.

'그걸 왕자들이 진심으로 시도할 줄이야……. 아마 연맹 쪽의 입김이 강하게 작용했겠지.'

그렇게 따지면 연맹과 가장 밀접한 관련을 맺은 파리스 왕자 일파의 수작인지도 몰랐다.

뭐가 됐건 이미 엎질러진 물을 주워 담을 순 없었다.

난 곧바로 루크레치아에게 물었다.

"다음 격동은 언제 일어나는 거죠?"

"최근에 있었던 게 두 달여 전이니 앞으로 짧으면 4개월일 겁니다."

"이건 묻기 두렵지만…… 다음 격동이 발생하면 정확히 어떻게 되는 겁니까?"

루크레치아는 최악의 경우를 상정하여 이야기를 했다.

그 끔찍한 이야기를 들은 로자는 그대로 혼절하고 말았다.

로자가 기절함으로 인해 회의는 잠시 중단됐다.

소피아도 왕궁 내의 내통자를 색출하겠다며 근위대 간부들을 이끌고 나가면서 이곳엔 나와 루크레치아만 남게 됐다.

"……웨이드."

루크의 눈동자가 흔들리고 있었다. 그녀는 마치 떠나가려는 연인을 붙잡으려는 것 같은 얼굴로 말했다.

"혹여 이제 와서 로자 님을, 우리 왕국을 버리려는 생각을 품은 건 아니겠죠?"

"갑자기 왜 그런 말을 하는 겁니까?"

"그야 상황이 그렇잖아요. 당신은 언제든 발을 빼도 상관없는 입장이니까……! 아니, 오히려 그러는 게 형편에 좋겠죠! 시, 실제로 로자 님이 왕위를 잇기로 결심을 굳히기 전엔 조셉 왕자님의 보복을 우려해 북대륙으로 도망갈 준비를 하고 있었잖습니까!"

그녀도 어지간히 평정을 잃은 모양이었다. 평소의 우직한 모습에선 상상도 못 할 말을 내뱉는다.

"우리를 버리지 말아 줘요. 로자 님에겐 당신이 필요합니다!"

"……."

"알아들었다면 대답을 해 주세요!"

"미안하지만 지금은 대답할 수 없습니다."

예상이 들어맞는다면 4개월 뒤에 엘란 왕국은 아포칼립스 상태가 된다.

물론 인류는 계속 살아갈 수 있겠지. 희생이 따르겠지만 시간을 들이면 언젠가는 수습을 할 수 있다.

하지만 그 과정에서 왕국은 십중팔구 멸망한다.

그런 식으로 위협적인 던전이 우후죽순으로 생겨나면 중앙의 영향력이 약화되면서 지방이 자치력을 얻게 되니까.

그건 머지않아 독립으로 이어져 왕국의 체제는 붕괴될 수밖에 없다.

그걸 필연으로 생각하고 있는 내게 왕국을 끝까지 도와 달라는 루크의 부탁은 선뜻 승낙하기 어려운 것이었다.

그도 그럴 게 나는 본래 있던 곳으로 돌아갈 생각이었다.

남은 실종자들을 찾는 즉시 중앙 대륙으로 갈 수 있도록 지금부터 연구를 하려 했다.

'만약 엘란 왕국을 돕는다면?'

연구를 할 여유가 사라질 뿐만 아니라, 왕국을 정상화시키는 데에만 수년의 시간이 걸릴 테다.

그 정도의 희생을 쉽게 결정할 수 있을 리가.

솔직하게 말해 내게 있어 최고의 상황은 4개월 안에 남은 실종자들을 찾아 중앙 대륙으로 돌아가는 것이었다.

루크도 거기까지 생각이 닿아 내게 애원을 하고 있는 것이다.

"부탁입니다! 가뜩이나 로자 님의 곁엔 인재들이 없어요. 당신과 당신의 가신들마저 사라진다면……!"

"조금 전에 말했다시피 지금은 어떤 대답도 할 생각이 없어요."

내 완곡한 거부에 루크는 완전히 이성을 잃었는지 쏘아붙여 온다.

"엄밀히 말하면 당신 탓이 아닙니까! 당신이 더 잘 조치를 취했으면 이런 일은 일어나지 않았을 거예요!"

그녀가 문제 삼은 건 내가 파리스 일파의 사람들을 놓쳐 준 부분이었다.

당시엔 알현실을 점거하는 게 최우선인 상황이었기에 어쩔 수 없었던 선택이지만, 만약 그들이 마정석 창고의 습격을 계획한 장본인들이라면 내 실책이 맞다.

"결과론입니다. 그게 그렇게 마음에 안 들었다면, 당신이 직접 추격하지 그랬어요?"

"큭!"

"결과론으로 따지면 누구의 잘못이든 만들어 낼 수 있어요. 그걸 당신이 모르진 않을 테니……. 심정은 이해합니다. 다만 우리 쪽의 사정이라는 것도 있는 겁니다."

"……만약."

"……?"

"만약 제가 당신의 가신이었다고 하면 도움을 줬을 겁니까?"

의미심장한 물음. 근 8개월간 나와 시간을 보낸 그녀도 알고 있었던 거다. 내가 가신 하나하나를 얼마나 아끼는지를.

"가신인 제가 목숨을 걸고 애원한다고 해도 외면했을까요?"

"그런 상황을 겪어 보지 않아서 모릅니다. 알고 싶지도 않고요."

나는 빠르게 선을 그었다. 기세를 보아하니 자기가 가신이 될 테니 왕국을 도와 달라는 요청이라도 할 것 같았으니까.

설령 그런다고 해도 나는 단호하게 거부할 수 있으나 루크의 이런 행동은 다른 의미에서 골치가 아팠다.

루크는 내 가신들 일부와 깊은 친분을 맺고 있으니까.

그녀가 고집을 부리면 엘레나나 애쉬, 메이센 등등. 내 가신들이 그녀를 돕자며 목소리를 높일 테다.

그 부분까지 단호하게 묵살할 수 있을 것 같지는 않았다.

"웨이드, 저는 이미 각오를 마쳤습니다. 왕국과 로자 님을 지키기 위해서라면 저 자신의 충의 정도는……."

그렇게 루크가 선을 넘어서기 직전이었다.

"안 돼, 루크."

"로자 님!?"

기절했던 로자가 돌아온 것이다.

그녀는 루크를 엄하게 꾸짖었다.

"너까지 나를 떠나가면 내 곁엔 누가 남는데? 부탁이니 그런 생각은 하지 말아 줘."

"하지만……."

"그를 우리 편으로 끌어들이지 못하면 상황이 절망적이라는 건 나도 알아. 그 부분은 나도 생각한 게 있어. 내게 맡겨 줘."

로자는 독한 눈으로 나를 노려본다.

"웨이드 당신, 이대로 내뺄 생각이야?"

"대답하지 않겠습니다. 우리에게도 사정이라는 게 있습니다. 그걸 종합적으로 고려해서……."

"한시바삐 중앙 대륙으로 내뺀다. 그게 가장 합리적인 선택이라는 거잖아?"

"그런 결론이 나온다면 그렇게 해야겠죠."

"안 돼. 이 내가 허락하지 않겠어."

"그 강제력이 제게 통할 거라 생각하고 계시다면, 오산입니다만."

"네게는 통하지 않겠지. 하지만 에리나는 어떨까?"

"……!"

"에리나가 나를 버리고 돌아갈 수 있을 거라고 생각해?"

독하게 나오겠다면 나도 독하게 나간다.

"그 경우 그녀에겐 가혹한 일이 되겠지만, 둘 중 하나를 선택하라고 하겠죠. 거기서 당신을 위해 이곳에 남겠다고 하면, 전 그 의사를 존중할 겁니다."

"에리나가 널 선택할 거라고 확신하는구나."

"어떤 협박도 제겐 통하지 않는다고 말씀드린 것뿐입니다."

차라리 방금 루크레치아가 한 것처럼 가신으로 들어오겠다는 쪽이 내 입장에선 더 곤란했다.

로자도 그 부분을 깨달았는지 한 발자국 물러난다.

"그렇담 타협을 하는 수밖에 없겠네. 나도 에리나를 인질 삼고 싶지는 않아."

"타협이라고 하면……?"

"왕래를 하는 거야."

로자는 중간점을 제시했다.

"우리도 중앙 대륙으로 돌아가는 방법에 대해서 온 힘을 다해 알아볼게. 그 대신 일방적으로 돌아가는 게 아니라 왕래를 할 수 있는 방향으로 연구를 하는 거지."

"양쪽 모두에 발을 걸쳐 놓으라는 겁니까?"

"그래. 그게 가능하다면 너로서도 나쁘지 않잖아?"

확실히 그랬다. 궁극적인 대륙 통일을 위해선 왕래가 가능한 상황을 만들어야 하는 것도 사실이었으니까.

"그럼 우리도 연구를 도울게. 대신 너도 우리의 일을 외면

하지 않고 성심성의껏 도와주는 거지."

합리적인 타협이긴 했으나 한 가지 부족한 게 있었다.

"그런 위험천만한 일을 수행하는 저와 제 가신들을 위한 대가요?"

"훗날 있을 원만한 국가 통합. 그것만 해도 내가 많이 양보한 건 알고 있잖아?"

"당신이 받아들이지 않는다면 전쟁으로 쟁취할 뿐인 이야기입니다."

"그 과정에서 수만에 달하는 사람들이 죽겠지. 그건 무의미한 희생이야. 지금 네가 내 제안을 받아들이기만 하면 그 사람들은 죽을 일이 없는 거니까."

"애초에 엘란 왕국이 그때까지 멀쩡히 남아 있을 가능성조차 희박해요."

"뭐가 됐든 넌 전쟁을 통해서 정복을 해야겠지. 무고한 사람들이 죽고 마는 거야. 하지만 나를 도와 엘란 왕국을 존속시킨다면 전쟁을 하지 않아도 돼."

"되도 않는 억지라는 건 알고 계십니까?"

"억지를 부릴 수밖에 없는 상황이라는 건 너도 알잖아. 선언하겠어. 네가 이 타협안을 받아들이지 않는다면, 난 절대로 네 국가와 통합하지 않을 거야."

어린애의 투정이나 다름없었으나 그렇기에 곤란했다.

보아하니 내가 이 타협안을 받아들이지 않으면 에리나에

게 울며불며 애원하거나, 강제적인 압박을 준다거나 하는 모든 수단을 다 동원할 기세였다.

"하아……. 알겠습니다. 안전하게 왕래할 방법을 찾는다고 하면, 최대한 도와드리도록 하죠."

"아……! 저, 정말 고마워!"

본인도 억지였다는 걸 아는지 내가 승낙하자 눈물을 글썽이며 기뻐했다.

난 크게 기대하지는 않았다. 그냥 돌아가는 방법을 찾는 것도 어려울 텐데 왕래하는 방법을 찾아내는 건 더더욱 힘들 테니까.

일단 협력을 하기로 결정된 이상 앞으로의 일을 논의해야 했다.

먼저 이번 일을 벌인 범인들의 목적이다.

"작전의 표면적인 목적은 물귀신이 되는 겁니다."

"물귀신?"

"자기만 죽을 수 없으니 상대를 끌고 들어가는 거죠."

마정석 창고를 습격한 이번 일은 그야말로 물귀신 작전이었다.

"로자, 당신에게 묻고 싶은 건, 과연 어떤 왕자가 이런 일을 벌였을까 하는 점입니다."

란디스, 파리스, 조셉. 셋 중 누가 이 물귀신 작전을 썼냐를 알면 이번 일의 배후에 대한 추적이 가능하다.

로자는 곰곰이 생각을 하고는 입을 떼었다.

"난 오빠들이 이런 짓까지 했을 거라곤 생각하지 않아."

"그런 이상론은 버려두고요."

"계속 들어. 오빠들은 물론 왕위에 집착하긴 했지만 처음부터 여기까지 생각하진 않았을 거야. 필시 연맹의 세력이 부추겼겠지. 그중 하나, 짐작 가는 곳이 있어."

로자는 리노아를 언급했다.

"리노아의 아버지가 연맹과 결탁해 마정석 창고를 습격하려고 했었잖아? 리노아가 아버지를 독살해서 무산이 됐지만."

"그랬죠."

"최근에 조사해서 안 건데, 리노아의 아버지는 파리스 오빠와 좋은 관계를 유지하고 있었나 봐. 그런 맥락에서 보면 파리스 오빠 쪽이 아닐까 싶어."

"역시 파리스 왕자입니까…… 루크레치아!"

내가 호명하자 루크는 절도 있게 고개를 숙였다.

"루크라 불러도 좋습니다."

원래부터 섞어서 부르고 있긴 했으나 그녀가 정식으로 허락을 한 건 이번이 처음이었다.

"그럼 루크, 당신은 당장 파리스 왕자가 유폐돼 있는 곳으로 가 그에게서 자세한 사정을 알아 와요. 아무리 파리스 왕자라도 상황이 이렇게 됐다는 걸 알면 마냥 입을 다물고 있진 않을 겁니다."

"결국 왕자님의 양심에 맡겨야 한다는 거군요……."

"그렇게 되겠죠."

"알겠습니다. 바로 출발하겠습니다."

이후엔 정치적인 대처였다.

이 부분은 돌아온 소피아도 함께 논의를 하였다.

나와 만나기 전까지 줄곧 연맹 영토에서 거주하던 그녀는 연맹의 상황을 잘 알고 있었다.

"연맹이 이 일을 사주했다면 목적은 간단해요. 왕국이 던전의 출현으로 인해 영토의 통제권을 잃고 혼란에 빠지면 개입을 하려는 겁니다. 구원자 행세를 하며 약삭빠르게 영토를 뺏으려는 거죠."

"흠, 하지만 막상 일이 발생하면 연맹의 사람들도 사정을 대충 짐작할 겁니다. 상위 연맹이 벌인 추악한 짓이라는 걸 알겠죠. 그러면 기타 연맹들은 섣불리 개입하려 들지 않을 텐데요."

"당신이 연맹의 사정을 잘 몰라서 그래요. 연맹은 현재 포화 상태예요. 연맹의 숫자는 많은데 그들이 다스릴 영토가 없죠. 몇 개 안 되는 상위 연맹이 영토의 60% 이상을 가지고 있으니까요. 그런 만큼 왕국의 혼란은 좋은 먹잇감인 거죠. 오히려 상위 연맹들보다도 더 적극적으로 개입하려 들 겁니다."

소피아의 브리핑에 로자는 미간을 찌푸린다.

"저번에 우리를 도와줬던 상위 연맹이 하나 있었잖아? 램 퍼트라고 했었나? 그들에게 도움을 요청하는 건 어때?"

로자는 순수하게 도와을 요청하자고 말한 거였지만 소피 아는 다르게 해석했는지 감탄성을 내지른다.

"그들을 우리 편으로 끌어들여 연맹의 내분을 일으키자는 건가요! 나쁘지 않은데요? 그 대가로 램퍼트 측에게 영토를 많이 떼어 줘야 하긴 하겠지만, 적어도 왕국 자체는 지킬 수 있어요."

"어? 아니, 그런 의미로 얘기한 건 아닌데……."

뭐가 됐든 램퍼트 측과는 이야기를 해 보는 게 바람직했다.

"소피아, 지금 연맹에선 내부 정쟁이 벌어지고 있다고 했 죠. 그 상황은 어떻게 돼 가고 있습니까?"

"그 지하 도시에 관한 일이 공론화돼서 상위 연맹들도 난 처한 상황이에요. 하위 연맹의 사람들을 불법으로 납치해 광 부로 부린 거니까요."

"……그렇담 이번 일도 그 맥락에 있겠네요."

"맞아요. 일이 발생하면 상위 연맹을 추궁하고 있을 틈이 없어질 테니까요. 그보단 어서 개입을 해 우리 영토를 뺏으 려 할 테죠. 결과적으로 상위 연맹들은 상황을 모면하는 형 태가 됩니다. 그걸 계산하고 마정석 창고의 습격을 강행한 거라고 하면 아귀가 맞아떨어져요."

연맹이 배후임은 확실한 상황.

그때 로자가 아연한 표정으로 말한다.

"그러고 보니 내일 있을 내 즉위식에 상위 연맹의 높은 사람들이 찾아온다고 했는데……. 설마 그중에 이번 일의 배후가 있을지도 모르는 거야?"

소피아는 당연하다며 고개를 끄덕인다.

"있을지도 모른다가 아니라 무조건 있을 거예요. 웨이드, 이건 좋은 탐색전이 될지도 모릅니다. 내일 있을 즉위식에는 당신도 참석해 상황을 보도록 하세요."

어수선한 상황에서도 강행되는 로자의 즉위식.

나는 이 즉위식이야말로 새로운 사건들의 시작점임을 직감했다.

3장

이번 마정석 창고 습격은 극비 사항으로서 정보가 철저하게 통제되었다.

이 사실이 세간에 알려졌다간 시민들이 너 나 할 것 없이 연맹의 영토로 도망가려 할 것이 뻔했기 때문이다.

그 경우 뭘 해 볼 새도 없이 왕국은 멸망 상태가 된다.

그러니 정보는 통제하되 조용히 사태를 대비하는 방향으로 갔다.

나도 일부 가신들에게만 이 정보를 공유하기로 했다.

"마정석 창고가 털렸다고!?"

애쉬는 눈을 부릅뜨며 되묻는다.

"어떤 미친놈들이 그런 짓을 한 거야! 그게 털리면 세상이 어떻게 되는지는 알고 있었을 텐데!"

현대로 따지자면 핵 발사 버튼을 누른 것과 같았다. 그것
도 4개월 뒤에 터지는 핵폭탄이다.

"농담은 아닌 거지?"

"농담 아니야."

용병으로 일하며 여러 던전을 토벌했던 애쉬는 피부에 와
닿는 게 있었던 모양이다. 평소에 보이던 껄렁한 모습이 조
금도 보이지 않았다.

"하, 하나만 물어봐도 되냐?"

"뭐든지 물어봐."

"나도 소문으로 들은 건데 말이다. 왕궁의 마정석 창고엔
가장 흉악한 던전들의 마정석이 보관돼 있다고 하던데 정말
이냐? 사람들이 소위 말하는 10대 던전들 말이야. 그중 두
개 정도가 보관돼 있다고 하던데."

"있었지, 지금은 사라졌지만."

꿀꺽! 애쉬는 마른침을 꼴깍 삼켰다.

"어, 어서 시민들을 대피시켜야 돼. 이건 말도 안 되는 사
태라고!"

"진정해. 우리도 대책을 생각하고 있으니까."

"대책이고 자시고! 넌 던전이 얼마나 무서운 건지 몰라서
그래!"

애쉬는 호들갑을 떨었지만 다른 가신들은 달랐다.

일리야 스승은 호기심이 동하는지 흥미를 드러냈다.

"던전인가……. 몬스터를 살해한 적은 있어도 던전을 공략해 본 적은 없었지."

"저도 마찬가지입니다."

"엘레나 씨도 말입니까?"

"전 줄곧 엘프들의 섬에 있었으니까요. 그곳에 던전이 발생한 적은 없었어요."

귄터도, 에리나와 에스텔도 같은 반응이었다. 던전은커녕 몬스터조차 만나 보지 못한 유미르도 별 위기감이 없었다.

그 모습에 애쉬는 답답함을 숨기지 못했다.

"다들 지독한 걸 겪어 보지 않아서 그런 겁니다! 과거 이 대륙의 사람들이 어째서 멸망 직전까지 갔는가를 생각해 봐요!"

이에 가스파르가 힘을 실어 준다.

"애쉬의 말이 맞아. 난 예전에 실종자들을 찾기 위해서 잃어버린 땅을 수색한 적이 있었지. 딱히 던전을 공략한 건 아니지만 그럼에도 위험성은 충분히 느낄 수 있었다. 내 등골을 서늘하게 하는 괴물들이 몇이나 있는 게 느껴졌으니까."

백전노장인 가스파르의 말은 무게감이 있었다.

그제야 다들 심각성을 인지한 듯 표정을 굳혔다.

가스파르는 내게 화살을 돌렸다.

"이젠 어쩔 거지? 상황이 이렇게 된 이상 왕국에 있을 필요는 없다고 보는데. 왕국 따윈 내버려 두고 안전한 곳으로 이동하는 게 좋다고 본다만."

이에 에리나가 벌떡 일어난다.

"왕국을 버린다니! 그건 안 돼요! 로자 공주님을 내팽개칠 순 없어요!"

예상했던 반응이었다.

에리나, 애쉬, 엘레나는 왕국을 도와야 한다는 입장이었다.

반면 가스파르, 에스텔, 소피아는 손절하는 게 낫다는 의견이다. 나머지는 중립.

특히 소피아의 냉정함은 지독했다. 바로 몇 시간 전까지만 해도 앞으로의 대책을 논의하더니, 가신 회의에 들어와선 희망이 없으니 왕국을 버리자고 한 것이다.

몇 시간 전의 논의는 그저 로자의 장단을 맞춰 주기 위함이었단 거다.

왕국을 버리느냐, 돕느냐. 두 의견이 팽팽하게 대립했으나 명분은 버리는 쪽에 있었다.

돕자고 하는 측의 명분은 의리 그 이상은 아니었으니까.

'이게 걱정됐던 건데.'

가신들 사이의 분열이다.

이 이상 대립이 심화됐다간 감정 싸움으로 이어질 수도 있었기에 내가 나서야 했다.

"이 부분에 대해선 제가 결정을 내렸습니다."

나는 로자와의 협상에 대해 털어놓았다. 대부분 납득하는 눈치였으나 가스파르는 질색을 한다.

"그게 무슨 뜬구름 잡는 소리야? 돌아가는 방법을 찾는 것만으로도 벅찬데 왕래를 하겠다니? 넌 그딴 헛소리를 듣고도 그러겠다고 한 거냐?"

"왕래할 방법을 찾지 못한다면 없던 일로 하기로 했습니다."

"그런 거라면 다행이다만. 저쪽에서 알겠다고 그냥 보내줄 것 같지는 않은데. 애초에 돌아갈 방법을 찾는 것부터가 뜬구름 잡는 이야기잖아."

"꼭 그렇진 않아요. 단서는 있습니다."

"뭐?"

난 엘레나 쪽을 응시했다.

엘레나는 무슨 뜻인지 알겠다며 말을 받는다.

"엘프들의 섬에 쿠라벨 성국에서 이주해 온 순혈 엘프들이 있습니다. 그들에게서 전이 마법진에 대해 알아낼 수 있을 거예요. 다만 섬은 외부에서 출입이 불가능합니다. 얼마 전에 일라인이 침투하긴 했으나 기적에 가까운 일이었죠. 오히려 그로 인해 외부에 대한 경계가 훨씬 강해졌을 겁니다."

단서는 있으나 그 단서를 캐내 올 방법이 애매한 상황이었다.

하여 당장은 그 엘프들의 섬에 들어갈 방법을 조사하는 방향으로 방침이 결정됐다.

성대하게 시작된 로자의 즉위식.

이번 즉위식엔 여러 행사가 기획돼 있지만 가장 중요한 건 귀족들의 알현 신청을 받아들이는 것과 연맹의 축하 사절을 맞이하는 일이었다.

전자는 자국 내의 귀족들이 로자를 주군으로 인정한다는 표시였고, 후자는 타국이 로자를 왕으로 인정한다는 의미였다.

로자는 긴장한 표정으로 연맹의 사절단을 맞이했다. 그녀는 사절단들의 얼굴을 하나하나 관찰하며 무언가 단서를 찾으려 하고 있었다.

그러나 짚이는 바가 없는지 곧 표정을 흐린다.

'그렇게 쉽게 꼬리를 드러낼 생각은 없다는 건가.'

성과가 없음을 확인한 나는 알현실을 나와 왕궁 내의 정원으로 향했다. 소피아와 의견을 주고받기 위해서다.

그러던 중이었다.

"네놈이로군, 내 계획을 역이용한 놈이."

"……!?"

돌연 내 앞을 막아선 얄팍한 인상의 남자. 난 그 얼굴을 어렴풋이 기억하고 있었다.

지난번 왕위 계승전에서 파리스의 곁을 지키고 있던 팍스 후작이었다.

흉악한 배신자로 낙인찍혀 왕국 내에서 수배 중인 그가 당당하게 이곳에 있다는 건 이상했다.

"뻔뻔하게도 얼굴을 내밀다니, 간도 크시군요."

"그만큼 너와 대화를 나눠 보고 싶었다, 웨이드. 아니, 알스라 부르는 게 낫나?"

"……."

이미 나에 대한 뒷조사가 시작된 모양이었다.

'저 죽일 테면 죽여 보라는 모습을 보아하니 구원이동이라도 사용한 모양이네.'

그렇담 죽여 봤자 소용이 없다.

생포를 하고 싶었지만 그것도 경계를 하고 있는 모양이니 차라리 대화를 해서 정보를 캐내는 편이 나아 보였다.

"……당신이군요. 마정석 창고의 습격을 지시한 건."

"호오, 왜 그렇게 생각하지?"

"굳이 왕궁에서 나와 접촉하려고 했다는 부분 때문입니다."

나와 얘기를 하고 싶었던 거면 굳이 여기서 할 필요는 없었다. 난 왕궁 밖에 살고 있으니까.

수배자 신세인 그는 왕궁보단 밖에서 접촉을 하는 편이 당연히 안전하다.

그럼에도 지금 여기서 접촉을 시도한 건 이 왕궁이 자신의 손바닥 안에 있음을 과시하기 위함이다.

그건 즉, 왕궁 내에 내통자가 있다는 뜻. 그러니 그가 마정석 창고 습격을 지시했다고 생각하는 편이 자연스럽다.

"과연, 꽤나 머리가 돌아가는군. 그렇담 어느 누가 나를 들여보내 줬는지도 알겠나?"

"……."

"혹시 모르지. 로자 여왕이 나와 한통속일 수도, 하하하핫!"

근처에 있을 배신자를 두려워하라고. 그는 그런 뜻을 품은 웃음소리를 흘린다.

"할 얘기는 그것뿐입니까?"

"아니, 이제부터가 진짜지."

"그렇담 자리를 옮기죠."

"날 생포해 볼 생각이라면 꿈도 꾸지 마라."

녀석도 딱히 시간이 여유로운 건 아닌지 주변을 경계하고는 곧바로 본론으로 들어갔다.

"네놈, 잘도 내 계획을 역이용했더군. 조셉과 란디스를 충돌시켜 파리스를 왕으로 앉히려던 내 계획을 말이야. 설마 거기서 로자가 끼어들 줄은 나도 생각지 못했다. 그 꽃밭에서 노는 게 어울리는 소녀가 오빠들을 모조리 짓누를 줄은."

"여자는 갑자기 변한다고들 하니까 말이죠."

"헛소리를. 전부 다 네놈이 부추긴 거라는 건 알고 있다. 그러지 않고서야 로자가 그런 결단력을 보여 줄 수는 없어."

그는 싸늘한 눈으로 말을 이어 간다.

"이런 말을 하긴 뭐하지만 처음엔 즐거웠다. 감히 내게 대항하려는 놈이 있다고 생각하니 호승심이 생기더군. 그러나 호승심이라는 건 승패가 갈리기 전에나 생기는 것. 내가 패배했다는 걸 알고 나니 분통함과 짜증밖에 남지 않더군."

녀석은 아주 솔직하게 내게 적의를 향했다.

"난 빚을 지고선 못 사는 성격이라서 말이야. 그 원한을 풀어야겠어. ……네놈의 모든 것을 앗아 가 주지. 네놈은 곧 제발 그만해 달라고, 제발 좀 용서해 달라고 내게 빌게 될 거다. 그때가 되면 네놈의 사지를 하나하나 절단하며 고통을 준 뒤에 용서를 해 주지. 기대하라고. 죽지 않게끔 조절하면서 몇 날 며칠을 고통에 몸부림치게 만들어 줄 테니까."

이건 놈이 내게 보내는 선전포고였다.

"……용서를 빌게 되는 건 네 쪽이 될 거다."

"흥, 머리에 피도 안 마른 애송이가. 난 알 수 있다. 네놈은 암투를 몰라. 뒤쪽의 세계가 어떻게 돌아가는지 머리로만 알고 있을 뿐, 그 심연을 진정으로 이해하고 있진 못하지. 그런 네놈이 날 이길 수 있을 거라고 생각하나?"

정곡이었다.

나는 암투에 취약했다. 경험치가 많지 않을 뿐만 아니라 그런 행위를 좋아하지도 않는다.

그렇다고 이길 자신이 없는 건 아니었다.

아마 결국엔 이기겠지.

하지만 그 대가로 많은 것을 지불하게 될 거다. 대표적으로는 내 지인들과 가신들의 목숨이다.

내 모든 것을 앗아 가겠다는 선전포고는 대놓고 그걸 예고한 것이었다.

'나는 그 상황을 버틸 수 있을까?'

최후의 승자가 되지만 내 주변엔 아무도 남지 않는다.

승리했지만 패배해 버리는 아이러니.

그렇기에 눈앞의 남자가 두려웠다.

"푸훗, 푸ㅎㅎㅎㅎ훗!"

녀석은 내 두려움을 읽었는지 소름 끼치는 소리로 웃는다.

"각오도 없이 암투에 발을 내디딘 걸 뼈저리게 후회하게 될 거다. 네놈이 나락으로 떨어져 가는 걸 구경하는 건 정말 재밌겠군. 아주 기대돼!"

"큭……!"

"어디 열심히 발버둥 쳐 보라고, 웨이드……!"

그때 어딘가에서 화살이 쏘아졌다. 화살은 놈의 미간으로 향했고, 그로 인해 구원이동이 발동. 놈의 모습이 감쪽같이 사라졌다.

"쳇!"

나는 화살이 날아온 방향으로 달려가 보았으나 그곳엔 사람이 있던 흔적만이 남아 있을 뿐이었다.

이렇게 단시간에 은신을 했다는 건 상당한 실력을 가졌다는 뜻이 된다.

'왕궁 내의 내통자……!'

등이 가려워지는 느낌이 들었다. 마치 거미 한 마리가 척추를 기어다니는 것 같은 느낌이었다.

단적으로 말해 이대로 그 내통자를 내버려 뒀다간 왕궁을 드나드는 에리나나 소피아의 목숨이 위험해질 수도 있었다.

"젠장!"

나도 모르게 신경이 곤두섰다.

갑자기 주변의 모두가 적으로 느껴졌다.

"괜찮으십니까!"

소란을 듣고 달려온 경비대도 미심쩍게 보였다.

그들이 일을 제대로 했다면 팍스가 과연 이곳에 숨어 들어올 수 있었을까.

"무슨 일이라도 있으셨는지요."

"……난 괜찮습니다."

이대로 있다간 두통이 생길 것 같았기에 나는 왕궁을 나와 저택으로 향하기로 했다.

내 모든 것을 앗아 가겠다는 상대의 선전포고.

나 하나라면 두렵지 않았겠지만, 그의 보복 대상은 나 하나가 아니었다.

내 지인들 모두가 타깃. 그건 어머니도, 내 딸 류나도 예외가 아니다.

'싸우고 싶지 않아.'

내가 이긴다고 해도 무수히 많은 사람들이 죽어 나갈 거다.

똥은 무서워서 피하는 게 아니고 더러워서 피한다고 하지 않는가? 굳이 싸워 줄 필요는 없다.

하지만 그건 결과적으로 로자와 엘란 왕국을 버리는 게 된다. 나 개인의 자존심에도 상처가 나겠지.

'내 가족들의 목숨이 걸려 있는데 자존심 따위가 무슨 상관이야.'

한편으론 상대의 블러핑일 수도 있다는 생각이 들었다.

만약 블러핑이라면 지레 겁을 먹고 도망가는 꼴이 된다.

"빌어먹을!"

암투를 이해하지 못하고 있다는 그 말이 뇌리를 스쳐 갔다.

지금 이렇게 고민하고 있는 것도 그 말을 증명하는 꼴이겠지.

'대체 어떻게 해야…….'

그때 똑똑! 노크 소리와 함께 시종의 목소리가 들려왔다.

"웨이드 님, 손님이 찾아왔습니다."

"지금은 바쁘다고 전해요."

나는 왕궁 내에 만들어진 내 집무실에 있었다. 팍스에 대한 자료를 조사하기 위해 어제부터 이곳에 틀어박혀 있었다.

"꼭 기별을 넣어 달라고 했습니다. 그러면 만나 줄 거라고……."

"무슨 기별입니까?"

"쥬라스 파밀리온이라는 얘기를 하면 반드시 만나 줄 거라고 했습니다만. 짐작 가는 바가 없다면 돌려보낼까요?"

"쥬라스……라고요!?"

나는 귀를 의심할 수밖에 없었다.

갑작스레 찾아온 방문객.

나는 멍하니 그 녀석을 맞이했다.

혹여나 사칭일 수도 있다고 생각했지만, 역시 그렇진 않았다.

"오랜만이군요, 알스. 아니, 여기선 웨이드로 자칭하고 있던가요?"

"쥬라스……!"

능글맞은 얼굴도 얼굴이지만, 이 불길한 웃음은 녀석이 틀림없다는 걸 나타냈다.

"어떻게 당신이 이곳에 있는 겁니까!?"

"훗, 이쪽 세계는 손님에게 차도 내오지 않고 이야기를 재촉합니까?"

나는 곧바로 시종을 불러 다과를 내오게 했다.

그사이 쥬라스는 내 집무실을 둘러보며 고개를 갸웃한다.

"당신의 집무실이라기엔 초라하군요."

"공식적으론 아무런 직위도 가지고 있지 않기 때문입니다. 일개 아카데미생에 불과해요. 그런 사람에게 호화로운 집무실을 줄 수 있을 리가 없죠."

"공식적으로 직위가 없다라……. 대충 사정은 알겠군요."

이 간단한 회화로 모든 사정을 꿰뚫어 봤다는 기색. 이놈은 실제로 모든 걸 꿰뚫어 보기 때문에 무섭다.

시종이 다과를 가져오자 우린 그걸 사이에 두고 마주했다.

나는 녀석이 먼저 무언가 묻기를 기다렸으나 녀석은 느긋하게 차를 마실 뿐이었다. 하는 수 없이 내가 먼저 운을 띄웠다.

"묻고 싶은 건 많지만 우선적으로 하나. 당신, 어떻게 여길 온 겁니까?"

"당신답지 않은 멍청한 질문이군요. 내가 어떻게 왔는지 정도는 짐작하고 있을 텐데요."

"역시나⋯⋯. 쿠라벨 성국의 옛터에 있는 그 전이 마법진을 사용한 거군요."

나와 내 가신들을 이 세계로 보내 버린 그곳.

언젠가 그런 생각을 한 적이 있었다. 그 정도의 단서가 남아 있다면, 쥬라스가 상황을 파악하지 못할 리 없다고.

게다가 거기엔 쿠라벨 성국의 엘프가 남긴 수기 같은 게 있었다.

그 수기엔 왜 마법진이 만들어졌는가, 마법진이 어떻게 발동하는가에 대해서도 적혀 있었으니 사정을 파악하기 쉬웠겠지.

그러나 쥬라스는 고개를 흔들었다.

"그 시설을 그대로 사용할 순 없었습니다."

"사용할 수 없었다고요?"

"마나라고 하는 게 고갈됐더군요. 그 장소에 남아 있던 서적에 의하면 지맥에 의해 마나가 충전이 돼야 전이 마법이 발동한다고 했습니다."

그러고 보니 그런 이야기가 적혀 있었다.

"하지만 당신들이 이동한 것으로 인해 그 장소에 고여 있던 마나는 고갈돼 버렸죠. 그게 다시 회복되려면 못해도 10년은 걸렸을 겁니다."

"그렇담 어떻게⋯⋯?"

"거기가 안 된다면 마나가 고여 있는 새로운 장소를 찾으면 되는 겁니다. 이전에 쿠라벨 성국을 멸망시킬 당시 그들이 쳐 놓은 수상한 진법을 파훼하기 위해 잠깐 공부를 한 적이 있어서요. 덕분에 어려운 일은 아니었습니다."

과거에 에오가 내게 말했었다. 쿠라벨 성국을 지키는 결계 마법은 지맥에 의해 영구적으로 발동한다고.

그러나 쥬라스는 지형을 강제로 파괴함으로써 지맥을 망가뜨리고 성국을 침공했다고 했다.

"그런 장소는 어렵지 않게 찾을 수 있었습니다. 이후엔 간단했죠. 땅을 깊이 파서 공간을 만든 뒤에 쿠라벨 옛터에 있는 그 괴상한 방을 그대로 복사하면 됐으니까. 뭐, 7개월이나 걸렸으니 말처럼 간단한 건 아니었을지도 모르겠네요."

"……나를 찾아온 방법은요?"

"이겁니다."

틱! 책 한 권을 내미는 쥬라스. 내가 발간한 로맨스 소설 '그녀들의 사정'이었다.

"시중에 유통되고 있는 이걸 보고 당신이 바이언에 있다는 걸 알았어요. 이후엔 알스와 웨이드란 이름을 추적해 여기까지 더듬어 온 겁니다."

"하핫, 그 책이 드디어 효과를 보다니."

책 발간은 투자한 것에 비해선 효과가 미미했었다. 도로시를 찾긴 했으나 그것도 우연에 가까웠으니까.

설마 그게 지금 와서 쥬라스를 내게 인도할 거라곤 꿈에도 생각지 못했다.

이걸로 대략적인 것은 알았다. 더 물어보고 싶은 게 있긴 했으나 이젠 녀석이 내게 물을 차례라고 생각했다.

"⋯⋯."

그러나 녀석은 아무것도 묻지 않았다. 그저 느긋하게 차를 즐기고 있을 뿐이다.

"이건 분명 콜서스 찻잎인데도 내가 알던 맛과 달리 독특하군요."

"이곳은 마법을 이용해 작물을 길러서 그래요. 그 과정에서 특색을 다르게 할 수 있죠. 그보다도, 당신은 제게 궁금한 게 없습니까?"

쥬라스는 피식 웃는다.

"굳이요. 이미 다 알았는데 물을 필요가 있습니까?"

"그러니까 그 다 안다는 태도는 그만 좀 하라고 했잖습니까!"

"하핫, 당신의 그 말도 오랜만에 들으니 반갑게 느껴지는군요."

"어쨌든, 당신이 알고 있는 걸 말해 봐요."

왜 내가 녀석에게 물어야 하는 건지는 모르겠다. 물어봐야 하는 건 저쪽일 텐데도.

그러나 쥬라스의 말은 허언이 아니었다. 녀석은 정말로 모든 것을 파악하고 있었기 때문이다.

"상황을 보면 일목요연하죠. 아카데미생이라는 당신이 왕궁에 집무실을 가지고 있는 점, 이 왕국이 현재 왕위 계승전 이후 대관식을 치르고 있는 점으로 미뤄 보면 당신이 뒤에서 왕위 계승을 도왔다고 추측할 수 있습니다. 그 목적은 보나 마나 훗날 국가의 통일을 위해서이겠고요."

"……."

"틀린 점이 있다면 말해 주겠습니까?"

역시 이놈은 짜증 난다. 그래서인지 나도 모르게 트집을 잡았다.

"내가 왕궁에 집무실을 가지고 있는 것만으로 왕위 계승전을 도왔다고 하는 건 비약이 아닙니까?"

"그럼 첨언하죠. 이번에 즉위하는 왕이 여왕이라는 부분 때문입니다. 여성이 왕으로 즉위하는 건 정말이지 쉽지 않은 일. 게다가 그 로자라는 여자는 계승 3순위에, 따르는 귀족도 얼마 없었다고 들었습니다. 그런 그녀가 왕위에 오르려면 비범한 조력자가 있지 않으면 불가능하죠. 그렇담 당신의 개입을 추측하기는 어렵지 않습니다. 여기서도 틀린 점이 있다면 말해 줬으면 합니다만?"

"……그만합시다. 그래요, 당신 말이 다 맞아요."

이 녀석, 핵심적인 정보는 이미 수집한 모양이었다. 그 정보를 바탕으로 이미 대부분의 사실을 추론해 냈다.

내게 물어볼 게 없다는 것도 납득이 갔다.

"뭐, 물어보고 싶은 게 아주 없는 건 아닙니다만."

"뭐죠?"

"멜로디아나 공주는 함께 있습니까?"

"……"

"없는 모양이군요."

"변명으로 들리겠지만, 저도 최선을 다해서 찾았습니다."

"그 부분은 의심하지 않습니다. 당신의 일이니 우리 대륙으로 돌아가는 방법을 찾는 것보다 실종자 수색을 우선시했겠죠."

이 녀석과 얘기하고 있으면 언제나 주도권을 뺏기고 만다. 심력을 소모한다고 할까.

이놈 특유의 위압감 같은 게 있기도 해서 살짝 현기증이 일었다.

그러던 때 노크와 함께 로자가 일부 호위만 이끌고 내 집무실을 방문했다.

"웨이드, 잠깐 상담하고 싶은 게……"

로자는 쥬라스를 보며 말끝을 흐렸다.

"누, 누구야? 그냥 손님은 아닌 것 같은데."

평범하게 보면 손님과 대화를 하고 있다고 생각할 테지만 쥬라스 녀석의 존재감이라는 건 이런 것이었다.

로자는 쥬라스가 어딘가의 높은 사람임을 확신한 모양이다.

쥬라스는 로자를 보며 입꼬리를 올린다. 이에 로자는 소름이 돋았는지 몸을 부르르 떨었다.

"반갑습니다, 여왕 폐하. 저는 크로싱 공화국이라는 타지에서 온 쥬라스 파밀리온이라고 합니다. 크로싱에선 재상의 직위를 맡고 있습니다."

"크로싱……?"

"긴히 부탁드리고 싶은 것이 있는 만큼, 귀국과는 공식적으로 친교를 맺고 싶습니다. 얘기를 들어 주실 수 있겠습니까?"

로자는 어쩔 줄 몰라 하며 나를 바라봤다.

이 녀석이 우리 편이냐 아니냐를 물은 것이다.

'그게 굉장히 애매하단 말이지.'

어느 쪽이냐고 하면 우리 편이긴 했다.

게다가 이런 말을 하긴 뭐하지만 나는 쥬라스를 봤을 때 든든한 지원군이 온 듯한 느낌을 받았다. 너무나도 막강해서 상대가 불쌍해질 정도의 지원군.

나를 겁박한 팍스에 대한 대책으로선 이보다 나은 선택지는 없었다.

쥬라스 녀석이 이곳으로 온 표면적인 목적은 멜로디아나

공주를 찾는 것이었다.

녀석은 로자에게 수색에 대한 협조를 공식적으로 부탁했다.

"알겠습니다, 파밀리온 재상. 귀국의 공주를 찾는 것에 우리 엘란 왕국도 발 벗고 나서겠습니다."

"관대한 판단에 감사드립니다."

"그렇다면 파밀리온 재상, 수색을 위해서 우리가 협조해야 할 사항을 말해 주세요."

"딱히 없습니다."

"없다고요……?"

"이미 제 휘하의 특무대가 수색을 시작했을 겁니다. 여왕님께는 그 허락을 받고 싶었을 뿐입니다. 선조치 후보고가된 점은 양해해 주십시오."

로자는 쥬라스의 위압감에 쉽사리 적응하지 못하고 있었다.

당연하다면 당연한 것이었다. 정치 초짜인 로자와 달리 이놈은 중앙 대륙에서도 감히 대적할 자가 없을 불세출의 정치가였으니까.

"그 협력에 감사를 표하는바, 우리 크로싱도 귀국의 사정에 도움을 주고 싶으나 공교롭게도 지금은 본국과 연락이 끊긴 상황입니다. 그러니 미력하나마 저 개인이 도움을 드리려합니다만, 괜찮으신지요?"

"으, 음…… 고맙습니다. 파밀리온 재상에겐 바이언에 머무를 수 있도록 저택을 증여토록 하겠습니다."

"망극합니다."

보여 주기식 알현이었음에도 로자는 진이 빠져 식은땀을 흘렸다.

"웨이드, 이후의 일은 관계자인 네게 맡길게. 극진히 대접하도록 해."

로자는 극진히 대접하라는 지시를 내리곤 지친 듯이 자리를 떠났다.

쥬라스는 그 로자의 뒷모습을 응시하며 중얼거린다.

"전형적인 성군의 유형입니까…… 난세엔 어울리지 않는 순진한 족속."

곧 고개를 절레절레 흔들더니 내게 시선을 돌렸다.

"그럼 알스, 앞으로의 이야기를 해 볼까요."

"그 전에 상황을 점검하고 싶습니다. 당신은 묻고 싶은 게 없어도 난 많거든요."

녀석은 뭐든 물어보라며 어깨를 으쓱인다.

"일단은 자리를 옮기죠."

녀석에게 궁금한 게 있는 사람은 나뿐만이 아니었던 만큼, 녀석을 저택에 초대하기로 했다.

쥬라스 녀석은 로자가 증여한 저택에 짐을 두고 온다고 했기에 나는 먼저 저택에 돌아올 수 있었다.

"모두 저택에 모이라고 전해요!"

다행히 즉위식 기간엔 모두 휴가를 받은 상황이었기에 바이언에 머물고 있었다.

다들 근처에 있었는지 불과 30분 만에 저택에 집합했다.

"곧 손님이 하나 올 겁니다. 그러니 다들 맞이할 준비를 해 주세요."

내 말에 사람들은 어리둥절해한다.

리노아는 코웃음을 쳤다.

"무슨 심각한 일이라도 일어난 줄 알았더니 그냥 손님이 오는 거였어요?"

"심각한 일 맞거든요."

"상위 연맹의 연맹장들이 오는 거라면 모를까……. 아니, 그렇다 해도 이 정도로 호들갑을 떨 필욘 없다고 보는데요."

다른 사람들도 동감인지 고개를 끄덕인다. 밖에서 술판을 벌이고 있었던 애쉬와 가스파르는 시답잖은 일로 불렀다며 화를 냈다.

그러나 이어진 내 말에 둘은 입을 꾹 다물었다.

"잠시 후 쥬라스 녀석이 옵니다."

"그게 누군데요?"

리노아는 그래서 뭐 어쩌라는 반응이었지만, 쥬라스를 아는 사람들은 웅성이기 시작했다.

유미르는 표정을 굳히며 류나를 2층 방으로 올려보낼 준비를 했고, 소피아는 경악하여 입을 떡 벌렸다.

"쥬라스……?"

엘레나는 미간을 찌푸리며 그 이름을 되뇌었다. 그러고는 에오에게 묻는다.

"그러고 보니 에오, 쿠라벨 성국을 멸망시켰다는 자의 이름이 쥬라스 파밀리온이라고 했지. 그자가 오는 거니?"

"그, 그런 것 같아요."

"흥, 그렇담 잘됐네. 과거의 일이라곤 하나 내가 섬겼던 국가를 멸망시킨 놈이니까. 죽이진 않더라도 정당한 대련을 통해 혼쭐 정도는 내 줘도 괜찮겠지."

"예!? 그만두세요!"

에오는 그런 무모한 짓은 하지 말라며 만류한다. 이에 엘레나는 언짢은 기색을 보였다.

"너는 내가 질 거라고 생각하는 거니?"

"그, 그게. 그놈은 일리야도 당해 내지 못하니까요."

"일리야 안페이가……?"

그제야 엘레나는 일리야 스승 쪽을 바라보곤 화들짝 놀란다.

언제나 평정을 유지하는 일리야 스승도 지금은 극도의 경계심을 보이며 투기를 흘리고 있었다.

스승은 다른 이들을 향해 말한다.

"그놈은 인간의 탈을 쓴 괴물입니다. 그런 말로밖에 표현할 수 없어요. 그러니 알스의 말대로 다들 긴장을 늦추지 마십시오."

머지않아 녀석이 도착했다.

안두하의 인도를 받아 저택에 발을 디딘 그는 자신에게 모인 시선을 즐기듯 씨익 웃는다.

"오랜만에 보는 얼굴들이 많군요. 처음 보는 얼굴들도 있고."

엘레나는 왜 에오니아가 경고를 했는지 보자마자 깨달은 모양이었다.

당장이라도 무기를 빼 들 것 같은 기색으로 경계하기 시작한다.

나는 대표하듯 나섰다.

"이 사람에게 궁금한 게 있는 사람이 있다면 남아 주세요. 없다면 자기 할 일을 하러 가도 좋습니다."

곧바로 해산시킬 건데도 굳이 사람들을 모은 이유는 모르는 사람들에게 이 녀석을 한번 보여 주기 위해서였다.

얼마나 위험한 녀석인가를 알려 주기 위함과 동시에, 이런 놈이 우리 편이 될 경우 얼마나 든든한가를 알려 주기 위함이었다.

이는 앞으로 있을 암투에 있어 심리적인 안정감을 줄 거다.

쥬라스가 배후에 있다는 사실은 그 암투 속에서도 안도감을 줄 테니까.

쥬라스에게 궁금한 것이 있는 사람은 꽤 많았다.

일리야 스승, 애쉬, 소피아, 에리나, 에스텔, 어머니까지.

나는 가장 먼저 그에게 물었다.

"아까 듣기로 특무대를 데리고 왔다던데, 얼마나 데리고 온 거죠?"

"저를 제외하고 91명입니다."

"그들의 수준은요?"

"애매하군요. 현장 투입을 기다리고 있던 새내기들과 은퇴를 앞둔 베테랑들이 섞여서 말이죠. 평균 정도일 겁니다."

"그들의 위치는?"

"모릅니다. 뿔뿔이 흩어진 것 같으니까요. 뭐, 제가 손수 육성한 특무대이니 다들 잘 헤쳐 나가고 있을 겁니다."

그때 일리야 스승이 끼어들어 왔다.

"안톤도 함께 온 건가?"

"당신 남편이라면 함께 오지 않았습니다."

"……그렇군."

"딱히 안톤이 당신을 생각하지 않아서 그런 건 아닙니다.

그저 이 전이는 불확실성이 많았으니까요. 만약 실패하여 불의의 사고라도 생기면, 이제 막 한 살이 된 당신 아들은 부모 없이 자라야 하는 신세가 되겠죠. 안톤은 그걸 우려하여 남은 겁니다. 게다가 알스가 후사를 맡긴 것도 있고요. 반면……."

쥬라스는 에스텔 쪽으로 시선을 옮긴다.

"에스텔 로젠버그. 당신 아버지는 함께 왔습니다."

"아버지가……!"

"루트거 로젠버그는 당신을 찾겠다며 따라왔어요. 지금은 어디 있는지 모르겠지만."

이렇게 되면 루트거도 새로운 실종자가 되는 거나 다름없었다.

에스텔은 예상을 했는지 작게 한숨을 쉴 뿐이다.

쥬라스에게 묻고 싶은 건 그것밖에 없었는지 그녀는 다과를 내오겠다며 자리를 떠났다.

"하……!"

나는 기가 찰 뿐이었다.

"그런 불확실성이 있음에도 당신이 온 겁니까? 전이가 실패했다면 개죽음을 당했을지도 모른다고요."

"어쩔 수 없었습니다. 이곳에서 우리 대륙으로 소식을 보낼 방법이 없는 듯했으니까요. 상황에 따른 적절한 지휘가 필요할 거라 생각했습니다. 일단 내가 잘못될 경우를 대비해서 특무대에겐 당신을 찾아 그 지휘를 따르라고 했습니다만, 그럴 필요는 없게 됐군요."

"하여간. 강심장이라고 할지, 그냥 미쳤다고 해야 할 지……."

"훗, 그래서요? 달리 묻고 싶은 건 없습니까?"

이때부터가 본막이었다.

소피아는 더 이상 참지 못하겠는지 상체를 내밀며 캐묻는다.

"베카비아 왕국은 지금 어떻게 됐죠!?"

그녀 외에 애쉬도 조국인 툰카이 왕국의 상황을 궁금해하고 있었다.

에리나도 캘리퍼 왕국의 동태와 살레온 공작가의 상황을 알고 싶어 했다.

이에 쥬라스는 마치 코미디라도 본 듯 웃는다.

"공교롭게도 셋 다 좋은 소식은 없습니다. 알아봤자 할 수 있는 게 없으니 듣지 않는 편이 좋다고 봅니다만?"

"시끄럽습니다! 당장 말해요!"

소피아의 독촉에 쥬라스는 나직이 답했다.

"베카비아는 툰카이와 캘리퍼의 기습적인 침공으로 인해 왕궁이 함락당하며 멸망, 그 멸망한 베카비아의 영토 위에서 툰카이와 캘리퍼가 전쟁을 벌이고 있습니다."

소피아는 쥬라스가 농담을 한 거라 생각하고 분노했으나

쥬라스는 못을 박았다.

현실은 때론 농담과도 같은 것이라고.

캘리퍼와 툰카이가 베카비아를 멸망시켰다? 이건 내가 생각하기에도 너무 뜬금없었다.

"말도 안 됩니다! 베카비아가 멸망하다뇨! 그것도 툰카이와 캘리퍼에 의해서!? 확인할 방법이 없다고 해서 거짓말을 하다니, 용서하기 힘든 행동입니다!"

소피아는 반쯤 이성을 잃은 상태였다.

나는 그녀를 진정시키며 대신 물었다.

"소피아 공주의 말마따나 쉽게 믿기는 힘드네요. 어째서 그런 상황이 된 겁니까? 애당초 베카비아와 캘리퍼는 우호 관계가 아니었나요?"

"베카비아와 캘리퍼의 관계는 우리 크로싱을 매개로 하고 있었으니까요. 베카비아와 캘리퍼 사이에는 별다른 우호 조항이 없었어요."

"그렇다고 해도 납득이 잘 안 갑니다. 본래 베카비아와 적대하던 툰카이는 그렇다 쳐도 왜 캘리퍼가……."

"나 때문입니다."

"당신 때문이라고요……?"

"근본적으론 알스 당신 탓이기도 하고요. 생각해 보십시오. 당신과 당신의 가신들이 크로싱의 영토 내에서 감쪽같이 사라졌습니다. 사람들이 뭐라고 생각했겠습니까?"

"······설마."

당시엔 중립국 발라스의 전쟁이 끝나고 정세가 일시적으로 소강상태에 접어든 상태였다.

그 상황에서 나와 내 가신들이 크로싱의 영토에서 감쪽같이 사라진다면?

쥬라스 녀석이 나를 토사구팽한 거라고 생각하는 게 자연스럽다.

"저도 참. 아니라고 몇 번을 말해도 누구도 믿어 주지 않더군요."

"그야 그렇겠죠. 당신은 서슴없이 그런 짓을 저지를 사람이니까."

"홋, 부정은 하지 않겠습니다만. 알스, 당신은 예외예요. 내가 당신을 제거하는 일은 있을 수 없습니다."

"그건····· 어째서입니까?"

마치 사랑하는 동생을 보는 듯한 시선에 온몸의 털이 곤두섰다.

그건 어느 의미로 착각이 아니었다.

"알스, 당신은 내 덕에 세상에 나왔습니다. 크로싱의 특무대가 펜실론 재흥 세력을 몰살할 당시 내가 당신을 숨겨 주지 않았다면, 이미 죽은 목숨이었을 테니까요."

"그래서 뭐, 아들 같은 걸로 생각하기라도 하는 겁니까?"

"그런 건 아닙니다. 그저 내가 변덕으로 뿌린 씨앗이 역사에 어떤 발자취를 남기는가, 그게 보고 싶을 뿐입니다. 그러니 당신을 제거한다는 건 있을 수 없죠. 알겠습니까?"

"그거참 고맙네요."

쥬라스 녀석에게선 때때로 애정 비스무리한 걸 느낄 때도 있었다.

어이가 없지만 녀석은 나를 자기가 태어나게 한 동생 같은 걸로 생각하는 모양이다.

조금 머리가 아파진 나는 본론으로 돌아갈 것을 요구했다.

쥬라스는 피식 웃더니 얘기를 이어 갔다.

"어쨌든 그 일로 인하여 캘리퍼는 우리를 불신하기 시작했어요. 당신을 아끼던 국왕 가레스는 분노했습니다. 당신의 실종에 대해 사실관계의 규명을 촉구하면서 우리를 견제하기 위해 물밑으로 움직이기 시작했죠. 그게 바로 툰카이와의 밀약입니다."

"아……!"

"캘리퍼는 우리와 동맹 관계에 있는 만큼 우리에게 해를 가하려는 움직임을 취하기 어려웠어요. 동맹을 파기하는 방법이 있긴 했으나, 동맹 파기 이후 전쟁을 일으키기라도 하면 멸망하는 건 자신들이라는 걸 잘 알고 있었습니다. 가뜩이나 장군들의 역량이 부족한 와중에 당신마저 사라졌으니까요."

베카비아 침공은 그런 맥락에서 발생한 것이었다.

소피아는 망연히 되뇌었다.

"우, 우리 베카비아를 공격한 건 간접적으로 크로싱의 힘을 약화시키기 위해서였다는 건가요? 우리가 크로싱의 동맹국이니까……?"

"바로 그렇습니다. 캘리퍼는 자신들이 베카비아와 직접적인 동맹 관계가 아니라는 걸 이용했습니다."

그 순서는 간단했다.

먼저 밀약을 맺고 있던 툰카이가 병력을 준동시키며 베카비아를 긴장시킨다.

그로 인해 베카비아는 서부에 병력을 집중시키고 지원군을 부른다.

이에 캘리퍼의 군대는 지원을 해 주는 척 병력을 투입한 뒤 돌연 방향을 선회, 베카비아의 수도와 왕궁을 함락시킨 것이다.

"이후엔 영토 분배 문제로 인해 캘리퍼와 툰카이 사이에 마찰이 발생하며 두 국가 사이에 전쟁이 벌어졌습니다. 그건 현재 진행 중에 있죠."

"그런……."

"이렇게 보면 국가 정세라는 게 참 재밌지 않습니까?"

아무렇지도 않게 웃는 쥬라스에게 모두가 소름을 느끼고 있었다.

소피아는 혼이 빠진 듯 소파에 상체를 기댔다. 애쉬는 그 모습을 불편한 듯 바라보더니 쥬라스를 추궁했다.

"그 일련의 과정에서 크로싱은 대체 뭘 하고 있던 거지? 당신네들은 베카비아의 동맹국이잖아!"

"호오, 툰카이의 왕자가 베카비아를 변호하는 겁니까? 이거 참 흥미롭군요."

"윽……!"

"우리는 움직이기 힘들었습니다. 내가 알스는 물론이고 소피아 공주까지 제거했다는 의혹이 있었으니까요. 그 상황에서 선제적으로 베카비아 방면으로 병력을 움직였다간 그 의도를 의심받게 되니까요."

"당신이 병력을 우회하여 베카비아를 꿀꺽할 거라고?"

"그렇습니다. 그래서 베카비아도 캘리퍼에게 먼저 지원 병력을 요청한 겁니다. 그게 멸망으로 가는 지름길인 줄도 모르고 말이죠. 하하핫."

침묵이 흘러갔다.

가장 충격적인 건 그 일련의 과정에서 쥬라스 녀석이 관여한 게 단 하나도 없었다는 점이었다. 그저 오해를 받았을 뿐.

오히려 일의 발단은 내가 일으킨 거나 다름없었다.

"저, 저는 이만 나가 보겠습니다."

소피아는 비틀거리며 방을 나갔다. 애쉬는 안절부절못하더니 그 뒤를 따라나선다.

이후엔 어머니가 가족들의 안위에 대해 물었다.

"일라인 가문의 사람들은 여전히 레인폴에 있습니다. 안톤이 보호하고 있죠. 더 물을 게 있습니까? 없다면 알스를 제외한 다른 사람들은 나가 줬으면 좋겠군요. 이제부턴 둘이서 앞으로의 일을 논의하고 싶으니까요."

다들 나와 쥬라스를 독대시키고 싶지 않은지 망설였으나 내가 나가 달라고 손짓하자 마지못해 자리를 비웠다.

둘이서 논의할 이야긴 이쪽 세계의 일이었다.

중앙 대륙의 일이 마음에 걸리긴 했지만 쥬라스가 말한 것처럼 알아서 뭘 어떻게 할 수 있는 것도 아니었다.

그보단 지금 눈앞에 닥친 일을 처리하는 게 중요했다.

나는 녀석에게 최근의 일을 모두 설명했다.

"팍스입니까……. 보나 마나 가명이겠군요. 그 후작 가문이라는 것도 위장, 혹은 왕국을 좀먹기 위해 공을 들여 준비해 온 장치이든가요."

"아마도 그럴 겁니다."

"흠, 그렇다 해도 조금 따라가기 힘든 얘기군요. 마정석이라는 게 증발한 탓에 세계에 대격변이 일어난다라……."

"먼 과거에 전례가 있었던 모양이에요. 당시에도 수십만에 달하는 희생자가 나왔다고 하죠. 심지어 이번엔 그 규모가 훨씬 커요."

"뭐, 마법이나 몬스터에 관한 이야기는 됐습니다. 내게 그런 걸 부탁하려고 한 것도 아닐 테고."

"……."

"그 팍스란 자에 대한 대처를 원하는 거겠죠?"

"가능하겠습니까?"

"그런 문제가 아닙니다. 이건 내가 아니면 할 수 없는 일이죠. 그도 그럴 게 알스, 당신에겐 불가능한 일이니까요."

"딱히 불가능한 건 아닙니다. 그저……."

"잃을 게 많아서 무섭다는 것 아닙니까?"

"……!"

"그 시점에서 이미 지고 들어간 겁니다. 잃을 게 많다는 건 즉, 약점이 많다는 뜻이니까요. 암투에 있어선 치명적입니다."

쥬라스는 가볍게 한숨을 쉰다.

"그래서 내가 누누이 말하지 않았습니까. 가신 따위에게 정을 주지 말라고. 언제든 교체할 수 있는 소모품으로 생각하라고요."

"그 부분은 내 방식대로 할 거라고 했을 텐데요?"

"그러는 게 당신에게 어울리긴 하죠. 그래서 음지의 일은 내가 처리해 주겠다고 한 거고요. 이번에도 마찬가지입니다."

쥬라스는 찻잔을 내려놓으며 소파에서 일어났다.

"목적이 정해졌겠다. 저는 곧바로 움직이겠습니다."

"움직인다뇨? 대체 뭘……."

"그 팍스란 자를 직접 만나 볼 생각입니다."

"……!?"

"암투에 있어 무엇보다 중요한 건 기세를 주지 않는 겁니다. 수세에 몰렸다간 아무것도 하지 못해요. 그런 의미에서 알스, 당신은 제대로 기선 제압을 당했던 거죠. 그걸 되돌려 놓을 겁니다."

"그 녀석은 어떻게 만나려는 겁니까?"

"방법이야 찾으면 금방 나오게 돼 있습니다. 차는 잘 마셨어요, 그럼 나중에 봅시다."

곧바로 행동에 나서는 쥬라스.

인정하기 싫지만, 그 모습은 정말이지 믿음직스러웠다.

쥬라스가 떠나자 저택은 태풍이 지나간 듯한 분위기가 흘렀다.

소피아는 거실 소파에 앉아 허공을 응시하고 있었고, 애쉬는 굳은 표정으로 주먹을 꽉 쥐고 있었다.

에리나도 그 일련의 과정에서 살레온 공작가가 밀접하게 관련됐다는 것을 안 뒤로는 어두운 표정을 풀지 못했다.

그대로 뒀다간 다들 마음의 응어리가 될 것 같았기에 내가 떠안기로 했다.

"소피아, 이번 일은 전부 내 책임입니다. 원망할 거라면 나를 원망하도록 해요."

"······."

소피아는 표독스러운 눈으로 나를 째려보았으나 곧 고개를 흔들었다.

"당신 책임이 아녜요."

"내가 발단이 되어 일이 발생한 건 사실입니다."

"그렇다고 해도예요. 고작 그런 일로 멸망하는 국가라면 이미 멸망의 운명은 피할 수 없었다는 거겠죠. ······그러니까 애쉬, 당신도 그런 표정 짓지 말아요. 난 괜찮으니까."

소피아는 한숨으로 근심을 흘려보냈다.

"오히려 어깨가 가벼워지는 느낌이에요."

"예?"

"지금은 내가 할 수 있는 게 전혀 없으니까요. 그래서인지 멸망했다고 들어도 그냥 그렇게 됐구나 싶기도 하고······. 아마 저는 애초부터 우리 국가에 미래가 없다는 걸 알고 있었던 건지도 모르겠네요. 그저 인정하고 싶지 않았을 뿐."

만약 소피아가 중앙 대륙에 있었다면 어떻게든 국가를 재흥시키기 위해 뛰어다녔을 거다. 그녀의 입장이라는 게 있으니까.

할 수 있는 게 없는 지금 상황은 오히려 그런 족쇄를 풀어버렸다.

"그래도 심란하긴 하네요. 술이라도 마시면서 잊고 싶은 기분이에요. 애쉬, 잠깐 어울려 주겠어요?"

"당연히 그래야죠. 조용한 분위기의 단골집으로 모시겠습니다요."

너털너털 저택을 떠나는 둘.

'마음에 담아 둔 것 같지는 않네.'

지금 이런 말을 하긴 뭐하지만, 이번 일로 더더욱 소피아가 내 가신에 가까워진 것 같았다.

"휘유! 어쨌든 이걸로 한숨 돌린 건가."

암투에 대해선 쥬라스가 대처를 해 줄 테다. 양 대륙을 왕래하는 방법을 찾는 것도 전이 마법진을 연구한 쥬라스가 오면서 탄력을 받을 수 있었다.

남은 건 4개월 후에 있을 격동을 대비하는 것.

그 부분에 대해선 나도 모르는 부분이 많았기에 더 많은 정보가 필요했다.

'던전에 대한 정보가 필요해.'

특히 애쉬가 말한 가장 흉악한 던전들에 대한 정보가 필요했다.

그것들을 알아보기 위해서 아카데미에 가 보려던 차였다.

"도련님."

"응?"

유미르가 2층의 요람에 데려다 놨던 류나를 데리고 내려왔다.

류나는 유미르의 품에 안겼음에도 오만상을 찌푸리고 있었다. 배가 고픈가 싶었으나 그런 건 아닌 모양이다.

"오늘은 계속 제가 안고 있었으니까요. 아버지의 품이 그리워진 모양입니다. 안아 주시겠습니까?"

"하하, 설마 그럴 리가."

내가 손을 내밀자 류나는 이때다 하며 내 품으로 갈아탔다.

"정말로 내 품이 그리웠던 건가?"

그러나 곧 구린 냄새가 풍겨 왔다. 동시에 류나는 승천한 듯한 편안한 표정이 된다.

"우왓! 류나 너……!"

"우우……."

편안하게 볼일을 보는 류나.

보아하니 내가 기저귀를 갈아 주길 바라면서 참고 있던 모양이다.

이걸 똑똑하다고 해야 할지는 모르겠으나 아빠를 의지하고 있다고 생각하니 은근히 기특하게 느껴졌다.

기저귀를 갈아 주자 류나는 상쾌한지 꺄르르 웃는다.

그 모습을 보니 걱정이 몰려왔다.

"유미르, 격동이라는 게 시작되기 전에 넌 류나를 데리고 북대륙으로 가 있어 줘. 연맹의 영토는 안전할 테니까."

"……싫습니다."

"어?"

유미르가 내 지시를 거부하는 경우는 처음이었기에 순간 놀라고 말았다.

"저도, 이 아이도 그런 건 원하지 않아요. 설령 안 좋은 일이 발생한다 하더라도 도련님의 곁에 있을 겁니다."

"마음은 알겠는데……."

그래도 설득을 해 보기로 했다. 왕국이 얼마나 위험해질지 예상이 힘든 상황이었으니까.

비전투 인원은 가급적 연맹 영토에 보내는 편이 나았다.

그러나 이것조차 무의미하다는 걸 머지않아 알 수 있었다.

며칠 후에 그 소식이 전해져 왔기 때문이다.

그것은 지금껏 베일에 싸여 있던 라일란드 재상의 복수에 관한 것이었다.

선왕의 살해를 사주하고 왕자들을 농락한 연맹에게 되갚아 주기 위해 라일란드 재상이 준비해 온 복수의 칼날.

연맹을 뒤엎어 버릴 수 있을 거라 자신하던 그 복수책은 다름이 아니었다.

바로 연맹의 마정석 창고 습격이다.

상대가 우리의 핵폭탄 단추를 누르려 한 것처럼 라일란드 재상도 상대의 핵폭탄 단추를 누르려 했던 것.

이 습격이 성공함으로 인해 연맹이 보관하고 있던 마정석들도 증발.

양 세력이 수백 년에 걸쳐 모아 온 던전들이 모두 풀려나며 엘란 왕국의 영토는 물론이고 연맹의 영토 또한 위험 지대가 되어 버리고 만다.

소식을 접한 나는 부랴부랴 왕궁으로 향했다.

왕궁에선 로자가 파랗게 질린 얼굴로 남은 보고를 듣고 있었다.

보고하고 있는 자는 행방이 묘연했던 재상 휘하의 특무대장이다.

그는 목소리를 높이고 있었다.

"기뻐하십시오, 폐하! 왕가를 능멸했던 연맹의 숨통을 바로 이틀 전에 끊어 버릴 수 있었습니다!"

"그게 대체…… 대체 무슨 짓을 한 겁니까!"

로자가 빼액 소리를 질렀다. 특무대장은 이해하지 못하겠다며 되레 반문한다.

"적에게 대가를 치르게 해 준 겁니다. 폐하, 그들은 왕자님들을 이간질하고 선왕을 살해했습니다. 더군다나 국가의 기둥 중 하나인 라일랜드 재상님까지 고문 끝에 살해하였지요. 그건 폐하께서 누구보다 잘 알고 계시지 않습니까?"

"그건 그렇지만……!"

"물론 방법이 과격했다는 부분은 인정하겠사옵니다만, 연맹이 그만한 잘못을 저지른 것도 사실입니다."

백번 지당하긴 했다. 왕자들을 이간질한 것도 한 거지만 왕을 살해한 건 선을 크게 넘은 것이었다.

"잠깐 몇 가지 물어봐도 괜찮겠습니까?"

나는 그에게 다가가며 말했다. 특무대장이 눈매를 좁히며 중얼거린다.

"네가 웨이드인가…… 고드릭에게 얘기는 들었다."

"그렇담 얘기가 빠르겠네요. 내가 묻고 싶은 건 세 가지입니다. 먼저 당신, 어째서 자취를 감췄던 겁니까? 재상의 지지를 받던 로자 공주가 왕이 됐다는 걸 알았다면 굳이 연락을 끊을 필요도 없었을 텐데요."

"……."

"반응으로 보아하니 작전을 막을 거라고 생각한 모양이군요."

"……그렇다. 우린 그 작전을 포기할 수 없었어. 우리에게 있어 은인이나 다름없는 라일란드 재상님이 놈들의 손에 의해 돌아가시고 말았으니까. 대원들 사이에선 임무 속행에 대한 의지가 높았지. 폐하와 상담하고 싶은 마음도 있긴 했으나, 그보단 재상님의 복수를 우선시하기로 했다."

"그건 로자 님을 능멸하는 처사가 아닙니까?"

"그땐 충성 서약이 아직인 상태였으니까. 당시 우리의 주군은 선왕의 의지를 이은 라일란드 재상님이었다. 폐하께 상담하지 않았다고 해서 능멸했다고 할 수는 없어."

"변명도 참 거창하네요."

"……."

이들은 그냥 로자에게 방해를 받고 싶지 않았을 뿐이다. 이미 상당 부분 진행이 된 상태에서 작전이 폐기되는 건 상실감이 클 테니까.

"하나 더 묻죠. 라일란드 재상은 어느 시점에 이런 작전을 생각한 겁니까?"

"브랜포드 가문의 역모를 알았을 때다."

"……!"

"브랜포드 백작가가 연맹의 사주를 받고 마정석 창고의 습격을 기획한다는 걸 알았을 때, 재상님은 머리끝까지 분노하셨지. 연맹의 흉계가 도를 지나쳤다고 말이야. 그렇기에 보험이 필요하다고 생각하신 거다."

"눈에는 눈, 이에는 이라는 거군요."

"그래, 우리만 당할 수는 없는 노릇이니까. 결국에 리노아 브랜포드가 부모 형제를 독살하며 그 일은 일단락이 됐지만, 우리의 작전 자체는 폐기되지 않았다."

그렇담 이번 일의 발단은 리노아의 가문에서부터 시작됐다고 볼 수도 있었다.

"마지막으로……. 얼마 전 우리 마정석 창고가 상대에게 습격당했다는 사실을 알고 있습니까?"

"뭣!?"

모르는 모양이었다.

그렇담 이번 일은 절묘하게 크로스 카운터가 들어간 셈이 된다.

자기가 위험한 건 모르고 상대의 핵폭탄 단추를 누르는 것에만 집중한 것이다.

"후우! 이제 됐습니다. 일 보십시오."

그때 쥬라스가 슬쩍 끼어들어 왔다.

"알스, 이들의 처분은 내게 맡겨 주지 않겠습니까?"

"그건 나한테 허락받을 문제가 아닙니다."

나와 쥬라스의 시선이 동시에 로자에게 향했다.

로자는 쥬라스를 경계하는지 잠시 망설였으나, 다른 적임자가 없다고 판단하고는 고개를 끄덕였다.

"알겠습니다. 대신 작전 수행에 대한 보고서를 매일 내게 가져오도록 하세요."

"그건 약속드릴 수 없습니다."

"뭐라고요?"

"그 보고서에는 당신이 감당하기 힘든 사실들이 쓰여 있을 테니까요. 그걸 하나하나 마음에 담아 두다간…… 당신, 망가질 거라고요."

"큭! 그렇담 더더욱 허락할 수 없습니다!"

"그렇담 타협을 하도록 하죠. 보고는 웨이드나 소피아에게 하도록 하겠습니다. 그러면 되겠지요."

나나 소피아가 적당히 여과하여 보고를 하라는 것이다.

로자는 나와 소피아를 번갈아 보더니 마지못해 수락했다.

쥬라스가 특무대장을 데리고 떠나가자 로자는 긴장이 풀렸는지 몸을 부르르 떨었다.

"웨이드, 저 사람은 정말로 믿을 만한 거야?"

"당신 입장에선 믿지 않는 게 나아요. 다만 뭐가 됐든 지금 상황에선 큰 도움이 됩니다. 적당히 거리만 유지하면 괜찮을 거예요."

"소피아, 네 생각은 어때?"

소피아도 어깨를 으쓱이며 동의를 표한다.

"절대로 믿을 수 없는 빌어먹을 놈이긴 하지만, 말마따나 능력은 확실해요. 그와 대적하게 될 연맹이 불쌍해질 정도로. 그에게 일을 맡겨 두면 음지의 일은 전혀 걱정할 필요 없을 거예요."

"그렇게 말하니까 더 걱정되는데."

"어차피 쥬라스 파밀리온 그놈이 마음먹고 폭주하면 막을 수 있는 사람은 없어요. 그나마 웨이드가 고삐를 쥘 수 있는 정도겠죠. 그러니 녀석과 뒷세계에 관한 일은 웨이드가 책임지게 놔두고 폐하께선 앞으로의 대책만 생각하세요."

"응…… 그렇게 할게."

화제는 다시 마정석 창고 습격 건으로 돌아갔다.

소피아는 오히려 상황이 좋아졌다며 말했다.

"이런 말을 하긴 뭐하지만, 이번 일은 우리에게 있어 전화위복이 됐어요."

본래 연맹의 목적은 던전의 출현으로 인해 혼돈에 빠진 왕국의 영토를 빼앗는 것이었다.

"그러나 이번 일로 그게 불가능하게 됐죠. 그도 그럴 게 연맹 영토도 난장판이 될 테니까."

"하지만 훨씬 더 많은 사람들이 위험에 처하게 됐어! 수백만의 무고한 사람들이 더 죽을 거야!"

"그거야 우리가 알 바는 아니에요. 연맹이 알아서 할 일이죠."

"그렇지만……."

"우리가 저질렀다고요? 우리 마정석 창고가 습격당한 것도 저들이 저지른 일이에요. 지금은 서로가 자업자득인 상태가 됐다고 생각하는 게 맞아요. 그러니 저들은 걱정하지 말고, 우리 일이나 잘 헤쳐 나가도록 해요. ……응? 로자."

소피아는 동생을 타이르듯 로자의 어깨를 쓰다듬는다. 로자는 안심이 됐는지 고개를 끄덕인다.

어느새 둘 사이에 묘한 유대감이 생긴 듯했다.

대혼돈까지 앞으로 3개월 하고 보름.

이는 최소치인지라 실제로 격동이 일어나는 건 더 이후의 일일 수도 있지만, 지금은 최악을 상정하고 대비를 해야만 했다.

그걸 위해 각자 담당을 나누게 됐다.

거기서 내가 맡은 역할은 던전 토벌을 위한 전력을 정비하는 일이었다.

'곤란하네. 도무지 전력이 갖춰지질 않아.'

왕국은 지난번 아티클과의 전쟁으로 인해 전력에 구멍이 뻥 뚫려 있는 상태였다.

정예 전력은 물론이고 하위 전력조차 부족하다.

'정예 전력은 어떻게든 돌려막는다 쳐도…….'

문제는 하위 전력이다.

던전으로 인한 인명 피해는 숫자가 많지 않은 상위 던전보단 다수의 하위 던전에서 더 많이 발생하기 때문에 그걸 대처해 줄 하위 전력이 많이 필요했다.

그것만 효과적으로 대처할 수 있으면 희생자의 숫자를 기하급수적으로 줄일 수 있다.

'어쩔 수 없지. 그 방법을 사용하는 수밖에.'

나는 휴업 상태인 아카데미를 이용하기로 했다.

왕위 계승전으로 인해 다수의 귀족들이 쫓겨나며 비어 버린 자리를 재능 있는 평민들로 채우기로 한 것이다.

그 재능에는 마법에 대한 재능뿐만이 아니라 격투의 재능,

검술의 재능을 비롯한 무예에 대한 재능도 포함시켰다.

이건 커다란 개혁이었다.

이 왕립 아카데미에 평민이 입학하기 위해선 기본적으로 귀족의 선택이 필요하기도 했고, 무예를 통해 입학하려고 해도 최소한 오러를 사용하는 수준이 돼야 입학이 가능했었으니까.

그걸 가시적인 재능만으로 입학을 시켜 준다고 공지를 하자 각지에서 입학 희망자들이 쇄도했다.

공지한 지 불과 일주일 만에 10만 명에 달하는 신청자가 나왔으니 말 다 한 셈.

나는 이들을 전부 받아들일 생각으로 면접을 진행했다.

이 면접 과정에선 내 가신들이 고생을 해 줬다.

"헉! 헉! 알스, 난 이제 끝이다."

무예 면접관으로서 활약해 준 애쉬는 일주일 만에 녹초가 됐다.

이 기간 동안 그가 면접을 본 학생들의 숫자만 5천 명이니 그럴 만도 했다.

애쉬 외에도 일리야 스승, 가스파르, 루크레치아, 엘레나까지. 모두 무예 면접관이 되어 학생들을 선별해 줬다.

"고작 이런 걸로 앓는 소리를 하면 곤란해. 아카데미가 시작되면 네가 교사 역할까지도 해 줘야 하거든."

"휘유! 장난 아니구만. 뭐, 이런 형국이니 어쩔 수 없나."

"고생 좀 해 줘라."

"······그래, 내가 힘든 소리를 할 상황은 아니지. 정말로 힘든 건 소피아 씨일 테니까."

"의외로 아무렇지 않아 하더라."

"겉으론 그렇겠지."

애쉬는 물을 벌컥벌컥 들이켜고는 말을 이어 간다.

"그런데 이 사실은 언제까지 숨길 거야?"

"마정석 창고가 습격당했다는 거?"

"맞아, 언제까지고 숨길 수는 없잖아? 벌써부터 시민들 사이에선 흉흉한 소문이 흐르고 있다고. 다음 격동의 시기에 종말이 찾아올 거라고 말이야."

"그건 연맹이 퍼뜨린 소문이야."

"뭐야, 그러면 사실이 알려지는 건 시간문제겠네."

"그랬을 예정이었지."

"예정이었다니?"

"연맹의 마정석 창고도 털려 버리면서 상황이 달라졌거든. 그쪽도 지금은 바쁘게 입단속을 하고 있어."

상황이 이렇게 되니 우리와 연맹이 힘을 합쳐 입단속을 하는 형태가 됐다.

"어휴, 사정은 알겠는데······ 시민들도 알 권리가 있는 거라고. 그들 입장에선 높은 분들이 자기들은 생각도 안 하고 마음대로 하는 것처럼 느껴질걸."

애쉬는 푸념하며 오후 면접을 보러 향했다.

"알 권리인가……."

나도 마음 같아선 시민들에게 알리고 싶었다.

그러나 그 사실을 알린다고 해서 시민들이 각자도생을 할
수 있냐고 하면 그렇지 않았다.

일부 힘 있는 무리가 힘이 없는 무리를 일방적으로 지배하
며 세력을 이룰 거다. 왕국의 입장에서 보면 반란이다.

게다가 당장의 식량 유통이 어려워져 대혼돈이 발생하기
도 전에 굶어 죽는 사람들이 속출할 터.

그런 상황만큼은 피해야 했기에 어떻게든 입단속을 하고
있는 것이었다.

찰나의 평화라고는 해도 지킬 만한 가치가 있다고 믿으면
서.

"……어휴, 모르겠다."

심란해진 나는 남은 일거리를 쥬라스 녀석에게 떠넘기고
퇴근하기로 했다.

3일 만에 돌아온 저택은 날이 바짝 선 듯한 공기가 흐르고
있었다.

이유는 다름이 아니었다. 쌍둥이를 임신하고 있는 에오니

아의 진통이 5일 전부터 갑자기 시작됐기 때문이다.

날짜로 치면 8개월 하고 20일 정도. 예정일보다 한 달이 빠른 조산이었기에 더욱 날이 서 있었다.

"어머나, 알스. 일찍 왔구나."

"어머니, 에오의 상황은 좀 어떤가요?"

"지금은 안정된 상태란다."

"……."

어머니는 내 굳은 표정을 보고는 내 볼을 쓰다듬으며 말했다.

"원래 쌍둥이는 조산이 많은 편이란다. 그러니 너무 걱정마렴. 앞으로 좋은 일만 있을 텐데, 네가 그러고 있으면 어떡하니?"

어머니는 곧 있을 대혼돈에 대해 알지 못했다. 에오니아도 마찬가지. 알렸다간 안 좋은 영향만 줄 것 같았기 때문이다.

그런 어머니의 태평한 미소를 보고 있자니 왜인지 가슴이 쿡쿡 찔리는 느낌이 들었다.

"잠깐 에오를 볼 수 있을까요?"

"으음……. 지금은 어려울 것 같구나. 막 잠이 들었거든."

"그렇군요……."

"너도 조금 자고 오렴. 피곤해 보이는구나."

어머니의 제안대로 잠을 청하기로 했다. 에오의 진통이 심해지면 곁에 있어 줘야 하니 지금 잠을 자 두기로 한 것이다.

3일간 쪽잠을 자며 일을 했기에 의식은 금방 나락으로 떨어졌다.

꿈의 편린조차 떠오르지 않는 깊은 나락.

그 의식이 개이기 시작한 건 울음소리가 들리고 나서였다.

"으아아앙!"

"으에엥!"

귀를 찢을 것 같은 울음소리.

"으으……. 유미르, 류나 좀 달래 줄래……?"

그렇다고 해도 류나답지 않은 울음소리였다.

류나는 울음이 많은 편이었지만 그건 다른 사람이 안으려 할 때뿐이었다.

나나 유미르가 안고 있을 땐 어지간하면 울지 않았다. 요람에 혼자 있을 때도 얌전한 편이었다.

그런데 지금은 울음소리가 스테레오처럼 들릴 정도로 요란했다.

나는 잠에 취한 채 류나를 달랬다.

"으……. 류나, 울지 마렴. 엄마가 곧 올 거니까."

그러나 어째서인지 그 울음소리가 점점 내게 가까워졌다. 이윽고는 내 귀 바로 옆까지 왔다.

"헛……!?"

나는 악몽이라도 꾸고 있나 싶어 화들짝 놀라 일어났다.

그런 내 눈앞에는 어머니와 비스케타, 그리고 에오니아가 있었다.

그 에오의 품에는 두 개의 포대기가 있었는데, 거기서 울음소리가 들려왔다.

에오는 흐뭇하게 웃으며 포대기를 내게 넘긴다.

"주무시고 계시는데 죄송합니다. 하지만 꼭 알스 님께 보여 드리고 싶었어요."

포대기엔 나와 에오를 쏙 빼닮은 아기가 둘 있었다.

"에, 에오? 이건 대체 무슨 일이야?"

"실은……."

사정은 간단했다. 자신이 출산 과정에 들어가면 내가 과도하게 걱정할 것을 우려한 것이다.

가뜩이나 일이 바쁜데 자신의 일로 걱정시키고 싶지 않았던 에오는 저택의 다른 사람들에게 부탁해 내게 비밀로 했다.

어머니는 면목이 없다는 듯 말한다.

"미안하구나. 사실 네가 저택에 왔을 땐 이미 진통이 극심한 상태였어."

"나 참……. 제가 아무리 바쁘다고는 해도 이런 중요한 걸……."

조금 화가 났지만 나도 남 말할 처지는 아니었기에 그러려니 하게 됐다.

"어쨌든……. 정말 고생했어, 에오."

"후훗, 예."

에오는 내 침대에 걸터앉아 사랑스러운 듯 아기들을 바라보았다.

나는 그제야 아기들을 자세히 관찰할 수 있었다.

한 명은 에오니아를 닮았는지 남색의 머리카락을 가지고 있었고, 다른 하나는 나를 닮았는지 금발의 머리를 하고 있었다.

에오는 웃음을 참지 못하며 말했다.

"남색 머리를 한 애가 여자아이랍니다. 먼저 태어났으니 누나겠네요."

"누나라면…… 여기 금발의 애는 남자애인 거구나."

근처 요람에 있던 류나도 소란에 잠에서 깼는지 요람의 난간을 잡고 눈을 휘둥그렇게 뜬 채 이쪽을 바라보고 있었다.

그 시선은 자신의 동생이 될 아기들에게 고정되어 있었다.

"알스 님, 이름은 어떻게 할까요? 일단 정해 둔 게 있긴 한데……"

"쌍둥이 여자애들이면 에르니랑 체르니로 하기로 했었나? 남자면 에드랑 체드였고."

"그러니 에르니랑 에드워드로 하려고 하는데, 어떠세요?"

"응, 나도 그게 좋은 것 같아."

에르니 일라인과 에드워드 일라인. 두 아이가 세상에 이름을 알린 순간이었다.

"그런데 체르니랑 체드도 아깝네. 좋은 이름인데."

내 말에 에오는 당당하게 선언한다.

"그건 셋째와 넷째 아이의 이름으로 할 겁니다!"

"네, 넷째?"

한동안 아기 이름에 대한 이야기가 오고 갔다. 뒤늦게 방으로 달려온 에리나는 아기들을 귀엽다며 바라보고는 내게 은근한 시선을 보냈다.

나는 그 시선을 어떻게든 흘려보내며 에오에게 말했다.

"그렇다고 해도 말이지……. 다음에도 또 이런 식으로 숨긴다면 화낼 거야."

"으으, 알스 님이 워낙 다망하신 것 같아서……. 죄송합니다."

나는 결심을 굳히고 그녀에게 말했다.

"새삼 생각한 거지만, 최소한 가족들끼리는 숨기는 게 없는 게 좋을 것 같아."

"예, 명심하겠습니다."

"그런 의미에서 나도 고백할 게 있어."

"고백이요?"

나는 에오니아와 어머니뿐만 아니라 저택의 모두에게도 앞으로 있을 일에 대해 설명했다.

나아가 왕국의 모든 시민들에게도 이 사실을 설명하기로 마음먹었다.

이튿날엔 에오니아의 출산으로 파티가 열렸다.

쌍둥이의 탄생을 축하하는 파티이긴 했으나 내가 어제 고백한 사실 때문에 파티는 마치 대책 회의장처럼 바뀌었다.

주요 화두는 던전의 토벌이었다.

일이 벌어질 경우 우리는 던전 토벌을 맡게 될 가능성이 높았다. 그것도 정예 전력으로서.

그런 만큼 사전 조율이 필요했다.

경험이 많은 애쉬가 앞으로 나서며 말한다.

"일반적으로 던전 토벌을 위해선 마법사의 존재가 필수적입니다. 던전 중엔 일반적인 방법으로는 올라갈 수 없는 지형, 혹은 마법 이외에는 파괴하기 어려운 지물들이 있기도 하고. 무엇보다 던전 토벌 이후에 발생하는 마정석을 적절히 보관하기 위해선 마법사의 존재가 필수적이거든요."

"으음, 하지만 이곳에 제대로 된 마법사라고 할 수 있는 건……."

"얼마 없죠. 그러니 적절하게 무리를 지어야 합니다. 마법사의 숫자가 적은 만큼 대략 1 : 3의 비율이 될 것 같네요."

애쉬는 곧장 인원 편성에 들어갔다.

나는 그런 애쉬를 뒤로하고 2층 방으로 향했다.

그곳에선 에오니아가 아이들을 품에 안고 젖을 물리고 있었다.

강인한 수인의 피 덕에 모유 수유가 필요하지 않았던 류나와 달리 쌍둥이들은 그렇지 않았다. 그런 만큼 에오는 아이들의 곁을 떠날 수가 없었다.

그런 에오를 유미르가 보조하고 있었고, 에리나와 에스텔은 구경을 왔는지 아기들에게서 시선을 떼지 못했다.

에오는 나를 보곤 활짝 웃는다.

"알스 님, 회의는 괜찮으신 건가요?"

"응, 애쉬가 잘해 주고 있어. 그보다 몸은 좀 어때?"

"괜찮습니다. 당장 내일이라도 창을 쥘 수 있을 것 같아요. 어서 몸 상태를 회복해서 그 격동이라는 것에 대비해야죠!"

"그건 차분히 해도 돼."

우리 애들이 특히 기운찬 건지는 몰라도 에오의 안색이 주기적으로 꿈틀거리고 있었다.

"……많이 아파?"

"아, 아뇨, 아프지 않습니다."

"괜찮은 척하지 않아도 돼. 하기야 쌍둥이니까 2배로 힘들긴 하겠네. 맞아, 여차할 땐 유미르의 도움을 받아도 될 거야."

"예? 어떻게 유미르에게 도움을……?"

"류나는 필요가 없어서 하지 않았지만, 일단 유미르도 모유 수유가 가능한 상태니까."

"……."

어째서인지 순간 침묵이 흘렀다.

다들 왜 그러나 싶었을 때, 에리나가 중얼거리듯 말한다.

"그걸 유미르 씨가 말했나요?"

"뭐?"

"그냥 궁금해서요. 그 사실을 유미르 씨가 직접 말한 건가 해서."

"그렇게 물으면 유미르가 말해 준 건 아니긴 한데……."

그러자 분위기가 더더욱 가라앉았다.

에스텔이 쐐기를 가한다.

"그럼…… 그걸 어떻게 아신 거죠?"

"……."

"알스 님?"

"그게……."

도움을 요청하기 위해 슬쩍 유미르를 보았지만, 그녀는 어색하게 내 시선을 피한다.

이곳에선 더 이상 활로가 없어 보였기에 서둘러 탈출하기로 했다.

"어, 어흠. 그러고 보니 급히 검토해야 하는 서류가 있었네. 난 방으로 가 볼게."

어색한 헛기침과 함께 방을 빠져나왔지만 왜인지 에리나와 에스텔이 따라 나왔다.

둘은 도망가지 못하게 하려는 것처럼 내 양옆을 점했다.

"서류 정리라면 저희도 도와드릴게요."

"에스텔의 말대로예요. 천천히…… 도와드릴게요."

이대로 내 방에 돌아가면 수 시간은 나올 수 없을 거라는 예감이 들었기에 방향을 바꿔 거실로 향했다.

마침 편성이 끝났는지 애쉬가 발표를 위해 목청을 가다듬고 있었다.

"오, 오오! 애쉬! 잘하고 있냐?"

"엉? 그야 잘하고 있지."

"어떻게 짰는데? 한번 보자."

"이제부터 발표할 예정이었어. 그럼 너도 잠자코 들어."

애쉬가 짠 편성은 이러했다.

A조 : [알스, 에오니아, 가스파르, 귄터]

B조 : [에리나, 엘레나, 도로시, 유미르]

C조 : [에스텔, 일리야, 메이센, 소피아]

D조 : [리노아, 안두하, 애쉬, 루크레치아]

기본적으로 마법사 하나와 전사 셋으로 구성되어 있었다.

"이게 기본 단위이고, 토벌하는 던전에 따라 2개 조, 3개 조가 한 무리가 될 수도, 4개 조 전부가 한 무리가 될 수도 있습니다. 그 부분은 알스가 융통성 있게 배치를 할 거니까 걱정 마십쇼들."

밸런스가 제법 절묘했다. 조금 약해 보이는 곳이 있다면 에스텔의 C조다.

"야, 이게 뭐야. 아무리 일리야 스승이 뛰어나다곤 하지만…… 애초에 소피아는 마법이고 뭐고 사용 못 하잖아?"

"그렇긴 하지. 나도 소피아 씨는 빼려고 했는데, 본인이 기필코 하고 싶다더라."

"뭐?"

"어떻게든 할 거라나 뭐라나. 자기도 아카데미가 재개되면 거기서 마법을 배울 거래."

"재능 없다며."

"그렇지. 근데 그건 지방 아카데미의 삼류 교사가 말한 거니까. 일류인 왕립 아카데미쯤 되면 분명 자기 재능을 알아봐 줄 거라 하더라고."

"그런 일이 있겠냐."

"본인이 하고 싶다는데 어쩌겠어. 하게끔 둬야지. 나중에 루트거 씨나 리시테아가 발견되면 바꿔 넣지 뭐."

소피아는 자신에게 마법적 재능이 없다는 걸 기어코 인정하고 싶지 않은 모양이었다.

마침 재상이 되면서 권력도 쥐었겠다. 그걸 바탕으로 억지로라도 마법을 배우려는 듯했다.

"메이센 선배님은요? 괜찮으신 건가요?"

메이센은 내 물음에 무겁게 고개를 끄덕인다.

"괜찮아요. 저도 곧 시작될 아카데미에서 수업을 받을 거랍니다. 마법에 대한 재능도 최근에 확인을 받았어요. 나쁘지 않다고 하더라고요."

메이센은 애초에 신성 마법을 다룰 수 있었으니 재능이 있다고 해도 놀라운 건 아니었다.

"어쨌든 이걸로 편성은 끝입니다. 각 조의 조장은 각자가 상의해서 뽑아 주세요. 그럼 이젠 파티나 즐깁시다. 내일부터는 또 바빠질 테니까, 오늘을 즐겨야죠."

그 말에 아카데미 면접을 담당하는 사람들의 표정이 어두워진다.

수인 신입생들의 면접과 교육을 담당하고 있는 가스파르는 지쳤는지 비 맞은 강아지처럼 축 늘어져 있었다.

"노인네를 너무 굴려 먹는 거 아니냐고…….''

"가스파르 씨! 그러고 있지 말고 술이나 마시자고요!"

"그래, 젠장! 마시고 잊어버리자!"

"오오! 귄터 선배도 오십쇼! 알스 너도 마시자고!"

그 말에 에리나와 에스텔이 레이저와 같은 안광을 쏘아 냈으나 애쉬는 눈치도 없이 내 팔을 잡아 술판으로 끌고 갔다.

그렇게 쌍둥이를 위한 축하 파티가 무르익어 갔다.

신입생들의 면접이 종료되면서 아카데미의 재개도 초읽기

에 들어갔다.

나는 아카데미의 건을 포함해 여러 안건을 로자에게 제안하기로 했다.

그중 하나가 바로 시민들에게 대혼돈에 관한 사실을 공표하는 것이었다.

로자는 잘못 들은 거냐며 되묻는다.

"뭐? 그걸 시민들에게 알리자고?"

"예, 그들에게도 알아야 할 권리가 있다고 생각합니다. 지금 우리가 하고 있는 짓은 그들의 눈을 가린 채 억지로 끌고 가는 거나 다름없어요. 시민들도 자기들의 길을 선택할 수 있어야 한다고 봅니다."

내 제안에 로자는 물론이고 쥬라스와 소피아도 탐탁지 않은 표정을 짓는다.

소피아는 이해가 안 간다며 쏘아붙여 왔다.

"그 사실을 공표할 경우 어떤 일이 벌어질지 모르는 건 아닐 텐데요. 우리의 손길이 미치는 서대륙은 그렇다 쳐도 우리 손길이 미치지 않는 남대륙은 그 시점에서 독립을 해 버릴 거예요. 여러 군벌들이 발생하여 훨씬 더 많은 시민들이 고통받겠죠."

맞는 말이었다. 나도 그걸 우려해서 사실을 공표하지 않은 것이었다.

다만 쥬라스는 눈매를 좁힌 채 나를 지그시 응시하고 있었다.

"당신, 성군놀이라도 하려는 겁니까?"

"하핫, 비슷할 수도 있겠네요."

쥬라스는 메마른 표정으로 말을 이어간다.

"당신에게 성군의 자질이 있다는 건 이미 알고 있었습니다. 다만 그건 세상 물정 모르는 성군이 아니라 상황에 맞춰 판단할 줄 아는 명군의 자질이라고 생각했어요. 지금 판단은 내 생각이 틀렸다고 말하는 겁니다만?"

"분명 가시적으로 잃는 게 많긴 하겠죠. 저도 연맹의 마정석 창고가 습격당하지 않았다면 이런 말을 하지 않았을 겁니다."

"상황이 달라졌다?"

"바로 그거죠."

시민들이 혼란할 것은 기정사실. 그렇담 그걸 이용하는 것이다.

"반대로 전력을 집중하는 겁니다. 그 사실을 공표한다면 시민들은 두 파벌로 나뉘겠죠. 그래도 왕국을 믿으려는 자들과 각자도생을 하려는 자들로. 거기서 우리는 전자의 사람들만을 확실하게 품는 겁니다."

"그걸로 서대륙의 영토에 전력을 집중한다……?"

"그렇습니다. 그 힘을 바탕으로 누구보다 빠르게 본진의 상황을 수습하고 그 영향력을 넓혀 가는 거죠. 그 과정에서 잃어버린 남대륙의 영향력도 수복할 수 있을 겁니다."

이건 연맹의 마정석 창고가 습격당하지 않았다고 가정하면 최악의 수였다.

모든 국민들이 왕국을 버리고 연맹으로 투신했을 테니까.

연맹도 대혼돈의 위기하에 있기에 사용 가능한 책략이었다.

"하, 하하. 하하하핫!"

쥬라스가 광소했다.

"알스, 당신 제안대로라면 훨씬 더 많은 사람들이 죽을 수도 있어요. 당신은 그들을 버리겠다고 말한 겁니다."

각자도생을 선택한 사람들을 말함이다. 난 사실상 그들을 방치한다고 말한 거니까.

그들을 방치하는 대신 우리는 대혼돈 발생 시점의 혼란을 최소화하고 결속력을 높일 수 있다.

"그렇게 되겠죠. 하지만 그것도 그들이 직접 선택한 길입니다. 그들도 후회는 없을 거예요."

"훗, 역시 당신은 모자란 성군이 아니었어요. 저는 찬성하도록 하죠."

쥬라스가 동의하자 다음은 소피아였다.

그녀는 머릿속의 계산기를 두들기는지 심사숙고를 했다.

"분명 당신 말대로이긴 해요. 왕국을 믿기로 결정한 자들만 품는다면 혼란은 최소화할 수 있겠죠. 왕국의 존속도 확

고해질 테고요. 하지만 그 외의 사람들을 전부 방치하는
건……."

이건 무엇보다 로자의 결정이 중요했다.

로자는 국민들의 절반가량을 방치한다는 선택을 쉽게 받
아들이지 못했다.

그런 만큼 적당히 물러날 틈을 주기로 했다.

"사실을 공표한다고 해도 최소 두 달 후에 할 예정입니다.
그 기간 동안 식량을 비축하고 체제를 정비해야 하니까요.
아카데미에서 사람들을 훈련시킬 기간도 필요하고요. 로자,
그때까지만 결단을 내리면 돼요."

"……응, 알았어. 그때까지는 답을 내놓도록 할게."

"어떤 대답도 괜찮습니다. 이곳의 왕은 당신이니까."

로자는 마찬가지로 결정을 내리지 못한 소피아와 이야기
를 나누려는 생각인 것 같았다.

그녀는 소피아를 데리고 자리를 비웠다.

쥬라스 녀석은 둘만 남게 되자 다른 용건을 꺼내 왔다.

"알스, 잠깐 시간 좀 있습니까?"

"없습니다. 아카데미 일로 바쁘거든요."

"잠깐이면 됩니다. 하루 정도면 돼요."

"그걸 잠깐이라고 하지는 않습니다만……. 뭔데요?"

"저번에 말한 그것입니다. 팍스란 자가 어디 소속인지 알
아냈어요. 이미 접촉도 끝냈습니다. 이제부터 그를 만나러

갈 생각입니다만, 같이 가지 않겠습니까?"

"그의 소속을 알아냈다고요……?"

유일한 단서인 파리스 왕자에 대한 심문도 지지부진한 상태였다.

유폐된 파리스 왕자에게 향했던 루크레치아가 아직도 돌아오지 못했을 정도이니 말 다 한 셈.

그런데 쥬라스는 이미 알아냈다고 한다.

"대체 어떻게……?"

"라일란드 전 재상의 특무대가 가진 정보와 당신이 지하시장이란 곳에서 가져온 정보를 종합해서 추론을 했습니다. 해당 연맹을 슬쩍 떠본 결과 반응이 있었어요. 그러니 틀림없습니다."

"나 참. 루크는 개고생을 한 꼴이구만. 당장 돌아오라고 해야겠네요."

"루크? 그게 누구죠?"

"루크레치아라고, 근위대장이 있어요. 당신은 아직 만나지 못했습니다."

"흐음. 어쨌든, 동행할 겁니까?"

"동행하도록 하죠. 언제 움직일 건데요?"

"이틀 뒤입니다. 시간을 비워 두도록 하세요."

쥬라스는 팍스와의 재회를 역으로 선전포고하는 거라 표현했었다.

내가 우물쭈물하여 기선 제압을 당한 걸 되돌려놓을 거라고 말이다.

쥬라스가 어떻게 그 녀석을 요리할지는 나도 궁금했다.

나는 쥬라스가 이틀 뒤의 시간을 빼놓으라 한 것을 빌미삼은 통 크게 이틀 전부 휴가를 보내기로 했다.

나중이 고통스러워지겠지만 그땐 그때다.

지금은 막 태어난 아기들과 시간을 보내고 싶어 미칠 지경이었다.

휴가를 선언한 나는 굳이 바깥에 나가지 않고 집에 틀어박혀 아기들을 보기로 했다.

"그러니까 여기선 이렇게 매듭을 하면 돼."

나는 에오에게 기저귀 가는 법을 가르쳐 주고 있었다.

류나의 기저귀를 갈아 주며 숙달이 된 덕에 가르치는 것도 어렵지 않았다.

"과연, 그렇게 하면 소변이 새질 않는군요."

"……."

"그럼 에르니의 기저귀는 제가 갈아 보도록 하겠습니다."

"……."

"저기…… 알스 님? 무슨 문제라도 있나요?"

"내가 할 소리야. 둘만 있는데 왜 존댓말을 하는 건데?"

"예!? 그, 그야……."

어쩔 줄 몰라 하는 에오. 다시 존댓말을 사용하는 게 익숙해지니 반말이 잘 나오질 않는 모양이었다.

지금도 나쁘진 않지만, 당시의 에오가 그리운 것도 사실이었기에 억지로 반말을 요구했다.

"으, 응. 그럼 알스, 에르니의 기저귀를 갈아 볼 테니까 한번 봐줘."

그렇게 4시간 정도를 에오와 아기들과 함께 보내고 있자니, 자그마한 불만을 품은 사람이 있었던 모양이다.

똑똑! 차분한 노크 소리와 함께 유미르가 모습을 드러냈다. 그 품에는 류나가 안겨 있었는데, 그 얼굴이 울상이었다.

"유미르? 무슨 일이야?"

"그게……. 도련님이 집에 계신 걸 이 아이도 안 것 같아서요."

수인들은 후각이 유독 뛰어나다. 그건 애들도 마찬가지.

류나는 내가 집에 있다는 걸 그 후각으로 알아챈 것 같다.

"그래서?"

"도련님이 저택에 계시는데도 보러 와 주질 않으니까 심통이 난 것 같아요. 잠깐 안아 주실 수 있을까요?"

"내가 너무 무관심했네. 자, 류나, 이리로 와요."

류나를 안아 든 나는 쌍둥이에게로 슬쩍 접근시켰다.

"이 애들이 네 동생이야. 이쪽이 에르니, 이쪽이 에드워드. 귀엽지?"

"……우!"

찰싹! 류나는 짧은 팔을 뻗어 멀뚱멀뚱 눈을 뜨고 있는 에드의 이마를 손바닥으로 때렸다.

"류나!?"

"우!"

류나가 버둥거리며 추가타를 가하려 했기에 나는 서둘러 품에 안을 수밖에 없었다.

"으에에엥!"

에드는 대성통곡. 에오는 깜짝 놀라 아이를 달래기 시작했다.

유미르도 놀랐는지 다급히 다가와 류나를 뺏어 들었다.

"류나! 무슨 짓이니!"

엄마의 험한 다그침에 류나도 우렁차게 울기 시작하며 얌전히 있던 에르니도 울음을 터뜨렸다.

유미르는 류나를 데리고 나갔지만 울음이 멈추지 않는지 방까지 들려왔다. 마치 나도 같이 나오지 않으면 울음을 그치지 않겠다는 것처럼.

'설마 질투를 하는 건가?'

그러고 보니 가스파르가 말했다. 수인 아기들은 환경에 적응하기 위해 유아 시절의 성장이 눈에 띄게 빠르다고.

실제로 류나는 생후 2개월 정도에 불과했음에도 몸은 한 살짜리 같았다. 당장 걸음마를 시작해도 이상하지 않을 정도다.

지능도 빠르게 성장했다고 하면 지금 이 일도 이상한 건 아니었다.

"어이쿠."

육아에 있어 애들끼리의 질투가 작은 문제가 아니라더니, 설마 나도 그 상황에 직면하게 될 줄이야.

"내가 너무 이쪽에만 있기도 했지. 미안해 에오, 잠깐 갔다 와도 될까?"

"물론입니다. 류나에게 가 주세요."

"또 존댓말한다."

"앗……!"

어쨌든, 류나를 달래 주러 향했다.

엉엉 울고 있던 류나는 내가 나타나자 귀신같이 울음을 멈추고는 내 품에 안겼다.

내가 쌍둥이 애들과 있었던 시간도 기가 막히게 아는지 똑같이 4시간 동안이나 품에 안겨 있었다.

4장

아기들과의 다난했던 휴가를 끝마치고.

나는 쥬라스와 함께 연맹과의 국경에 위치한 작은 도시인 와츠로 향했다.

쥬라스는 이곳에서 팍스와의 약속을 잡은 모양이었다.

"안 나오면 그만인 거 아닙니까?"

"그러진 않을 겁니다. 그 행동은 자칫 겁을 먹었다는 식으로 해석이 될 수 있어요. 그 파이스라는 자는 그렇게 되길 원하지 않을 겁니다. 자기가 잡은 주도권을 놓치고 싶지 않을 테니까요."

"파…… 뭐요?"

"파이스 랑코스트. 녀석의 본명입니다. 팍스란 후작 가문은 위장에 지나지 않아요. 그 위장에 대한 자세한 내막까지는 잘 모르겠으나 어쨌든, 그는 연맹의 인물입니다."

이 짧은 사이에 대체 어디까지 알아낸 걸까?

쥬라스는 서류 하나를 건넸다. 거기엔 파이스 랑코스트가 속한 상위 연맹의 정보가 적혀 있었다.

상위 연맹 중 하나인 '렐름'이란 곳이었다. 파리스 왕자를 꼬드기고 흑마법사 집단 아티클의 뒤통수를 친 곳이 바로 여기였다.

"참 많이도 알아냈네요."

새삼 한 달간 아무것도 알아내지 못한 루크레치아와 왕국 정보원들이 무능하게 느껴졌으나 그건 그렇게 생각하면 안 된다.

쥬라스 이놈이 무서울 정도로 유능한 것뿐이다.

"당신이 그 지하 시장에서 빼내 왔다는 기밀 서류를 검토해 보니 꼬리를 잡는 건 어렵지 않았습니다."

"그 어렵지 않은 걸 왕국의 정보원들은 아직도 알아내지 못했는데 말이죠……."

"그건 그들이 무능하다기보단 당신이 무관심했다고 보는 게 맞겠군요."

"내가요?"

"그야 당신이 관심을 가지고 알아내려 했다면 어떻게든 알아냈을 테니까요. 하지만 당신은 그러지 않았어요. 이런 뒤가 구린 일을 본능적으로 꺼리니까 말이죠."

반박할 말이 없었다.

"그게 자기 처지와 관련이 되려 하니까 그제야 부랴부랴 알아보려고 했지만 때는 이미 늦어 버렸고. 가족들을 죽이겠다는 상대의 협박에 지레 겁을 먹어서 도망쳐야 되나 말아야 되나. 이거야. 무관심이 아니라 그냥 무능했다고 봐도 좋겠는데요?"

"알겠어요, 알겠으니까 그 얘긴 그만해요."

변명할 말이 있긴 했지만 그래 봤자 이 녀석에게 죄다 논파당할 테니 관두기로 했다.

파이스 랑코스트와 접촉하기로 한 시간이 10분 앞으로 다가왔다. 그와 함께 주변의 긴장감이 높아졌다.

각자가 대동하고 온 호위 병력이 암암리에 배치된 것이다.

이런 음습한 긴장감은 나도 처음 느껴 보는 것이었기에 침이 바짝 말랐다. 그 긴장을 숨기기 위해 쥬라스 녀석에게 물었다.

"녀석과 무슨 얘기를 할 겁니까?"

"그건 상대가 뭐라고 하냐에 따라 다르죠. 내게 맡기고 당신은 보고만 있어요."

"……그 가죽 자루는 뭡니까?"

두꺼운 가죽 자루였다. 크기는 산타 할아버지가 들고 다니면 좋을 듯했고. 그 자루에는 울퉁불퉁한 것들이 가득 차 있었다.

쥬라스는 섬뜩하게 웃었다.

"선물입니다."

"선물……?"

그때였다.

저벅, 저벅! 접선 장소로 걸어오는 한 남자. 그 양옆엔 호위가 붙어 있었는데, 나도 아는 얼굴이었다.

'커스버트!'

다른 하나도 왕위 계승전에 참여했던 실력자 중 하나인 것 같았다.

'듣자니 엘레나를 협공해서 빈사 상태로 만들었다지.'

셋이서 엘레나 하나와 대결을 펼쳤으니 정상급의 실력자는 아닐 테지만, 어중이떠중이들에 비하면야 압도적일 테다.

"훗, 알스. 우리도 가죠."

나는 쥬라스와 함께 접선 장소로 걸어갔다.

먼저 도착한 상대는 날카로운 안광으로 우리를 관찰했다.

그들의 시선은 내가 아니라 뉴 페이스인 쥬라스에게 고정돼 있었다.

쥬라스는 이에 미소로 답했다.

마주한 양측. 먼저 입을 뗀 건 상대였다.

"설마 네놈 쪽에서 만나고 싶다고 할 줄은 몰랐군, 웨이드."

"그때의 대화가 만족스럽게 끝난 것 같지가 않아서 말이야."

"만족스럽지 않았다? 뭐냐, 내게 더 할 말이라도 있다는 거냐?"

"그래."

"홋, 들어 주지. 이제 와서 목숨을 구걸하려는 거라면 때는 늦었다만."

할 말이 있는 건 내가 아니라 쥬라스 쪽이었기에 녀석이 대신 나섰다.

"네가 파이스 랑코스트인가. 과연, 그런 유형인 건가."

"뭐냐, 네놈은? 송사리는 빠져 있어라."

송사리라 말은 해도 쥬라스 녀석 특유의 위압감은 상대도 느끼고 있는지 파이스는 표정을 굳힌다.

"……네놈은?"

"쥬라스 파밀리온이라고 한다."

"그렇군. 소피아란 여자가 재상으로 임명된 시기에 갑자기 나타났다는 왕의 측근이 네놈이었던 건가. 네놈은 뭐지? 웨이드 놈의 종이라도 되는 거냐?"

"내가 그의 종이라고? 후홋, 하하하핫!"

쥬라스는 그 말이 무척이나 우스웠는지 광소했다.

"어떤 의미로는 그것도 맞는 말이겠군. 이 내가 헌신을 하게 만든 사람은 그가 처음이니까 말이지. 방금 그 말은 유쾌

했다. 아주 유쾌했다고, 파이스 랑코스트!"

"뭐냐, 이 정신머리 없는 놈은."

쥬라스는 한참이나 메마른 웃음소리를 내더니 웃는 표정 그대로 그에게 말했다.

"네 녀석, 웨이드에게 절망을 안겨 주겠다고 했다던데. 모든 것을 앗아 가겠다고?"

"그래서 뭐 어쩌라는 거냐."

"나쁘지 않은 위협이었어. 그대로 갔다면 네 생각대로 됐겠지. 웨이드 본인을 죽이진 못한다 하더라도 그에게 돌이킬 수 없는 좌절을 안겨 주는 것엔 성공했을 테니까. 그건 네가 이겼다고 할 수 있는 결과였을 거다."

"이젠 달라졌다는 거냐?"

"그래, 네겐 유감이지만 그는 내 비호하에 있다. 곱게 죽고 싶다면 여기서 손을 떼라."

"핫! 하하핫! 무슨 말을 하나 했더니 허세를 부리러 온 거였나! 하하하핫!"

파이스가 조롱하는 대상은 나였다.

"어지간히도 겁을 먹었던 모양이군! 미끼를 앞세워 자신은 뒤로 빠지겠다는 속셈을 모를 줄 아냐!"

"그렇게 생각하는 게 자연스럽겠지. 하지만 미끼가 아니거든. 이젠 이쪽이 본체야."

"뭐라고?"

"음지의 암투에 대해선 이 쥬라스라는 녀석에게 일임한 상태라고. 그러니 나는 네놈에 대해선 더 이상 신경 쓰지 않을 거야."

"자기 목숨을 남에게 맡기겠다는 건가?"

"결과적으로는 그렇게 말할 수도 있지만……. 적재적소라는 좋은 표현이 있잖아? 그렇게 표현해 줬으면 하는데."

"풉! 조금은 뛰어난 놈이라 생각했더니 착각이었나 보군."

"그 말은 이놈을 이기고 나서 말해."

내가 진심이라는 걸 확신했는지 파이스의 흥미는 쥬라스에게 향해 있었다.

그는 음흉하게 웃으며 위협한다.

"쥬라스 파밀리온이라고 했지? 괜한 오지랖을 부렸군. 네놈에게도 지옥 같은 절망을 선사해 주마. 제발 고통을 끝내 달라며 애원하게 만들어 주겠단 거다."

"하아……."

"뭐지?"

"조금 참신한 표현은 없는 건가? 이래서야 지금껏 내게 덤벼든 잡어들과 다를 바가 없잖나. 항상 그랬지. 자기 앞에 무릎을 꿇리겠다고, 애원하게 만들겠다고 말하고는 나중에 가선 내게 빌었어. 제발 용서해 달라고, 자기가 감히 상대를 잘못 봤다고 말이야. 네놈은 부디 그러지 않았으면 좋겠는데……. 말하는 꼬락서니를 보니 전혀 기대가 안 되는걸."

"마, 말은 잘하는군."

"흥이 사라졌다. 네놈은 이만 죽어라."

"……뭐라고?"

딱! 쥬라스가 손가락을 튕기자 '부스럭!' 하는 소리와 함께 파이스의 근처에서 신형이 날아 들어왔다.

"재상님의 원수! 그 목숨으로 갚아라!"

그곳은 분명 상대측 호위 병력이 있어야 하는 자리였다.

그런 곳에서 흉수가 튀어나왔다.

그렇다고 파이스 녀석을 죽일 수 있는 건 아니었다. 그를 지키고 있는 커스버트에게 제압을 당해 오히려 흉수가 목숨을 잃고 말았다.

그는 몸이 갈가리 찢겨 피를 여기저기 내뿜으며 죽었다.

그를 죽인 커스버트는 오히려 당황했다.

"뭐, 뭐야? 구원이동을 사용하지 않았잖아."

구원이동을 사용했으면 뭐가 됐든 목숨을 부지할 수 있다. 그러나 쥬라스는 그딴 건 필요치 않다는 듯 그를 그냥 소모품 쓰듯 버려 버렸다.

이는 상대에게 있어 한 가지 메시지가 된다.

그를 소모품으로 쓰고 버렸다는 건, 즉 더 제대로 된 흉수가 근처에 있을 수 있다는 뜻이니까.

"어, 어이! 이거…… 우리 연맹원이잖아!"

커스버트가 그의 복면을 벗겼다. 그의 동료가 경악해 소리친다.

"플릭스가 왕국의 끄나풀이었다고……!?"

둘의 동요에 파이스는 버럭 소리친다.

"진정해라! 얄팍한 수법이잖나! 플릭스 놈은 나도 예전부터 의심하고 있었어! 그러니 동요하지 마!"

그렇게 말하는 본인이 가장 당황한 듯했다.

저 플릭스라는 자는 아마 재상이 침투시켜 놓은 특무대원일 것이다. 이곳에 호위로 온 걸 보면 심층부에 침투해 있던 핵심 중 하나겠지.

쥬라스는 그걸 그냥 미끼로 던져 줬다. 이 파격적인 행동에 파이스도 당황한 것이다.

쥬라스는 그런 그의 모습을 보며 깊은 한숨을 쉰다.

"이런, 그런 뻔한 반응을 보여 주면 이쪽이 더 기운이 빠지잖나. 부탁이니 이 정도는 예상하고 있었다는 듯 대범하게 행동해 달라고. 응? 파이스 랑코스트!"

"네놈……!"

이미 주도권은 쥬라스에게 와 있었다. 파이스는 그게 마음에 들지 않는지 악에 받쳐 말한다.

"그런 네놈들은 안전하다고 생각하는 건가? 왕궁 깊숙이 위치한 마정석 창고를 습격한 게 과연 누굴까? 네놈들이 머무르고 있는 왕궁이 안전할 거라고 생각한다면……."

"선물이다."

휙! 쥬라스는 상대의 말을 끊으며 바닥에 놓았던 가죽 자루를 던졌다.

그게 폭발물일 수도 있다고 판단한 커스버트가 대검으로 날아오는 자루를 양단했다.

그러자 자루 안에 담겨 있던 울퉁불퉁한 물체들이 비산했다.

바로 사람의 머리였다.

"이, 이건……?"

쥬라스는 담담하게 말했다.

"제1근위대 간부 말릭 디온, 제1근위대 대원 타이신 피들. 다섯 번째 시종장 데닐 올슨, 여섯 번째 시녀장 아우로라 피드, 접객 시녀 쥬디, 객실 시녀……."

그 호명이 계속될수록 파이스의 표정이 굳어 갔다.

마침내 16명. 호명이 머리의 개수와 같아지자 쥬라스가 말한다.

"더 있다고 말해 봐라."

"……."

말문이 막힌 파이스. 쥬라스는 강하게 보챈다.

"더 있다고 말해, 어서……!"

"무, 무슨 헛소리냐!"

"제발 더 있다고 말해라! 네놈이 왕궁에 침투시킨 첩자라는 게 고작 이 정도면 재미가 없으니까! 부탁이니 근위대장

루크레치아 아카샤가 첩자라고 말해! 국왕인 로자가 연맹의
끄나풀이었다고 말하란 말이다!"

"미, 미친놈⋯⋯!"

진짜 광기에 압도돼 버린 파이스.

커스버트와 그 동료도 질렸다며 쥬라스를 응시하고 있었
다.

쥬라스는 재미없어진 파이스를 놔두고 다른 둘을 바라봤
다.

"너희들은 날 즐겁게 할 수 있겠나?"

커스버트는 호기롭게 답한다.

"하, 핫! 덤빈다면 어울려 줄 생각은 있다만."

"잡졸 주제에 감히 나와 어울리겠다고?"

쥬라스가 오러를 방출했다.

그 어둡고 불길한 오러에, 압도적인 양의 오러에 커스버트
와 그 동료는 전의를 상실하고 만다.

"아⋯⋯!"

"이 말도 안 되는 웨폰 스펠은 대체⋯⋯?"

쥬라스 녀석이 이래 보여도 무예에 있어서도 최정상 수준
에 있었다.

엘레나는 물론이고 일리야 스승도 상대가 안 된다. 안톤이
나 돼야 상대가 될 정도.

"파, 파이스 님, 지금은 물러나는 게 좋을 것 같습니다. 이

이상 대화를 해 봤자 의미는 없습니다."

이미 기세는 완전히 우리 쪽으로 와 있었다.

그저 나를 조롱하려는 생각으로 가볍게 임하고 있던 상대에겐 쥬라스의 사악함에 대응할 무기는 없었던 것이다.

도망치듯 사라지는 상대의 무리.

쥬라스는 그 뒷모습을 바라보며 중얼거리듯 내게 말한다.

"알스, 암투에 있어 항복 선언이 뭔지 압니까?"

"……항복 선언이요?"

"체스에도 그런 게 있지 않습니까. 상대에게 치사하다고 하는 건 자신의 실력이 뒤떨어지는 걸 인정하는 거라고."

그렇긴 하다. 치사하게 하는 것이야말로 잘하는 것. 그게 실력이다.

그렇담 암투에 있어서 간접적인 항복 선언은 뭘까?

"간단합니다. 상대가 더 미쳐 있다는 걸 인정하는 거죠."

"헉."

아까 파이스는 쥬라스에게 소리쳤다. 미친놈이라고.

쥬라스에겐 그게 항복 선언처럼 느껴진 것이다.

나는 말하지 않을 수 없었다.

"근데 당신 미친 거 맞잖아요. 상대는 그저 사실을 말한 건데요?"

"훗, 그런 척을 하는 거죠. 전 평범하다고요. 오히려 비정상은 당신 쪽이죠."

"헛소리 그만해요."

내가 이 녀석보다 비정상이라니.

이렇게 재미없고 섬뜩한 농담은 처음이었다.

❖

수만 명가량의 신입생을 받아들이며 다시 문을 연 왕립 아카데미.

우리 저택의 사람들도 분주하게 출근 준비를 하고 있었다.

"내가 아카데미 교사의 입장이 되다니, 세상 오래 살고 볼 일이구만."

"훗, 정말 그렇습니다."

가스파르의 푸념에 일리야 스승도 동감한다며 미소 짓는다.

마찬가지로 교사 역을 맡게 된 애쉬는 음흉하게 웃고 있었다.

"분명 여학생들도 많겠지? 가르쳐 주면서 애정이 쌓인다고 해도 이상하지 않단 말씀."

검은 속내를 내보이고 있는 그에게 루크레치아는 질색하며 나무란다.

"스승의 입장을 이용해 제자를 꼬드기다니, 언어도단입니다!"

"예? 하, 하지만 난 나이대가 비슷한걸요. 이 정도는 충분히 상상할 법한……."

"잔말 말고 어서 가기나 합시다, 이러다 늦겠어요."

루크에게 혼쭐이 난 애쉬는 떫은 표정으로 먼저 출근을 한다.

'그런데 루크는 왜 여기에 있는 거지?'

왕궁에도 거처가 있고, 따로 본인의 저택이 있는데도 말이다.

'뭐, 엘레나를 보러 온 거겠지.'

마찬가지로 교사진에 포함된 엘레나도 둘과 함께 출근을 했다.

그렇게 교사진이 출근을 하고 나니 학생진만 남게 됐다.

나는 그 학생진에 포함돼 있었다.

사실 나도 무예 교사를 할 수 있긴 했으나 내부 논의 결과 마법에 대한 적성이 있는 사람은 학생으로 움직이기로 했다.

소피아, 메이센, 에리나, 에스텔, 도로시, 나, 귄터가 이에 해당했다.

억지로 학생에 낀 소피아는 그렇다 쳐도 귄터의 마나 적성은 놀라울 정도였다. 아직 속성을 확인해 보지는 않았지만, 그게 필요 없을 정도로 마나에 대한 친화력이 좋았다.

소피아는 자신에게 없는 재능이 귄터에게서 발견된 게 씁쓸한지 푹푹 한숨을 쉬었다.

"저는 왕궁에 볼일이 있어서 먼저 가 볼게요. 귄터, 호위해 주겠어요?"

"아, 예. 공주님."

"공주님이라고 부르지 마요. 베카비아는 이미 멸망했다니까. 귄터 당신도 이제는 자기 갈 길을 찾도록 해요. 그 대단하다는 마나 적성이라면 무슨 일을 하든 풍족하게 살아갈 수 있을 테니까."

"뭐, 뭔가 말씀에 뼈가 있으신 듯한……."

나는 곤혹스러워하는 귄터에게 말해 주었다.

"가벼운 열등감이에요. 마법 재능이 있는 사람들한테는 전부 저런 태도니까 신경 쓰지 마요."

소피아는 '시끄러워요!'라며 짜증을 내고는 귄터를 데리고 사라졌다.

에리나도 아카데미를 안내해 주겠다며 에스텔과 메이센을 이끌고 먼저 가면서 식당엔 나 혼자만 남게 됐다.

식사를 마저 끝낸 나는 나갈 준비를 하려 했으나 그때 유미르가 종종걸음으로 다가온다.

"도련님."

"응?"

유미르는 난감하다며 말을 이어 간다.

"류나는 어떻게 해야 할까요?"

"아."

유미르도 가스파르의 보조로서 일을 하게 돼 있었다.

그렇담 류나를 봐줄 사람이 없어진다.

저택에 남아 있기로 한 어머니나 에오니아가 있긴 했으나 류나는 두 사람을 전혀 따르지 않았다. 아마 나나 유미르가 돌아올 때까지 서럽게 울고만 있겠지.

"가능하면 제가 데리고 가고 싶지만 그게, 어떤 일을 하게 될지 정확히 알 수가 없어서요."

"응, 그렇겠지. 어쩔 수 없네. 류나는 내가 데리고 갈게."

"괜찮으시겠어요?"

"별일 있겠어? 어서 준비해 줄래? 늦겠다."

유미르는 류나를 내 품에 안게 하더니 능숙하게 포대기를 감쌌다. 그러고는 기저귀와 이유식이 든 작은 가방을 메 주었다.

아기를 안고 등교한 내게 시선이 쏟아지는 건 당연한 수순이었다.

내가 지나가는 길마다 사람들이 속삭이는 소리가 들려왔다.

류나는 사람들이 많은 게 무서운지 내 가슴에 얼굴을 콕 묻은 채 힐끔힐끔 주변을 살피고 있었다.

나는 그 뒤통수를 쓰다듬어 주면서 내 교실로 향했다.

'여기가 상급생의 반인가.'

이번에 아카데미가 새로이 개편되면서 기존에 아카데미를

다니고 있던 학생들은 별다른 구분 없이 모조리 상급생으로
배치가 됐다.

그래서인지 교실엔 나이가 많은 학생과 존재감이 강한 학
생들도 많았는데, 그들 누구도 나를 따라올 순 없었다.

"쟤는 뭐야? 아카데미 첫날에 아기를 데리고 오다니……."

"어떤 의미로는 대단하군."

"우리 반의 담당 교사는 랜달 달폰이었지? 그 까탈스러운
랜달이 그냥 넘어갈 거라고 생각되진 않는데."

"첫날에 바로 퇴학자가 나올 수도 있겠군."

곧 그 랜달이라는 교사가 등장했다. 근엄한 인상의 중년
남성이었다.

날카로운 눈매로 학생을 훑어보던 그의 시선이 내게서
멈췄다. 그러자 다른 학생들은 올 것이 왔다며 침을 꼴깍
삼킨다.

나는 어쩔 거냐는 듯 어깨를 으쓱여 보였다.

그러자 랜달은 어색하게 시선을 돌린다.

"반갑다, 제군들. 수가 많은 관계로 우선 출석부터 부르기
로 하겠다."

웅성이는 교실.

"그 랜달이 이걸 그냥 넘어간다고?"

"믿을 수 없어……."

교사는 헛기침을 하며 출석을 부르기 시작했다.

그도 그럴 수밖에 없는 게, 아카데미의 상급 교사 정도가 되면 왕궁의 정세가 어떻게 돌아가는가를 알 수밖에 없다.

내가 지금의 권력 구조에서 어떤 위치에 있는지를 잘 알고 있는 것이다.

그는 나를 애써 무시하며 출석을 불렀으나 그 순간이었다.

"으응……!"

실례를 했는지 울상을 짓는 류나.

나는 손을 들어 교사에게 말했다.

"잠시 나갔다 와도 괜찮겠습니까?"

그 탓에 출석이 끊겼다.

"……."

살인적인 침묵이 흐르는 교실. 출석 중에 말을 끊는 것은 대단히 무례한 일이었기 때문이겠지.

나는 먼저 사과를 했다.

"죄송합니다, 아기가 실례를 한 것 같아서요. 이대로는 냄새가 날 것 같았기에 무례를 알고서도 손을 들었습니다."

다들 이번에야말로 불호령이 떨어질 거라 예상하고는 긴장하는 학생들.

그러나 랜달은 어색하게 미소 짓는다.

"그, 그럼 어쩔 수 없지. 편하게 갔다 와라."

"감사합니다."

나는 기저귀를 들고 밖으로 향했다.

어째서인지 이날 이후, 나는 아카데미의 전설로 불리게 되었다.

아기를 안고 다니는 것도 며칠이 지나자 금방 익숙해졌다.

익숙해진 건 류나도 마찬가지인지 이젠 내 가슴에만 얼굴을 묻지 않고 몸을 돌려 정면을 바라보기 시작했다.

그러고는 자기가 가 보고 싶은 곳을 향해 손을 버둥거렸다.

하여 아카데미 수업이 없는 시간에는 류나의 이끌림을 따라 정처 없이 걷는 게 일상이 되어 있었다.

오늘도 마찬가지. 점심시간 이후 류나가 가고자 하는 곳으로 걷고 있자니 익숙한 얼굴이 보여 왔다.

"응?"

에리나의 무리였다. 그녀는 신입생으로 보이는 일곱 명의 여성과 함께 다과회를 즐기고 있었다.

에리나는 주변을 둘러보더니 미소 지으며 말한다.

"잠깐 일행을 데리고 올게요. 낯을 가리는 친구인지라 제가 데리고 오지 않으면 안 될 것 같아요."

잠시 자리를 비우는 에리나.

나도 그냥 지나치려 했으나 류나가 과자 냄새에 이끌렸는지 다과회 테이블을 향해 버둥거렸다.

"먹고 싶어? 그럼 조금 얻어 올까?"

"아우!"

기운차게 대답하는 류나를 위해서도 염치없이 끼어들어가 보기로 했다.

내가 다가가자 여성 하나가 조심스럽게 묻는다.

"무슨 용건이라도 있으신가요?"

"용건이라고 할까요. 저도 에리나에게서 다과회의 초대를 받았거든요."

"아, 예에……."

나는 대담하게 자리를 잡은 뒤 과자를 집어 류나에게 쥐어 주었다. 류나는 과자에 침을 질질 묻히며 먹기 시작했다.

"역시 우리 딸, 뭐든 잘 먹네."

내가 그러고 있자 뭐라고 말은 걸어야겠다 싶었는지 여성 하나가 은근히 묻는다.

"저기……. 에리나와는 어떤 관계이신 건가요?"

"어떤 관계냐고 하시면……?"

"아, 아뇨! 혹시 교제하고 계신 사이인가 싶어서요."

수인 아기를 보고서도 그런 소리를 할 수 있을 줄이야.

내 대답이 에리나의 교우 관계에 어떤 영향을 미칠지도 모르니 일단 중립적인 스탠스를 취하기로 했다.

"기본적으로는 친구입니다."

"그렇군요. 이름은 어떻게 되시나요?"

"웨이드라고 합니다."

"웨이드! 아기를 데리고 다니는 상급생!"

이미 내 명성이 널리 퍼져 있는지 다들 눈을 크게 떴다. 어떤 하나는 긴장하며 묻는다.

"저기 혹시! 그녀들의 사정을 집필한 작가 웨이드와 같은 분이신 건가요? 아니라면 죄송합니다."

"동일 인물 맞습니다. 혹시 읽어 보셨나요?"

"정말인가요!? 예! 읽어 봤습니다! 감명 깊게 읽었어요!"

그녀 외에도 두 명 정도가 내 책을 읽어 봤는지 그 화제를 통해 분위기가 금방 무르익었다.

나는 류나가 다 먹을 때까지만 어울려 주기로 했다.

그러나 류나는 도무지 손을 멈추질 않았다.

'더 먹이면 유미르가 화낼지도 모르겠어.'

이러면 이유식을 먹지 않기 때문이다.

나는 다음 쿠키를 집어 달라고 보채는 류나를 다독여 봤지만 똑똑한 류나는 마치 이유식도 먹을 테니 마지막 하나만 더 먹게 해 달라는 듯이 울상을 짓는다.

그 표정을 아빠로서 이길 수가 없었다.

"이게 마지막이야."

류나는 용케 알아들었는지 야금야금 천천히 먹기 시작했다.

그로 인해 토크 시간이 길어져 버리고 만 게 문제였다.

"……알스 님?"

"왜 여기 계신 거죠?"

등 뒤에서 들려오는 싸늘한 목소리 두 개.

에스텔과 에리나였다.

"하, 하하! 주역들이 왔으니 나는 이만 빠지는 게 좋겠네요. 즐거웠습니다, 그럼 이만……."

나는 도망치려 했으나 턱! 둘은 내 양팔을 붙잡았다.

"무슨 소리세요, 지금부터 느긋하게 이야기를 나눠야죠."

"어머나? 류나도 있었네."

급격히 무거워지는 분위기. 다른 사람들도 그제야 어떤 느낌인지 알았는지 눈치를 보기 시작한다.

"다들 무슨 얘기를 하고 계셨나요?"

"그게……. 그녀들의 사정이라는 책 이야기를 했어요."

"어머! 그거라면 우리들도 빠질 수 없죠."

책의 히로인인 이리나와 에르텔의 모티브가 된 둘은 각자의 히로인을 푸시하기 시작했다.

그러나 다른 이들은 이해하지 못하겠다는 듯 고개를 갸웃한다.

"책의 여주인공은 여기사 엘니아 펜타벨이잖아요?"

"맞아요, 고고한 여기사와의 감동적인 해후. 그렇게 3권이 끝났으니까요."

이에 둘의 표정이 굳는다.

"3권……이요?"

"언제 그런 게…….."

해명을 요구하는 둘의 시선이 내게 쏠린다.

최신권을 출간한 건 그 책으로 쥬라스 녀석이 찾아왔다는 걸 알았을 때였다.

그게 효과가 있다는 걸 확인했으니 조금 더 투자를 해 볼 생각으로 3권을 낸 것이다. 아직 찾지 못한 사람들도 있었고.

에리나와 에스텔은 일이 바빠 몰랐던 것 같지만, 이게 의외로 히트를 쳤다.

"흐음? 3권인가요……. 한번 읽어 봐야겠네요."

"혹시 지금 가지고 계신 분 있나요?"

그걸 가지고 다니는 사람이 있을 리 없다고 생각했지만 사물함에 있다며 두 명의 사람이 후다닥 달려가 가져온다.

그로 인해 다과회는 독서회 자리로 바뀌었다.

둘은 사실상 책의 공동 저자나 마찬가지였기에 그 열정이 남달랐다.

'꼼짝없이 붙잡혔네.'

여기서 빠져나왔다간 오늘 밤 사이좋게 내 방으로 찾아올 게 뻔했다.

그 경우 책에 대한 것 이외에 더 엄청난 일이 벌어질 수 있었기에, 여기서 이야기를 하는 편이 나았다.

"아우!"

나는 류나가 내민 쿠키를 오독오독 씹으며 둘의 독서 감상을 기다리기로 했다.

❖

아카데미가 재개되며 학구열로 불타고 있는 도시.

그건 우리 저택의 사람들도 예외는 아니었다.

어떻게든 재능을 뛰어넘겠다며 머리를 싸매고 공부하는 소피아도 그랬고, 메이센도 마법 서적을 탐독하며 마법을 배울 준비를 하고 있었다.

나는 그걸 감안해 자그마한 이벤트를 준비했다.

저택에 사람들을 모아 놓은 나는 그들을 향해 말했다.

"오늘은 손님을 한 명 모셨습니다. 자, 이리로 와 주세요."

내 손짓에 로브를 입은 여성 마법사가 쭈뼛거리며 앞으로 나섰다.

그녀는 레이틴 올커스라는 여성으로, 루크레치아의 친구이자 궁정 마법사 중 하나였다.

왕위 계승전에선 중립적인 입장을 취했으나 로자가 왕위를 이은 후에는 온 힘을 다해 조력을 해 주고 있는 사람이었다.

"반갑습니다, 레이틴 올커스라고 합니다. 저를 알고 계시는 분도 많을 거라고 생각해요. 오늘은 그, 웨이드 님의 부탁을 받고 속성과 마나 적성을 알아보기 위해 왔습니다만. 누구부터 하면 좋을까요?"

"음…… 메이센 선배님부터 해 볼래요?"

메이센은 고개를 끄덕이곤 긴장한 듯 걸어왔다.

이미 마법을 사용할 수 있는 그녀였지만 타고난 속성은 아직 확인하지 않은 상태였다.

메이센의 손을 잡은 채 주문을 외우는 레이틴.

그녀는 의문스럽다며 중얼거린다.

"빛이 보이네요. 하지만 제가 아는 빛과는 조금 다른 것 같아요. 그리고…… 입체적인 공간들이 보여요."

메이센의 속성은 빛과 공간. 굉장히 아까웠다.

레이틴도 안타깝다며 말한다.

"시간의 속성까지 타고났다면 정말 좋았을 텐데요. 그럼 구원이동을 사용할 수 있었을 테니까요."

"아녜요, 저는 이것만으로 만족합니다."

메이센은 홀가분하다는 표정으로 자리로 돌아갔다.

"다음은 누가 하시겠습니까?"

레이틴의 물음에 다들 눈치를 봤다. 나는 그중 하나를 지목했다.

"소피아, 당신이 해요."

"윽!"

내 호명에 소피아는 표정을 구긴다.

이게 오늘 레이틴을 부른 가장 큰 목적이었다.

재능이 없다는 것을 인정하지 않고 있는 그녀를 체념시키기 위해서였다.

나도 하고 싶다는 걸 막고 싶지는 않았으나 그녀가 되지도 않는 마법을 배우겠다며 재상으로서의 본업을 내팽개친 탓에 국정 운영에 부하가 걸리고 있었다.

지금이야 쥬라스가 전부 커버를 해 주고 있지만 그게 언제까지 가능할지는 모른다.

'아니, 쥬라스라면 아무렇지도 않게 전부 다 해낼지도 모르겠지만…….'

어쨌든 지금 소피아가 하고 있는 무모한 행동은 막을 필요가 있다고 생각했다.

소피아는 나를 노려보았다.

"왜 레이틴을 데려왔나 싶었더니……! 나를 물먹이기 위함이었군요!"

"그보단 미련을 끊어 주기 위함입니다. 당신, 아직 속성조차 제대로 알아보지 않았다면서요?"

마나에 대한 적성이 너무나도 부족해 속성을 알아볼 필요조차 없었다고 한다.

잔혹한 얘기지만 그게 현실이었다. 에너지원인 마나가 전혀 없는데 마법을 배워 봤자 무슨 소용이 있을까.

소피아는 당시 자기를 검사했던 그 마법사가 삼류였다면서 인정을 하지 않았지만, 막상 왕립 아카데미에서도 검사를 받지 않았다.

애써 현실을 외면하고 있었던 것.

"저, 저기……. 어떻게 할까요?"

레이틴은 험악한 분위기에 눈치를 본다.

"그냥 해도 돼요. 저쪽도 굳이 피하려 하진 않을 테니까."

소피아가 도망치지는 않을 거라고 봤다. 아니나 다를까 소피아는 입술을 앙 깨물고는 앞으로 나왔다.

그러고는 이를 악물며 레이틴을 위협한다.

"잘 말해요, 융통성 있게."

"예……!?"

"내가 마법을 사용할 수 있을 거라고 말하라고요……!"

"아, 예……."

레이틴의 입장에서 재상인 소피아는 직속 상사나 다름없었다. 눈치를 볼 수밖에.

조심스레 소피아의 마법 재능을 살펴보기 시작한 레이틴은 금방 눈살을 찌푸렸다.

"굳건한 대지가 보여요……. 그 위로 비가 쏟아지고 있네요. 그게 싹을 틔우고 숲을 이루고 있어요."

물과 대지의 복합 속성인 숲 속성이었다.

전투에 있어 유용한 속성이냐고 하면 애매했다. 그보단 비전투에 특화돼 있었다. 밭을 경작하거나 과수를 기를 때 활약을 한다.

마법 공부를 열심히 한 소피아도 이를 알고 있는지 입이 삐죽 나와 있었다.

"그리고 마나 적성은……."

레이틴은 어떻게 말해야 하나 우물쭈물한다. 소피아가 알아서 잘 처신하라는 듯 노려봤기 때문이겠지.

레이틴에겐 다른 선택이 없었다.

"조금 부족하긴 하지만 노력하면 어떻게든 될 수 있지 않을까 싶습니다."

예상했던 대답에 나는 그녀를 다그쳤다.

"어떤 노력으로 없는 마나를 만들어 낸다는 겁니까?"

"그게 그러니까, 여러 주문서를 사용한다든지, 혹은 마나를 품은 마강석을 이용한다든지……."

"그게 얼마나 비효율적인가도 설명을 해 주시죠?"

그러나 소피아는 거기까지라며 내 말을 막았다.

"이걸로 충분해요. 가능성이 발견된 이상 절 막을 권한은 당신에게 없어요, 웨이드!"

"업무 후에 하면 누가 뭐라고 합니까? 당신이 그것 때문에 일을 내팽개쳐서 그렇잖아요."

"그거야……!"

그 재상 일을 억지로 시킨 게 나라며 역정을 낼 게 분명했기에 재빨리 말을 막고 타협안을 제시했다.

"좋아요, 그럼 이렇게 하죠. 마법을 배워도 좋으니 대신 일도 제대로 해 줘요. 나도 도움을 줄 테니까."

"……어떻게 도움을 줄 건데요?"

"도우미를 붙여 줄게요. 당신은 뭐든 혼자 하려고 하는 경향이 강하니까요. 예전부터 측근을 하나 붙여 주려고 생각하고 있었어요."

소피아도 비서의 필요성은 인식하고 있는 모양이었다.

지금도 왕궁의 사람들을 적당히 부려 먹고 있긴 했지만, 그들에게 맡기기 힘든 중요한 일은 모두 스스로 하고 있었다.

"그거 고마운 얘기네요. 누군데요?"

"누구긴요, 여기 있잖아요."

나는 레이틴의 등을 슬쩍 밀었다.

레이틴은 기겁을 했다.

"예!? 저는 처음 듣는 얘기입니다!"

"처음 얘기했으니까요. 걱정 마요, 로자 여왕에겐 이미 허락을 받아 놓은 일이니까."

"헉."

레이틴을 먹이로 내밀자 소피아는 만족스럽다며 고개를 끄덕인다.

"과연, 레이틴이라면 정무에도 소질이 있고 무엇보다 내게 마법을 가르쳐 줄 수 있겠네요."

"그렇죠."

조금 전에 마강석을 이용해서 마법을 사용할 수 있다는 둥, 무책임한 소리를 하기도 했으니 소피아의 마법 스승으로서도 딱이었다.

"으으……."

레이틴은 체념하듯 한숨을 쉰다.

그녀의 영입은 계획된 것이었다.

앞으로 던전을 토벌해야 될 우리에게 딱 좋은 전력 보강이라고 할까.

실력도 훌륭하고, 루크레치아의 절친한 친구라고 하니 신뢰도도 높다.

오늘은 마법 속성 검사도 검사지만 그녀에 대한 환영식의 의도가 강했다. 그래서 가신들을 전부 모은 것이었다.

"그 속성 검사란 거, 저도 해 봐도 되겠습니까?"

유미르도 마법에 대해 궁금했는지 레이틴에게 부탁을 했다. 이외에 에오니아도 자청을 했다.

그 결과 유미르는 평범하게 바람과 물, 에오는 바람 하나만을 강하게 타고난 희귀 속성 강풍임이 확인됐다.

다만 둘 다 마나 적성이 없기 때문에 마법을 활용할 방법은 오러를 통한 발현밖에 없었다.

마지막으로 정도의 마나 적성이 확인됐던 귄터의 속성이

물과 대지의 복합 속성으로 밝혀지며 속성 검사 작업은 끝.

이후에는 레이틴을 환영하는 자그마한 친목회가 진행됐다.

왁자지껄해진 저택 로비. 사람들도 이젠 거리낌 없이 대화를 나누고 있었다.

예전에는 거리를 두는 경향이 있었지만, 이제는 그런 것도 없어졌다.

'정말 잘됐어.'

이 대륙에 전이되고 나서 얻은 가장 큰 수확이었다. 가신들 간의 단합.

이전 대륙에선 어떻게 해야 단합을 시킬 수 있을지 마땅한 답이 보이지 않았으나, 이곳에 와서는 그 골치 아픈 문제가 자연스럽게 해결됐다.

가스파르는 애쉬, 귄터에게 마음을 텄는지 무방비하게 술을 마시고 있었고, 일리야 스승도 조심스럽게 엘레나와 대화를 나누고 있었다.

엘레나는 언제쯤 대련을 해 주는 거냐며 짜증을 냈지만, 예전만큼 험악한 공기는 흐르지 않았다.

어머니와 비스케타, 그리고 메이센은 일상에 대한 담소를 나누며 웃음꽃을 피우고 있었고, 에리나와 에스텔은 음식을 준비하는 유미르를 돕고 있다.

뉴페이스인 레이틴도 루크레치아와 이야기를 나누며 분위기에 적응해 나가고 있었다.

더할 나위 없는 화기애애한 분위기.

유일하게 불화가 있다면 내 쪽이었다.

"자, 류나? 류나가 좋아하는 과자예요."

에오니아는 내 품에 안겨 있는 류나에게 과자를 내밀었다.

"……."

류나는 지그시 과자를 응시했으나 곧 고개를 돌려 외면해 버린다.

에오는 깊게 한숨을 쉬었다.

"어떡해야 절 따라 줄까요?"

"나도 뭐라고 해 줄 말이 없네."

언제까지 내가 애를 안고 아카데미에 다닐 수는 없었으니 집에 머무르는 에오가 류나를 돌봐 줘야 했다.

그걸 위해 에오가 애를 써 보고 있었지만 류나는 도무지 타인을 따르려 하지 않았다.

"그래도 많이 나아졌어. 예전에는 다른 사람이 말을 걸기만 해도 울려고 그랬거든. 시간이 더 지나면 괜찮아질 거야."

"그랬으면 좋겠네요."

에오는 어깨를 축 늘어뜨리고는 쌍둥이들이 자고 있는 방으로 돌아갔다.

에오가 사라지자 류나는 이때다 하며 고개를 들고는 내게 강렬한 시선을 보냈다.

"아우!"

"왜 그래?"

류나는 옹알이를 하듯 소리친다.

"가자!"

"과자? 아하……."

내가 대신 과자를 받아 놨을 거라고 생각한 모양이다.

"윤석, 네가 먹지 않겠다며."

류나는 시무룩하여 입을 삐죽 내밀었다. 좋은 기회라고 생각한 나는 류나를 다독였다.

"그러니까 다음에 과자를 준다고 할 땐 꼭 받아. 응?"

"……."

류나는 무언으로 긍정한 것 같았다.

이참에 다시 시도를 해 볼 겸 에오니아의 방으로 향했다.

에오는 쌍둥이들에게 모유를 먹이고 있었다.

그녀는 화들짝 놀라며 문으로 시선을 옮겼다.

"알스 님? 무슨 용건이라도 있으신가요?"

"그냥, 류나가 반성을 한 것 같아서. 그리고 지금부턴 존댓말 금지거든."

"아, 응. 근데 반성이라니……?"

"새삼 과자가 먹고 싶은가 봐. 자, 류나."

상대를 바라보게끔 류나를 고쳐 안았다. 류나는 멍하니 에오를 바라보았다.

에오는 마저 수유를 끝내고는 가슴 섶을 고친 뒤 과자를 꺼냈다.

"자, 자! 류나, 맛있는 과자예요……!"

류나도 이번에는 고개를 돌리지 않았다. 에오가 건넨 과자를 받아 들었다.

"앗……!"

"성공했네."

이걸로 겨우 첫걸음을 뗐다고 생각한 나와 에오는 서로를 보며 웃었다.

그러나 류나는 지금 먹지 않겠다는 듯 과자를 쥔 손을 내게 내밀었다.

"가지고 있으라고?"

고개를 끄덕이는 류나. 내가 과자를 대신 받아 들자 이번엔 에오를 향해 발버둥을 쳤다.

에오는 당황했다.

"내게 안기고 싶어서 그런 거야……?"

"그런 것 같아. 안아 줘."

에오는 떨리는 손을 내밀었다. 류나는 빠른 속도로 에오의 품으로 갈아탔다.

그러곤 예상치 못한 기행을 선보였다.

"아우!"

에오의 가슴께를 손바닥으로 때리며 투정을 부리기 시작한 것이다.

"어, 어? 왜, 왜 그러니?"

에오는 그 의도를 읽지 못하고 어쩔 줄 몰라 했다. 그럴수록 류나의 표정이 험상궂어진다.

나는 조심스럽게 말했다.

"설마 싶지만…… 젖을 달라고 하는 게 아닐까?"

"뭐!?"

설마가 사람 잡았다. 에오가 반신반의하며 가슴 섶을 풀어헤치자 류나가 기다렸다는 듯이 젖을 문 것이다.

"허……!"

"하하…….."

실소밖에 나오지 않는 광경.

"유미르가 있는데도 왜……."

"쌍둥이들이 부러웠던 걸지도 모르겠네."

어쨌든 덕분에 류나는 에오를 완전히 받아들였다.

모유도 딱히 맛이 없었는지 금방 입을 떼곤 과자를 달라며 내게 손짓했다.

오독오독! 에오의 품에서 과자를 먹는 류나.

에오는 황홀한 듯 몸을 떨더니 내게 말한다.

"지금 밖에 나가고 싶어! 나가서 모두에게 보여 줄래!"

"그것도 좋겠네. 그 전에 옷은 제대로 입고."

제대로 옷을 고쳐 입은 에오는 류나를 안아 든 채 방 밖으로 향했다.

사람들은 감탄했다. 류나가 타인에게 안기고 울지 않은 건 가스파르 외에 처음이었으니까.

"후하핫!"

기고만장하여 뽐내고 있는 에오.

유미르는 잘됐다며 미소 짓고 있었으나 에리나와 에스텔은 진심으로 부러운 듯 그 모습을 바라보고 있었다.

환영식이 있던 다음 날.

류나를 저택에 두고 올 수 있게 된 나는 오래간만에 쥬라스 녀석을 만나러 가기로 했다.

"파밀리온 님, 맡겨 주신 신설 연맹의 행태 조사를 끝냈습니다."

"잘했습니다. 다음 지시는 내일 하달할 테니 푹 쉬도록 하세요."

"옛!"

이미 조직 장악이 끝났는지 사람들이 빠릿하게 움직이고 있었다.

산더미처럼 쌓여 있는 서류의 산을 하나하나 검토하고 있던 녀석은 내가 온 것을 보고는 씨익 웃는다.

"오늘은 아기가 없군요."

"가족들이 힘을 써 줬거든요."

"훗, 앉으세요."

녀석이 일을 하고 있는 모습을 보니 여기가 엘란 왕국인지 크로싱 공화국인지 모를 지경이었다.

녀석은 직접 차를 내오더니 다리를 꼬며 말한다.

"어제는 소소한 파티를 한 것 같더군요?"

"정보원에게 들었습니까?"

"그렇습니다, 레이틴 올커스의 영입……. 나쁘지 않은 선택입니다. 그 맹한 여자는 당신 가신들과 성향이 잘 맞을 테니 말이죠."

"맹한 여자라니……."

"그것도 그렇지만, 소피아 베론에 대한 설득은 어떻게 됐습니까?"

"잘 안 됐어요. 그래서 레이틴을 측근으로 주어 전반적인 일을 돕게 했습니다."

"흠, 당신다운 타협안이군요. 저였다면 강경한 수단을 써서라도 포기하게 만들었을 텐데 말이죠."

"저도 그러고 싶긴 했어요. 마법에 대한 재능이 전혀 없는데 붙잡고 있는 것도 바보 같은 짓이니까."

재능이라고 하니 새삼 쥬라스 녀석의 마법적 재능이 궁금했다.

내 시선에 담긴 의미를 눈치챘는지 녀석은 피식하며 말한다.

"저도 흥미 삼아 해 보긴 했습니다."

"결과는 어땠죠?"

"어땠을 것 같습니까?"

"질문에 질문으로 답하지 말고요."

"……빛과 어둠이라더군요."

"빛과 어둠!?"

그 얘기를 듣자 눈이 번쩍 뜨였다. 빛과 어둠의 복합 속성이 하나 있었기 때문이다.

전설로 전해지는 그 속성이.

"설마 혼돈입니까?"

"그렇습니다. 궁정 마법사도 소스라치게 놀라더군요."

"마, 마나에 대한 재능은요?"

"충분하다더군요. 당장이라도 마법을 익히라고 얼마나 난리를 치던지."

"으엑."

소피아가 들으면 치를 떨 정도의 재능. 굳이 소피아를 예로 들지 않아도 이건 일반적인 기준을 초월해 있었다.

그게 이 녀석이니 별로 이상하게 느껴지지는 않는 것이다.

"마법을 배워 볼 생각입니까?"

"시간이 난다면 책 몇 권 정도는 읽어 볼 생각이 있지만, 소피아 베론처럼 열중할 생각은 없습니다."

다행이라고 해야 할지, 불행이라고 해야 할지. 쥬라스는 마법에 별 관심이 없어 보였다.

"그보다도 알스, 당신이 부탁했던 자료가 완성됐습니다."

쥬라스가 내민 건 대혼돈이 벌어질 시 어떤 던전이 어디에 생성될지를 예측한 지도였다.

과거의 사례로 미뤄 볼 때 던전은 똑같은 자리에 형성되는 특성이 있었다.

"잡스러운 던전들은 정보가 부족해 알아낼 수 없었으나 악명이 높은 던전들은 그 위치를 특정할 수 있었습니다. 그중에서 우리에게 가장 큰 위협이 되는 건 물어볼 것도 없이 이것이죠."

서대륙 남부에 떡하니 자리 잡은 던전.

가장 흉악한 던전으로 알려진 10대 던전 중 하나 '칠죄종'이었다.

"당신이 그걸 처리해야만 남부로 가는 교두보를 마련할 수 있을 겁니다."

"왜 내가 처리해야 한다는 식으로 말하는지 모르겠네요.

칠죄종의 토벌은 정예 모험가들이 할 거라고요. 나 같은 경험 없는 애송이가 아니라."

"훗, 일이 그렇게 쉽게 풀린다면 좋겠군요."

"불길한 소리 하지 말고요. 어쨌든 고마워요. 이걸 바탕으로 전략을 짜 봐야겠네요."

이 자료를 보니 대혼돈도 초읽기에 들어갔다는 것이 실감이 됐다.

그건 국왕인 로자도 마찬가지였던 모양이다.

이 사실을 시민들에게도 공표하느냐 마느냐로 고민하던 그녀가 마침내 결단을 내린 것이다.

공표하지 않는 방향으로 말이다.

대혼돈에 관한 사실을 공표하지 않기로 한 로자의 조치.

그녀는 내 제안을 거부하고 다른 선택을 한 것이다.

나는 알현실로 향해 로자에게 따져 물었다.

"당신의 선택은 존중하겠지만, 그 이유 정도는 들려줬으면 좋겠네요."

로자는 긴장한 듯 마른침을 삼키고는 답했다.

"이게 더 나은 방향이라고 생각했어."

"어떤 측면에서요?"

"분명 네가 말한 대로 왕국을 믿고 따르는 시민들만 품고 간다면 결속력을 높일 수 있겠지. 하지만 너무 많은 사람들이 무방비하게 방치되고 말아. 나는 그런 사람들도, 왕국을 믿지 않으려 하는 사람들도 안고 가고 싶어."

"그걸 위해 시민들 모두에게 눈가리개를 씌우겠다는 겁니까?"

"그게 필요한 일이라면. 애초에 웨이드, 너도 이렇게 하려고 했잖아."

"그거야……."

로자의 말대로 이것도 방법 중 하나이긴 했다.

"그리고 무작정 그렇게 하겠다는 것도 아니야, 나 나름대로 생각을 해 봤어."

그러면서 로자는 여러 대안을 내놨다.

그 핵심 중 하나가 잃어버린 땅으로의 피신이었다.

"대혼돈이 발생하면 오히려 잃어버린 땅 쪽이 안전해질 거라고 생각해."

"그럴지도 모르죠. 거긴 대혼돈이 일어나도 그대로일 테니……."

"바로 그거야. 그러니 남대륙의 사람들을 대거 그곳으로 피신시킨다면 피해를 줄일 수 있지 않을까 해."

"되기만 한다면 이상적이겠지만……. 그쪽 부근은 아티클이란 흑마법사 집단이 점유하고 있어요. 그들과 충돌하게 될 거예요."

"그거 말인데, 소피아가 어떻게든 타협점을 찾아냈나 봐."

"소피아가요?"

"응, 소피아가 말하길 아티클 측도 더 이상의 분쟁은 피하고 싶다나 봐. 그래서 자기들 영역 이외의 곳을 개척하는 건 막지 않겠대."

아티클은 그럴 수밖에 없었을 테다. 이미 그들의 보호막이 되어 주던 드래곤은 없어졌으니까.

수장도 죽고, 커스버트를 비롯한 핵심 전력들도 연맹에 투신했으니 그들은 이빨 빠진 호랑이나 다름없었다.

그걸 안 소피아는 당근과 채찍 전략을 사용하며 아티클을 설득한 것이다.

나는 로자에게 고개를 끄덕여 보였다.

"다시 말하지만 이상적으로 된다면 나쁘지 않아요. 하지만 자기 목을 조르는 꼴이 될 수도 있습니다."

"그게 무슨 소리야?"

"대혼돈이 발생하면 필연적으로 남대륙과의 연락은 끊기고 말 거예요. 잃어버린 땅으로 피신한 그 세력도 우리의 영향에서 벗어나 버리는 거죠. 그 경우 그들은 괴뢰 세력이 될 가능성이 굉장히 높습니다. 그 괴뢰 세력이 반란 세력이 된다면, 우리는 죽 쒀서 개나 준 꼴이 되는 거죠."

"그렇게 되지 않게끔 믿을 만한 인물을 지도자로 투입하는 거야! 가령…… 네 가신이라든지!"

"싫습니다. 제 가신에게 그런 위험을 감수하게 하지는 않을 거예요. 적임자도 딱히 없고요."

루트거나 올라프가 있었다면 그들에게 맡겨 볼 수도 있었지만 그 외에는 힘들었다.

  그들 외에는 소피아나 비스케타가 지도자가 될 수는 있지만, 이들은 자신을 지킬 무력이 부족하기에 호위를 붙여야 한다. 인력의 투자 규모가 커지는 셈.

  그걸 내가 독박 써서 가신들을 고생시키고 싶은 생각은 없었다.

  "그럼 쥬라스 씨는 어때? 그 사람이라면 잘 추스를 수 있을 것 같은데."

  "관둬요. 그 녀석에게 이 이상 힘을 줬다간 후회할지도 모릅니다."

  "윽……."

  로자는 발을 동동 구른다. 그래도 결심은 확고한지 자신의 생각을 밀어붙였다.

  "알았어! 그곳을 다스릴 지도자는 내가 알아서 구할게! 믿음직한 사람으로!"

  "부디 성공했으면 좋겠네요."

  "성공할 거니까 걱정 마."

  "……그럼 한 가지만 조언을 드려도 되겠습니까?"

  "어떤 조언인데?"

  "유폐시킨 왕자들은 당장 처형하는 게 좋을 겁니다."

  "뭐!?"

"괴뢰 세력 중 하나가 그들을 구출해서 지도자로 삼기라도 하면 당신의 정통성이 무너질 테니까요. 그건 치명적일 수도 있습니다."

"그건 안 돼!"

로자는 완강하게 거부했다. 그럴 줄 알고 있었기에 놀랍지도 않았다.

문득 쥬라스가 지나가는 말로 했던 현실을 모르는 성군이라는 말이 뇌리를 스쳐 갔다.

태평성대에 국가를 다스린다면 명군이 되겠지만, 난세에는 우유부단하여 결정을 그르치고 마는 유형.

"웨이드, 이번 일은 날 믿어 줘. 분명 잘될 거야. 그러니 너는 던전 토벌 준비를 열심히 해 줘. 그 외에 할 일이 없다면 아기들을 돌보거나 연인들과 시간을 보내도 돼. 앞으로는 그런 시간도 없어질 테니까."

"……배려 감사합니다."

국왕인 로자가 그렇게 결정했다면 내 손을 떠난 셈이었다.

그녀의 말마따나 가족들과 시간을 보내며 대혼돈을 대비하기로 했다.

세계의 위협이 코앞에 들이닥쳐 있었음에도 우리 저택은

웃음이 끊이질 않았다.

이날은 특히 그랬다.

쌍둥이들이 젖을 떼고 이유식을 먹기 시작한 날이기도 했고, 무엇보다 류나가 완전히 걸음마를 뗀 날이었기 때문이다.

끙끙거리며 몸을 일으켜 세운 류나는 넘어지지 않기 위해 안간힘을 쓰며 내게 걸어왔다.

"아빠!"

이젠 기본적인 말도 기억을 하는 모양이었다.

쓰나미처럼 몰려오는 감격을 주체 못 한 나는 류나를 와락 안아 들었다.

류나는 꺄르르 웃더니 찰싹! 손바닥으로 내 팔을 때리며 무언가를 요구한다.

"까자!"

"뭐? 과자는 안 돼. 아까도 먹었잖아."

"우⋯⋯."

그렇담 내게 볼일이 없다고 말하듯 놔 달라며 발버둥 친다.

"커헉!"

대못이 가슴을 찌른 듯한 충격이 느껴졌다.

'나는 과자나 주는 존재란 말인가⋯⋯?'

그런 경향이 있긴 했다. 건강식을 선호하는 유미르는 이유식 외에 어떤 간식도 주지 않았다. 하여 간식을 챙겨 주는 건 언제나 나였다.

그렇기에 류나에게 아빠는 과자를 주는 사람으로 각인된 건지도 모른다.

내 품을 빠져나간 류나는 이번엔 에오니아에게 안겼다. 최근에는 에오도 류나의 환심을 사기 위해 과자를 많이 줬기 때문이겠지.

그러나 에오도 유미르에게 함부로 과자를 주지 말라 주의를 들었는지 난감해한다.

"미안해, 류나야. 과자는 없어."

류나는 그럼 꿩 대신 닭이라는 듯 젖을 달라며 보챘다. 에오는 쓴웃음을 지으며 젖을 물렸다.

이에 어머니는 기가 찬다며 말한다.

"대체 누굴 닮아서 저렇게 식탐이 왕성한지 모르겠구나. 알스 너를 닮은 것 같지도 않고, 유미르도 입이 짧은 편인데 말이야."

"하하, 그래도 안 먹는 것보단 낫잖아요."

"그것도 그렇지. 에르니와 에드는 너무 안 먹어서 걱정이 될 정도니까."

그에 비해 류나는 간식도 전부 먹으면서 이유식까지 남기지 않고 먹었다.

이유식도 없고 간식도 주지 않으면 지금처럼 에오니아를

보채 모유를 먹었다.

다른 엄마의 젖을 물고 새근새근 졸고 있는 류나.

그때 노크와 함께 엘레나가 나타났다.

"에오, 잠깐 시간 좀 있니?"

"앗, 스승님! 무슨 일이세요?"

"괜찮다면 대련이라도 할까 해서 말이야. 너도 슬슬 몸 상
태를 올려야지. 아이는 잠깐 놔두고…… 어이쿠, 또 류나가
네 젖을 물고 있는 거니. 최근엔 쌍둥이들보다도 더하네."

"하하……."

"어쨌든 준비하고 나오렴. 뒤뜰에서 기다리고 있으마."

"예, 금방 나가겠습니다."

호출을 받은 에오는 졸고 있는 류나가 깨지 않게끔 내게
넘기려 했다.

"잠깐 괜찮겠니?"

그때 어머니가 자기가 안아 보겠다며 손을 내밀었다. 마침
졸고 있으니 좋은 기회라고 본 것이다.

그렇게 어머니의 품에 안긴 순간 류나는 코를 킁킁거리더
니 눈을 번쩍 떴다.

그러고는 울음을 터뜨리며 필사적으로 빠져나가려 했다.

"앗! 알겠어! 알겠으니까 진정하렴!"

어머니는 서둘러 아기를 내게 넘긴다. 류나는 울먹이며 내
가슴에 얼굴을 묻었다.

어머니는 크게 한숨 쉰다.

"하아……. 언제쯤이 돼야 다른 사람들을 무서워하지 않게 되는 건지."

"그래도 다른 사람이 근처에 있는 것만으로는 울지 않게 됐잖아요. 점점 더 좋아질 거예요."

어머니도 손주를 안아 보고 싶은 마음이 굴뚝같으리라.

나는 낙담하고 있는 어머니를 위로한 뒤 류나를 안고 방을 나섰다.

딱히 할 일이 없었기에 산책이나 가 볼까 했으나 그 전에 그녀들이 나타났다.

"잠깐 기다려 주세요, 알스 님."

"류나도요!"

작심한 듯 결연한 얼굴로 나타난 에리나와 에스텔.

"오늘에야말로 류나를 안고 말겠어요."

"그러니 알스 님도 협조를 해 주세요."

둘은 은근히 초조한 듯했다. 나와 유미르만 되는 거라면 모를까, 에오니아까지 성공한 이상 자신들도 해내야 한다는 강박이 든 것이다.

둘은 나와 류나를 자신들의 방에 끌고 갔다.

방에는 류나의 환심을 사기 위한 여러 아이템들이 놓여 있었다.

먼저 나선 것은 에스텔이다.

"자, 류나야. 진짜진짜 맛있는 과자야!"

상투적이지만 확실한 방법.

그러나 류나는 과자를 한번 흘겨보고는 나를 올려다본다. 내가 대신 받으라는 거다.

그렇게 내가 대신 받아 건네주자 류나는 오독거리며 과자를 먹어 치웠다.

시선조차 받지 못한 에스텔은 그대로 굳어 버리고 말았다.

"그러니까 그걸로는 안 된다니까."

에리나는 에스텔에게 핀잔을 주고는 스륵! 돌연 옷을 벗기 시작했다.

내가 없다고 착각이라도 하는 건가 싶었으나 아니었다.

"후훗."

의도적인 것이었는지 에리나는 내게 수줍은 듯하면서도 고혹적인 미소를 보낸다.

속옷 차림이 된 그녀는 옷가지 하나를 집어 들었다. 왜인지 내게도 눈에 익은 옷이었다.

"설마 그거······."

"예, 유미르 씨에게 잠시 빌렸어요."

유미르의 사복으로 갈아입은 그녀는 류나에게 손을 뻗었다.

"자, 류나, 언니 품에 와 줘요."

류나는 혼란스러워했다. 타인에게서 엄마의 향기가 풍겨

왔으니까.

나도 궁금해서 류나를 넘겨줘 보았다.

"우……."

놀랍게도 류나는 얌전히 안겨 있었다. 그러나 그것도 10분 정도.

머지않아 불편한 듯 발버둥을 친다.

그래도 성과가 있었기에 에리나는 쾌재를 불렀다. 이대로 자신의 냄새에도 익숙하게 만드는 작전인 모양이다.

다음엔 에오니아의 옷을 입으려는지 재차 탈의를 한다. 그 모습을 더 보고 있다간 나도 흥분할 것 같았기에 에스텔 쪽으로 시선을 돌렸다.

"이것만큼은 사용하고 싶지 않았는데……."

에스텔은 무언가 각오를 다지더니 자신의 몸에 마법을 시전한다.

"뭘 하고 있는 거야?"

"매료라는 흑마법이에요."

"매료? 흑마법에도 그런 게 있어?"

"그러고 보니 알스 님은 빛의 속성을 타고났었죠. 빛의 마법에도 비슷한 게 있지 않나요?"

"있어. 다른 사람에게 시전할 수 있는 매혹 마법이."

"제 건 본인에게 사용하는 거예요. 저도 처음 사용해 보는 거긴 한데, 이걸 사용하면 다른 사람의 호의를 얻기가 쉬워

지나 봐요."

말만 들으면 내가 사용하는 매혹과 효과는 같았으나 근본
은 다른 것 같았다.

에스텔을 보고 있자니 속에서 욕정이 끓어오르는 것 같은
기분이 들었다.

반면 에리나는 눈살을 찌푸리고 있었다.

"엄청 꺼림칙해. 지금 뭘 하고 있는 거니?"

류나도 질색하고 있는 걸 보니 동성에게는 오히려 혐오를
불러오는 모양이다.

에스텔도 그걸 깨달았는지 낭패한 듯한 표정을 지었지
만, 곧 새로운 가능성을 떠올리고는 내게 접근해 볼을 쓰다
듬는다.

"저기 알스 님, 어떠세요?"

"효과가 있긴 하네. 조금 참기 힘들어질 정도야."

"전 언제든지 괜찮답니다……."

"……."

천천히 얼굴을 가까이 가져 대는 에스텔. 그 뒤통수를 에
리나가 찰싹 후려친다.

"애 앞에서 무슨 짓이야. 당장 그 마법 중지해. 나도 보고
있기 힘드니까."

"윽……. 때릴 것까진 없잖아."

"맞아도 싸. 다음부턴 그 마법 사용하지 마. 으으, 소름이

돌았잖아."

둘은 이후에도 갖가지 방법을 시도하며 류나의 환심을 사려 했다.

그게 효과가 있었는지, 그도 아니면 며칠간 계속 그러니 류나도 지친 건지는 몰라도, 나중에 가서는 둘에게 안겨도 체념한 듯한 표정으로 울지 않게 됐다.

결국엔 끈기가 승리를 거둔 것이다.

던전 토벌 준비를 하고 있던 나에게는 다른 임무도 있었다.

바로 중앙 대륙으로 돌아갈 방법을 찾는 것이었다.

그걸 위해 엘프들의 섬으로 들어갈 수 있는 방법을 수소문하고 있던 중이었다.

거기서 쿠라벨 출신 엘프들을 만난다면 전이 마법진에 대해 더 확실히 알 수 있다. 게다가 못다 한 일도 있었다.

엘레나에 의하면 당시 내 탈출을 도와줬던 개국파 엘프들은 처형당할 위기에 처했을 가능성이 높다고 했다.

그들을 돕기 위해서라도 엘프들의 섬에 재방문할 필요가 있었다.

그러나 그 섬에 들어갈 방법이 요원했다.

지난번처럼 억지로 결계를 파괴하고 들어가는 방법도 있었지만, 그 방법으론 극소수의 인원만 들어갈 수 있다.

게다가 그 방법이 또 통하리라는 확신도 없다.

그러니 지금은 조심스럽게 탐문을 하는 수밖에 없었다.

그런 와중에 드디어 소식이 닿게 됐다.

"일라인!"

노크도 없이 내 방문을 열어젖히는 엘레나.

그녀는 흥분하여 외친다.

"엘프들의 정보원과 접견하는 데에 성공했어요! 그를 통해 섬에 이야기를 전할 수 있게 됐습니다!"

"드디어……!"

우리가 찾은 건 외부에서 활동하는 엘프였다.

아무리 그들이 스스로를 고립시키고 있다고 하더라도 외부의 정황에 완전히 귀를 닫고 있을 거라곤 생각하기 힘들었다.

필히 외부 정보를 수집할 정보원을 두고 있을 거라 생각했다.

그 정보원을 대혼돈을 한 달 앞둔 시점에서야 찾아낸 것이다.

엘프들과의 접촉 방법이 확인된 이후엔 일사천리였다.

나는 그 정보원에게 편지를 쥐여 보냈다. 그 내용은 왕국

사절로서의 공식적인 방문 요청이었다.

이에 대한 응답이 온 것은 그로부터 일주일 후였다.

엘레나는 믿기지 않는다며 말했다.

"저들이 방문을 허가할 줄은 몰랐네요. 그렇게나 폐쇄적인 집단이……"

"저들도 내심으론 지쳐 있던 걸지도 모르죠. 어쨌든, 가능한 한 빨리 가 보죠. 우리도 시간이 없으니까."

이번 여정엔 엘레나와 쥬라스, 그리고 왕국의 공식 사절로 궁정 마법사 레이틴이 함께하기로 했다.

접견 장소인 항구로 향하자 음습한 인상의 하프엘프가 배를 가리키며 말한다.

"어서 타십시오. 시간을 맞추지 못하면 다음에 들어갈 수 있는 날은 일주일 후가 될 겁니다."

"일주일 후가 된다뇨? 그 결계에 무슨 주기가 있기라도 한 겁니까?"

"자세히는 말씀드릴 수 없습니다."

잔말 말고 타라며 재촉하는 하프엘프 남자.

배는 자정을 기해 출발을 했다.

이후엔 망망대해를 지나 결계가 쳐져 있는 곳으로 들어갔다.

남자는 바쁘게 주변을 살피며 무언가를 기다리고 있었다.

쥬라스가 속삭인다.

"그 결계라는 건 엘프들도 제대로 통제하지 못하는 것 같군요."

"글쎄요. 과거에 내가 섬을 탈출할 땐 카일룸이란 개국파의 엘프가 손을 써 준 적이 있어요. 물론 결계를 부수고 나온 건 아니지만……."

"부수고 나온 게 아니라면요?"

"결계가 영향을 주지 못하는 수면 아래를 통과했거든요. 확실히, 결계를 통제한 건 아니긴 하네요."

조금 시간이 지나자 드디어 때가 됐는지 바쁘게 노를 젓기 시작했다.

그러자 결계가 있던 지점을 부드럽게 통과했다.

예전에는 결계를 통과한 이후 해일이 발생했었지만, 이번에는 그럴 기색 없이 잠잠했다.

'그 해일은 결계가 파괴된 것에 반응하는 거였던 걸까?'

뭐가 됐든 이 엘프들의 섬에 묘한 비밀이 있는 건 확실해 보였다.

우리는 곧 첫 번째 섬에 도착했다. 내가 예전에 상륙했던 하프엘프들의 섬이었다.

"일라인 님!"

돌연 내 성을 부르며 빠른 발걸음으로 달려오는 여성.

여성은 내 손을 움켜잡고는 반가움을 표했다.

"앗, 리타!"

"예! 마르가리타입니다!"

지난번에 섬에 잠입할 때 도움을 받았던 엘프 여성이다.

그때 걸었던 매혹의 효과가 아직도 남아 있는 건지는 모르겠으나 그녀에게선 짙은 호의가 느껴졌다.

리타는 헛기침을 하곤 정중하게 고개를 숙인다.

"반갑습니다. 안내역을 맡은 마르가리타라고 합니다. 이쪽으로 모시겠습니다."

왕국을 대표하여 공식적으로 방문한 거긴 했지만, 그걸 감안해도 대접이 융숭했다.

엘레나도 위화감을 느껴지는지 주변을 한껏 경계하고 있었다.

우리들은 곧장 순혈 엘프들이 거주하는 중앙 섬으로 안내되었다.

그곳으로 가던 도중에는 금으로 치장된 호화스러운 배에 탑승하게 되었다.

'우리를 귀빈으로 접대하기로 한 모양인걸.'

그 이유를 아직 알 수 없는 이상 이 대접을 있는 그대로 받아들이긴 어려웠다.

우리의 숙소로 배정된 건 예전에 에오니아를 억류했던 그 건물이었다.

여긴 애초에 귀빈을 모시는 건물로 이용을 하는 곳이었는지 엘레나가 말한다.

"당시 에오는 귀한 손님이었어요. 중앙 대륙에서 오기도 했고, 뭣보다 저와 같은 미라벨의 핏줄을 잇고 있었으니까요."

"미라벨의 핏줄이 정확히 뭡니까?"

"루크레치아를 생각하면 돼요. 루크의 아카샤 가문이 무도 가문으로 유명하잖아요?"

"미라벨도 비슷한 거라는 거군요."

"예, 미라벨의 피를 이어받은 자는 뛰어난 무도가가 된다고 하여 엘프들 사이에서도 유명하거든요. 그런데 그 미라벨의 피를 이어받은 자는 지금에 와서는 저와 에오밖에 남지 않게 됐죠."

"그 자손을 남기려고 혈안이 됐겠네요."

"맞아요. 다만 저는 마음을 바친 남편이 있었기에 결단코 거부를 했습니다. 그런 상황에서 임신을 한 에오가 나타나더니 섬을 나가고 싶다고 난리를 피웠어요. 어떻게 됐을 것 같습니까?"

"그래서 기억을 지우고 섬의 엘프로 살아가게 하려고 한 겁니까……?"

"그런 흐름이에요. 카일룸 님은 그걸 이용해서 자신의 정치적 입지를 높여 보려고 한 거고요."

새삼 에오와 쌍둥이들을 데리고 오지 않길 잘했다는 생각이 든다. 데려왔다간 막 태어난 쌍둥이들에게 눈독 들였을

게 뻔했으니까.

숙소에서 하루를 지낸 우리는 다음 날 정오쯤 알현실로 보이는 곳으로 안내됐다.

그에 따라 험악한 인상을 한 엘프들이 주의 사항을 주입하기 시작했다.

"국모님의 심기를 거스를 만한 발언은 삼가도록. 국모님의 심기를 거슬러서 발생하는 불상사는 스스로가 책임져야 할 것이다."

전에 왔을 땐 만나 보지 못했던 국모.

그에 대해 엘레나에게 물어보자 그녀는 애매하게 고개를 흔들었다.

"저도 이쪽 국모님에 대해선 잘 알지 못합니다. 워낙 신비한 분인지라…….."

"엥? 이쪽 국모님이라니요? 다른 국모가 있습니까?"

"국모님은 엄밀히 말해 두 분이 계세요. 하나는 대외적으로 나서 섬의 정책을 정하고 통치하시는 분입니다."

"둘……? 다른 하나는요?"

"무수한 시간 동안 섬을 지켜 주신 분이죠. 공식적으로 국모의 호칭을 가지고 있진 않으나 누구도 그런 허울로서 그분을 보지 않아요. 그분은 국가의 어머니 그 자체. 그렇기에 이분 또한 국모라 할 수 있죠. 저도 이분을 뵌 건 단 한 번뿐입니다. 정말이지 대단한 분이셨죠. 당신도 각오를 단단히 하는 게 좋을 거예요."

다시 말해 기간제 대통령으로서의 국모가 있고, 국가의 어머니라는 의미의 국모가 따로 있다는 셈이다.

알현 장소는 휘황찬란한 보석으로 치장된 방이었다.

엘프들은 검소하다는 인상도 이 모습을 보니 싹 달아났다.

알현 장소엔 원로로 보이는 노년의 엘프들이 줄지어 서 있었다.

레이틴은 그들에게서 심상찮은 마도의 기운을 느꼈는지 침을 꿀꺽 삼키고 있었다.

"잘 왔도다."

청아한 목소리였다.

목소리만 들으면 젊은 여성이라고도 느껴질 정도였으나 외견은 그렇지 않았다.

그녀는 마치 고목이 앉아 있는 것 같은 느낌이 들 정도로 늙어 보였다.

근처에 있는 원로들도 머리가 하얗게 세 버리긴 했어도 피부나 신체 건강은 나쁘지 않은 것처럼 보였지만, 국모는 그렇지 않았다.

보기 힘들 정도로 주름져 있었다.

그럼에도 노쇠하다는 느낌은 들지 않으니 무척 신기했다.

"나를 만나 보고 싶다고 했더냐."

레이틴이 한 걸음을 나서 예를 갖춰 인사를 올린다.

"반갑습니다, 저는 엘란 왕국의 궁정 마법사이자 이번 사절단의 대표인……."

"됐다, 네게는 관심 없다. 물러나도록."

"……예?"

"엘레나여, 너도 물러나거라. 내가 관심 있는 건 그쪽의 두 남자뿐이니까."

나와 쥬라스를 콕 찍어 말하는 국모.

그녀는 유심히 나와 쥬라스를 관찰한다.

"과연, 비범함은 둘 다 막상막하로군. 하지만 어두운 쪽이 더욱 노련해. 마음만 먹으면 밝은 쪽을 잡아먹을 수 있는데도 그러지 않고 있군."

미루어 보건대 쥬라스를 향한 말이었다.

"이해가 가질 않는구나. 넌 세상 모든 것을 거머쥘 수 있음에도 그렇게 할 생각이 없어. 어째서냐?"

그 이상한 질문에도 쥬라스는 용케 알아들었는지 답한다.

"그럴 가치가 없기 때문입니다."

"가치가 없다?"

"마음만 먹으면 세상 모든 것이 내 발아래. 한데 그래서야 무슨 보람이 있겠습니까? 내 뜻대로 되기만 하는 세상이 무슨 재미가 있겠습니까?"

"오호라, 그렇기에 밝은 쪽의 길을 뒤에서 지켜보기로 한 건가."

"그런 셈이죠."

뭐라고 하는지 이해하기 힘들었지만 어쨌든 쥬라스의 대답은 국모를 만족시킨 모양이었다.

국모는 내게 시선을 돌렸다.

"너에 대해선 특히 궁금한 게 많다. 나는 과거 한 가지 계시를 받았었지. 모든 대륙을 통합하고 혼란을 평정하려는 인간이 내게 찾아올 거라고. 그건 분명 너였다, 알스 일라인."

"······!?"

"하지만 내가 받은 계시에서 넌 지금보다 나이가 들어 있었다. 시기로 따지면 지금으로부터 30년은 지난 뒤였겠지. 그러나 수어 년 전 갑자기 그 계시가 사라졌다. 그리고 지금, 젊은 네가 내 앞에 나타났지. 이게 어찌 된 조화인지 나 또한 알 수가 없구나."

내가 알스의 몸에 들어왔기 때문이다.

30년 후에 국모를 찾아온 건 게임에서의 알스. 그렇게 됐어야 하는 게임의 스토리다.

내가 알스의 몸에 들어온 탓에 그 계시가 사라지고 스토리가 뒤틀린 게 분명했다.

"넌 무엇이냐, 네가 원하는 건 무엇이냐?"

"대륙을 통합하고 혼란을 평정하려는 부분에 대해선 다름이 없습니다. 그러는 저도 묻고 싶군요. 다 안다는 듯 말하는 당신이야말로 무엇입니까?"

그러자 원로들이 웅성였다. 무례하다며 소리를 치는 자도 있었다.

국모는 지그시 나를 응시하더니 시험하듯 말한다.

"나는 너를 인도하는 자. 예정된 계시에서 나는 너에게 모든 것을 밝혔었다. 하지만 지금 너는 그때보다 30년은 젊지. 그런데도 알고 싶은 거냐? 이 세계의 진실을?"

"이 세계의 진실이라고 하면……?"

"모든 것이다. 왜 격동이라는 것이 발생해 던전이 창궐하고 몬스터가 나타나는가, 어째서 중앙 대륙은 분리되고 말았는가. 어째서 공존의 드래곤 메파트라가 미쳐 버려 혼란을 가져온 것인가까지."

"……!"

메파트라라고 함은 흑마법사들이 전쟁에서 사용한 그 드래곤이었다.

"그것들 모두를 알고 싶냐고 물은 것이다."

뭔가 위험한 비밀에 접근하는 듯한 느낌도 들었다.

마치 그런 거다. 레벨 20짜리의 초보 용사가 그 시점에 모든 스토리를 알게 되는 거라고 할까.

그러나 여기서 듣지 않았다간 언제 들을 수 있을지 알 수가 없었다.

"……알고 싶습니다. 말해 주십시오."

"좋다, 그렇담 자리를 옮기자꾸나."

무거운 몸을 일으키는 국모. 그런 그녀보다는 젊어 보이는 엘프가 전면에 나섰다.

"잘 와 주셨습니다. 엘란 왕국의 사절단 여러분."

이 여자가 엘레나가 말한 통치가로서의 국모인 모양이었다.

'이쪽은 철저한 쇄국파라고 들었는데.'

그런 것치곤 정중하게 사절단 대표 레이틴을 맞이해 주었다.

'당분간은 레이틴과 엘레나가 알아서 잘해 주겠지.'

나는 쥬라스와 함께 다른 쪽의 국모를 만나러 가려 했으나 쥬라스는 고개를 흔들었다.

"전 듣지 않도록 하겠습니다."

"안 듣겠다고요? 왜요?"

"세계의 비밀에 대해서라면 저 나름대로 생각하고 있던 가설이 있거든요. 그 가설이 하나부터 열까지 옳은 것이었다는 걸 확인하게 되면, 무척이나 싱거운 기분이 들 것 같아서 말이죠. 그러니 그냥 모르는 채로 놔두기로 했습니다."

하여간 특이한 놈이다.

나는 쥬라스를 내버려 둔 채 안내를 따라 이동했다.

5장

안내를 받아 이동한 곳은 섬의 험지였다.

갑자기 동굴로 안내를 한 것이다.

나를 으슥한 곳으로 데려가 쥐도 새도 모르게 처리하려는
게 아닐까 하는 생각이 들 정도로 어두운 곳이었다.

나는 본심을 떠볼 생각으로 국모에게 물었다.

"내가 계시에 나오는 존재인 거고, 당신이 인도자라고 하
면 어째서 지난번엔 저를 도와주지 않은 겁니까?"

처음에 섬에 도착했을 때를 말함이었다.

국모는 옅은 미소로 답했다.

"상황을 뒤늦게 알고 말았지. 나는 당시 수면기에 들어가
있던 상황이어서 말이야. 중앙 대륙에서 온 미라벨의 아이에

관해서도 알고 있지 못했어. 베아트와 장로들이 굳이 내게 알리지 않았던 게지. 만약 미라벨의 아이가 알스 일라인과 인연이 있다는 걸 알았다면, 기억을 봉인하지 못하게끔 내가 막았을 거다."

"수면기요……?"

나이가 많아 잠이 많다면 이해를 하겠는데, 수면기라고 하니 무슨 동물의 습성처럼 들렸다.

그리고 그건 착각이 아니었다.

좁은 동굴을 지나 마침내 탁 트인 공간이 나오자 돌연 국모의 몸이 빛나며 거대화했던 것이다.

"아……?"

나는 망연히 그걸 바라보고 있을 수밖에 없었다.

갑자기 나타난 거수의 형태. 그 형태는 나도 익히 알고 있는 것이었다.

"드래곤……!?"

그 순백의 몸은 아름답다는 표현이 부족할 정도였다.

아티클과의 전쟁에서 목격한 드래곤은 온몸이 넝마가 된 상태라 섬뜩함이 느껴졌다면, 눈앞의 이것은 경건함마저 느껴졌다.

드래곤으로 변모한 국모가 중후한 목소리로 말해왔다.

"내가 잠에서 깬 건 네가 내 결계를 파괴했던 그때였다. 나도 놀랐지, 고작 대포 세례와 마법 하나로 결계가 파괴되

다니 말이야. 내 힘도 많이 약해졌다는 증거야, 이젠 소멸될 때가 된 게지."

"설마 당시에 해일을 일으킨 건 당신이었습니까?"

"그래, 억지로 잠에서 깬 게 짜증이 났거든. 누가 침입했건 수장시켜 버릴 생각이었지. 다행히 용케 살아남은 모양이더구나."

"진짜로 죽을 뻔했다고요."

슬슬 이야기의 규모가 보이기 시작했다.

말을 하는 드래곤. 그런 존재가 말하는 진실이란 게 절대 가벼울 수 없을 거라는 생각이 들었으니까.

"이후엔 네가 아는 대로다. 사랑하는 미라벨의 아이를 데려가기 위해 섬을 헤집어 놨다지? 그러고선 카일룸의 도움을 받아 감쪽같이 사라졌고 말이야. 그러니 사정을 모르고 있던 나는 뭘 할 수 있는 시간이 없었다."

"그 카일룸이란 엘프는 지금 무사합니까?"

"무사하다. 녀석은 그 일이 있은 후 가장 먼저 나를 찾아왔었지. 그는 자신이 분명 처형당할 거라고 생각했어. 그렇기에 무례하다는 걸 알고서도 나를 찾아와 애원을 한 거지. 자신의 뜻을 알스 일라인이라는 자에게 맡겼으니, 그를 자신이라 생각하여 부디 가는 길을 막지 말아 달라고 말이야. 난 그제야 계시 속의 인간이 30년이나 일찍 찾아왔다는 걸 깨달았다."

"그래서 돌아가는 길엔 해일이 일어나지 않았던 겁니까……!"

"그런 셈이지. 이후엔 베아트와 장로들을 다그치고 너와 접촉할 방법을 찾았다. 그게 바로 네가 접촉한 엘프 정보원이다."

내가 섬에 찾아간 것만 우연이었을 뿐, 그 이후의 일은 전부 필연이었던 셈이다.

"궁금한 것은 전부 해결됐느냐?"

"……해결됐습니다. 이젠 그 세계의 비밀이라는 걸 알려주십시오."

"급할 필요는 없다. 다시 말하지만 계시 속의 너는 노쇠해 있었어. 그건 즉, 그 시점에 알아도 상관이 없다는 거기도 하지. 굳이 지금 알 필요는 없다."

"아뇨, 지금 알아야 합니다. 밖의 상황이 많이 급박하게 변했거든요. 당신은 모르겠지만."

"급박해졌다니?"

대혼돈에 대해서 설명하자 드래곤은 말문을 잃었다. 그러고는 왜인지 은근한 적의를 드러낸다.

"어리석은 인간, 스스로 멸화를 자초하는 건 예나 지금이나 똑같구나."

드래곤은 한심하다는 듯 하품 같은 한숨을 쉬더니 천천히 이야기를 시작했다.

태초에 신이 둘 있었다.

그중 하나는 땅을 만들고, 바다를 만들어 세계를 창조했다. 모든 것의 토대가 되는 어머니 같은 존재. 모신(母神)이다.

다른 하나의 신은 생명의 씨앗을 뿌렸다.

엘프, 드워프, 소인족, 수인 등등. 여러 종족들을 그 땅에 뿌리내리게 했다. 이후 자신의 힘을 나눠 다섯 마리의 드래곤을 인도자로서 세상에 내보냈다.

생명을 이끄는 다섯의 드래곤이다.

질서의 드래곤 오메론.

공존의 드래곤 메파트라.

인도의 드래곤 알트론.

균형의 드래곤 반달린.

희망의 드래곤 올킨.

이들을 창조해 낸 신은 생명의 아버지라 불리며 부신(夫神)으로 숭배받았다.

이 모신과 부신 둘 사이의 관계는 처음엔 나쁘지 않았다.

하지만 세상의 생명체들이 오로지 부신만을 숭배하자, 모신은 질투에 사로잡히고 말았다.

"모신은 부신이 만든 생명의 질서가 마음에 들지 않았다. 하여 생명체들 사이에 파멸의 씨앗을 심고자 했지. 그러나 모신은 생명을 만들 수 있는 권능이 없었어. 그리하여 다른 차원의 존재를 이곳에 데려온 거다. 바로 인간이란 종족을 말이야."

"……예?"

"그래, 인간은 본래 이 세계에 속한 존재가 아니었다. 성향도 달랐지. 주어진 것에 감사하며 타인과 나누는 삶을 살던 이곳 종족들과는 달리 진취적이고 이기적이었지. 한편으론 그 어떤 생명체보다 숭고했다. 인간이란 아주 독특한 종족이었어."

순간 이야기의 흐름을 따라가기 힘들었다.

'인간이 다른 세계에서 가져온 종족이라고? 그럼 설마 지구에서 데려왔다는 건가?'

그렇담 더더욱 이상하다. 여긴 게임의 세계, 즉 인간이 만들어 낸 이야기 속의 세계가 아니던가?

나는 혼란해진 머리를 흔들며 일단 이야기에 집중하기로 했다.

순백의 드래곤은 이젠 적의를 숨길 생각도 하지 않으며 말을 이어 간다.

"인간이 번성함에 따라 여기저기서 분쟁이 일어났다. 신분이라는 게 생기고, 지배 체계라는 게 만들어졌지. 수많은 종족들이 인간에 의해 죽고 말았어. 그에 따라 부신의 힘을 이어받은 우리의 역할이 중요해졌지."

"드래곤의 역할……."

"하지만 그 첫 단추부터 엇갈리고 말았다. 가장 중요한 역할을 맡은 공존의 드래곤은 인간을 증오했으니까. 공존이란 본질을 가지고 있으면서 공존을 원치 않는다는 모순을 견디지 못한 녀석은 결국 완전히 미쳐 버려 혼란을 일으키는 존재로 타락해 버렸지. 그게 네가 봤던 그 드래곤이다."

"……."

"이후에 움직인 건 희망의 올킨이었다. 그는 세상을 바꿀 희망이 있을 거라고 생각했어. 하여 자신에게 있었던 부신의 권능 중 하나인 생명 창조의 힘을 이용해 인간과 타 종족 사이에 아이가 생길 수 있도록 만들었지. 그리하면 인간도 머지않아 타 종족을 받아들일 거라는 생각이었던 거다. 그야말로 희망의 씨앗. 하지만 그럼에도 상황은 좋아지지 않았다. 인간은 끝없이 다른 종족을 핍박하고 지배하려 들었지."

결국 희망의 올킨도 타락해 버리고 만다.

"올킨은 절망했다. 인간이라는 존재는 물론이고 살아 있는 모든 것에 실망하고 좌절했지. 그러던 그를 모신이 꼬드겼다. 그렇게 꼬드김에 넘어간 올킨은 모신과 함께 격동이라는 재해를 만들게 된다."

"앗……!"

"그래, 던전들을 발생시키는 그것이다."

"그 던전들은 대체 무엇입니까?"

"던전들은 과거 인간들의 침공을 막기 위해 타 종족들이 벌인 대항을 형상화한 것이다. 즉, 그 던전의 일은 과거에 실제로 있었던 사건이라는 거지. 그리고 그 역사의 흔적은 절대로 사라지지 않는다. 그렇기에 던전은 항상 같은 자리에 나타나며, 마정석을 봉인하지 않으면 계속해서 나타나는 거지. 왜냐면 그것이야말로 지울 수 없는 이 세계의 역사니까 말이다."

나도 격동이란 이 현상에 대해 이상하게 생각한 적이 있다. 단순 마법적인 현상으로 보기엔 너무나 거대한 자연현상이었으니까.

그걸 땅과 바다를 창조한 모신이 한 짓이라고 하니, 이제야 납득이 갔다.

"이 올킨과 모신의 음모로 인해 이 땅의 종족들은 모조리 멸망할 위기에 처하게 됐지. 그건 시간문제라고 봐도 좋았다."

그도 그렇다. 이 격동이란 현상은 끝이 없으며, 던전은 역사가 흐를수록 더 거세지고, 많아지니까.

"그러던 때였다. 질서의 오메론이 우리를 배신한 건."

"배신이라뇨? 드래곤이 말입니까?"

"그래, 그는 어느새 인간에게 감화되고 만 거야. 인간을 사랑하고, 그 인간의 가능성에 반하고 말았지. 하여 우리들은 물론이고 모신조차 속이며 많은 수의 인간을 중앙 대륙에 모았다. 그러고는 자신을 희생해 외부에선 간섭할 수 없는 거대한 결계를 만든 거야. 격동을 피하기 위해서 말이지. 그 뒤엔 혹여나 중앙 대륙 내부에서 결계를 파괴하는 자가 나오지 않도록 마법을 실전시켜 버렸다."

"허······!"

그래서 우리 대륙엔 신성 마법 외에는 존재하지 않았던 것이다. 괜히 마법이 발달했다간 결계를 파괴하려는 자가 나타날 테니까.

그때 하나 궁금한 점이 있었다.

"쿠라벨 성국의 엘프들은 뭐였던 거죠? 그 외에 중앙 대륙에 있던 수인들은요?"

"그 수인들은 중앙 대륙에 거주하던 자들이다. 본래 중앙 대륙은 그들의 것이었다고 할 수 있지. 엘프들은 조금 복잡하긴 하지만······. 간단히 말하면 인간과의 공존이 가능하다고 생각한 무리다. 그들은 마찬가지로 이종족과 공존이 가능하다고 생각한 인간의 무리와 함께 오메론을 따라 중앙 대륙에 폐쇄적인 국가를 만들었지. 그게 바로 쿠라벨 성국이다. 뭐, 그것도 결국 실패하고 이 섬으로 돌아왔지만."

"그것들은······ 언제 적의 일입니까?"

"지금으로부터 2천 년 정도 전의 일이다."

그 정도의 시간이 지나면 어떤 이야기든 허구성 짙은 전설이 된다.

실제로 중앙 대륙에 두 신의 다툼으로 마법이 실전됐다는 신화가 있었다. 드래곤에 관한 내용도.

지금에서야 신화로 치부되며 그런 일이 실제로 일어났을 리 없다는 사람들이 대부분이었지만.

나는 순백의 드래곤을 유심히 관찰했다. 그리고 물었다.

"이야기에서 나오지 않은 드래곤은 둘. 당신이 인도하는 드래곤 알트론입니까? 그도 아니면……."

"그 알트론이 맞다. 나는 나를 따르는 엘프들을 이끌고 격동이라는 재해를 피하기 위해 이 섬에 왔다. 그러던 중 우리에게 힘을 나눠 주고 존재가 사라진 줄 알았던 부신에게서 계시를 받았지. 수천 년 후, 세계를 평정하고 평온을 가져올 인간이 찾아올 테니 그를 인도하라고 말이야."

"그게 저라는 거군요."

"그렇다. 나는 줄곧 너를 기다려 왔다. 그것 외에는 무엇도 중요치 않았지. 이 섬 밖에서 일어나는 일에도 관심이 없었다. 격동으로 바깥의 생명들이 멸망한다고 해도 나와는 관계없는 일이라 생각했어. 그때 비로소 녀석이 움직인 거다. 우리 드래곤 중에서도 괴짜였던 그 녀석이."

"균형의 반달린……."

반달린이라는 이름은 바깥 세계에서도 유명했다.

구원이동이란 마법을 전수해 인류를 멸망 위기에서 구해 낸 대현자.

"그가 드래곤이었던 거군요!"

"그래. 그 구원이동이란 마법은 드래곤인 내가 보기에도 불가사의한 마법이었다. 아마 반달린 녀석 입장에서도 수천 년의 시간에 걸쳐 만들어 낸 역작이겠지."

어쨌든 그 덕에 바깥 세계의 인간들은 멸망의 위기를 벗어날 수 있었다.

그리고 지금, 인간은 기껏 봉인한 마정석들을 모두 풀어 버리며 스스로 멸망을 자초했다.

"이것이 이 세계의 진실이다. 알스 일라인, 너는 어떻게 생각하지?"

"머리가 개는 느낌이네요."

"뭐라?"

"지금까진 목표가 조금 막연했거든요."

막연한 대륙 통일. 그것이 내 목표였다.

하지만 세계의 진실을 듣고 나니 그 목표를 구체적으로 특정할 수 있었다.

"모든 세계를 통합하여 종족 간의 평화를 이루고 격동이란 현상을 사라지게 하면 되는 것 아닙니까?"

"그래, 하지만 말처럼 쉬운 일은 아니지. 실제로 계시 속의 너도 전부는 불가능했다."

"그건 무슨 뜻이죠?"

이어지는 내용은 어쩌면 세계의 진실보다도 더 충격적이었다.

"말했다시피 넌 노쇠해 있었다. 대륙을 통일해 종족 간의 평화를 가져올 수는 있었을지언정, 격동을 사라지게 하고, 세계에 대한 모신의 간섭을 막을 순 없었지. 하여 나는 계시대로 네게 말했다. 너의 자식 중 하나가 그 위대한 대업을 이룰 것이라고 말이야."

"제 자식이요?"

"그렇다."

"계시 속의 저는 뭐라고 대답하던가요?"

"이렇게 말하더군. '제 자식이라면 누굴 말씀하시는 겁니까? 자식이 83명이나 되어 누구를 말씀하는지 모르겠습니다.'라고 말이야."

"팔십…… 뭐요?"

"나도 놀랐다. 한 명의 인간이 그 정도로 많은 자식을 가질 줄이야."

"그, 그래서요? 제 자식 중의 누가 대업을 이룰 아이였던 거죠?"

"그건 나도 모른다. 계시는 거기서 끝났으니까 말이야. 그러니 네 자식 중 누군가를 특정하는 게 아니라, 네 자식이기만 하면 누구든 조건을 만족하는 거라고 해석해도 좋겠지.
······계시가 있었을 정도의 일이다. 네 자식이 세계에 중요한
역할을 하게 되는 건 계시가 빗나간 지금도 마찬가지일지 몰
라 그러니 되도록 많은 자식을 가지는 게 좋을 거다. 계시 속
의 너처럼 말이야, 하하핫!"

껄껄 웃는 알트론.

나는 기가 막혀 뭐라 말을 잇지 못했다.

게임 속의 알스에게 아이가 83명이나 있었다는 충격적인
이야기.

하지만 곰곰이 생각해 보니 그럴 수도 있겠단 생각이 들었
다.

'게임 속 여성 캐릭터 대부분과 아이를 가졌다고 하면 그
정도는 되지 않을까?'

그렇게 생각하면 그 숫자가 어색해 보이지 않았다.

게임의 시스템적으로도 캐릭터 하나하나와 개인 인연 이
벤트라는 게 있었으니, 그게 전부 결혼으로 이어진다고 하면
알스는 수십 명의 부인과 아기를 갖는 게 가능하다.

그러면 83명의 자식 정도는 오히려 어렵지 않다.

'비현실적인 숫자이긴 하지만 마냥 불가능한 건 아닐지
도?'

알트론과의 대면을 끝마치고 알현실로 돌아온 나는 쥐 잡

듯이 잡히고 있는 레이틴을 발견할 수 있었다.

"이러니까 인간은 야만적이고 어리석다는 겁니다!"

대혼돈의 사실을 알게 된 국모 베아트가 고래고래 소리를 지르고 있던 것.

본래부터 기가 약한 레이틴은 뭐라 말대답도 하지 못한 채 진땀을 흘리고 있다.

몰래 그들 사이로 합류한 나는 엘레나에게 물었다.

"쥬라스 녀석은 어디로 갔어요?"

"주변을 둘러보고 싶다고 나갔습니다. 어차피 당신이 돌아오기 전까지는 의미 있는 대화가 진행되지 않을 거라면서요."

"어휴, 그렇다고 레이틴을 혼자 내버려 두다니."

"그건 그렇고, 그쪽의 국모님과는 어떤 얘기를 한 겁니까?"

"그게요……."

나는 떠보듯이 그녀에게 물었다.

"엘레나, 만약 내가 지금부터 70명 정도 부인을 더 맞이하면 어떨 것 같아요?"

"그게 무슨 헛소리입니까?"

"잔말 말고요. 내가 갑자기 바람둥이가 돼서 여자들을 꼬시고 다니는 거예요. 예를 들어 소피아나 루크레치아를 꼬셔서 내 아이를 가지게 하는 거죠."

"......."

불결한 것을 보듯 눈매를 좁히는 엘레나.

"그런 짓을 하고 다니면 내가 용서하지 않을 겁니다. 에오가 슬퍼할 짓을 한 거니까요."

"여, 역시 그렇죠?"

"설마 그런 마음을 먹고 있기라도 한 겁니까? 그런 거라면 지금 당장 설교를 해 줄 수 있는데요?"

"그냥 해 본 소리라니까요."

나는 의심의 눈초리를 보내는 엘레나를 피하기 위해 전면으로 나서 레이틴을 감쌌다.

"물러나요, 레이틴. 이제부턴 내가 맡을 테니까."

"앗, 부탁드립니다! 저로선 역부족이에요......!"

울먹이며 물러나는 레이틴. 나는 처음으로 베아트라는 여자와 눈을 마주하고 섰다.

이 섬을 통치하는 입장에 있는 국모. 그녀는 상당히 젊었다. 엘프들은 젊음이 길다고 하지만 그걸 감안해도 어려 보였다.

'역시 엘프라는 걸까.'

눈이 부시게 아름답다는 표현이 딱 어울렸다. 나조차 순간 넋을 잃었을 정도.

비단 나뿐만이 아니라 사절단으로 함께 온 남자들은 멍하니 그녀를 바라보고 있었다.

"반갑습니다, 알스 일라인이라고 합니다. 이번 여정에는 엘란 왕국의 대표가 아닌 캘리퍼 왕국, 그리고 쿠라벨 성국을 대표하여 왔습니다."

"쿠라벨 성국을……? 헛소리는 그쯤 하세요. 쿠라벨은 멸망했다고 들었습니다. 그런 국가를 대표한다는 건 있을 수 없어요."

"국가 자체는 멸망했을지언정 사람은 사라지지 않았습니다. 유사시 국왕을 대신하여 국가를 통치할 권한을 가지고 있던 재상 비스케타 크렌이 내 휘하에 있거든요. 근위대장인 에오니아 미라벨도 저를 섬기고 있고요. 쿠라벨을 대표할 위치에 있음은 의심의 여지가 없는 것 같습니다만."

"억지도 그 정도면 수준급이군요. 예, 그렇다면 인정해 드리겠습니다, 당신이 쿠라벨의 대표라는 걸요. 그래서요? 뭐가 바뀌는 거죠?"

"당신들이 보호하고 있는 쿠라벨 출신 엘프들에 대한 권리를 가지게 되죠. 그들은 엄밀히 말해 내 국민이라는 뜻이니까."

"……!"

"그러니 그들과 이야기를 하게 해 주시겠습니까?"

내게 쿠라벨의 엘프들을 만날 명분을 줬다는 걸 깨달은 베아트는 잘못 짚었다는 듯 표정을 찌푸린다.

그래도 별로 꺼림칙한 일은 아닌지 고개를 끄덕였다.

"······좋습니다. 그들을 만나게 해 주겠어요."

"그리고 하나 더, 조금 전에 엘란 왕국의 대표인 레이틴 올커스에게 들은 것처럼 바깥세상엔 위기가 도래하고 있습니다. 그 위기를 타파하기 위한 도움을 원합니다."

"참으로 뻔뻔하군요. 어리석은 당신들이 자초한 일을 우리가 왜 도와줘야 하는 거죠?"

"그렇게 물으면······. 알트론이 그래도 된다고 대답했으니까요."

"그, 그분께서요?"

"뭐든 알아서 하라더군요. 뭐하면 당신을 내 아내로 삼아 데리고 나가도 좋다고 했습니다."

"무례한······! 어느 안전이라고 망발을 하는 것이냐!"

"그렇게 의심스러우면 확인을 해 보든가요."

마침 나와 함께 갔던 장로가 근처에 있었다.

장로는 모두 사실이라며 담담하게 고개를 끄덕인다. 그러고는 오히려 베아트를 다그쳤다.

"알트론 님의 뜻이다. 당장 그 인간에게 몸과 마음을 바치도록 해라."

"그런······!"

뭔가 얘기가 이상하게 돌아갔기에 곧바로 끼어들어 갔다.

"말이 그렇다는 거지 정말로 아내로 삼는다는 건 아니었습니다!"

이대로 가다간 이야기가 탈선할 것 같았기에 본론만 전달했다.

"당신들의 수호대 중 일부를 빌려 가고 싶습니다. 본래 수호대 대장이었던 엘레나가 적절하게 선별을 할 테니, 너무 걱정 마십시오."

"……."

입술을 앙 깨물며 나를 노려보는 베아트.

사실상 섬의 지배자인 알트론이 내 편인 이상 그녀에게 내 말을 거부할 방법은 없었다.

그녀는 마지못해 고개를 끄덕이며 내 제안을 받아들였다.

시간이 많지 않은 만큼 엘프들의 섬에 오래 있을 수는 없었다.

전이마법진에 대한 연구를 위해 쥬라스와 레이틴을 남겨 둔 뒤 나는 엘레나가 선별한 엘프의 수호대를 이끌고 귀환했다.

도합 열 명의 수호대원이었는데, 그중엔 나와 안면이 있는 자도 있었다.

먼저 예전에 내게 도움을 줬던 마르가리타다.

"바깥 세계라니……. 기대되네요!"

리타는 예전에도 나를 따라 나가고 싶어 했기에 이번 인원에 포함된 건 이상한 일이 아니었다.

다음은 수호대의 핵심 전력 중 하나인 피온.

이전 에오니아 구출 작전에서 내가 묵사발을 내 놨던 남자놈이다.

"쳇! 왜 이런 고생을 해야 하는 건지."

그는 내키지 않는 듯 연신 불평을 하고 있다.

그 외에도 제법 실력 있는 엘프들이 배에 타고 있었다.

'이 정도면 충분히 정예 전력이야.'

당장 던전 토벌에 투입할 수는 없다 하더라도 점차 핵심 전력으로 키워 나갈 수 있을 거다.

그리고 그들 수호대 외에도 또 하나의 손님이 타고 있었는데, 바로 국모 베아트였다.

"내가 왜……."

그녀는 처연한 표정으로 아직도 현실을 받아들이지 못하고 있었다.

일의 전말은 간단했다. 드래곤 알트론의 명령 때문이었다.

알트론은 내 목표가 대륙의 통일과 종족 간의 평화라는 걸 알고는 엘프들의 섬도 이젠 개국을 준비해야 한다며 한 가지 조치를 취했다.

그것이 바로 개국파의 수장이었던 카일룸을 복권시켜 국부로 삼은 일이었다.

그 과정에서 쇄국파의 수장인 베아트는 방해가 됐기에 겸 사겸사 외부로 보내기로 결정했다.

그녀가 마법사로서 뛰어난 실력을 가지고 있었던 점도 주요한 이유였다.

바이언으로 돌아온 우리는 곧장 로자에게 향했다. 로자는 예상 이상의 성과에 놀랐다.

"자, 잘 왔습니다. 그대들에겐 바이언에 위치한 저택과 왕궁의 전용 집무실을 하사토록 하겠습니다."

엘레나는 직접 저택을 안내하겠다며 엘프들을 이끌고 알현실을 나갔다.

로자는 긴장했는지 한숨을 쉬었다.

"대체 뭘 어떻게 했기에 엘프들의 수장까지 데려온 거야?"

"일이 절묘하게 풀렸어요."

"그러니까 얼마나 절묘하게 풀리면 이렇게 되는 거냐고."

그래도 일이 잘 풀려서 기쁜지 로자의 입꼬리가 씰룩였다. 나는 그녀가 기분이 좋을 때 그걸 물어보기로 했다.

주변에 사람이 없음을 확인한 뒤 그녀에게 말했다.

"로자, 만약 내가 수십 명의 부인을 새로 들인다면 어떨 것 같아요?"

"……제정신으로 하는 소리야? 농담이지?"

"진지한 얘기예요."

로자는 엘레나가 보여 줬던 것과 마찬가지로 경멸하는 듯한 시선으로 답했다.

"굳이 막진 않겠어. 넌 장차 왕 같은 게 되는 거잖아? 왕이 많은 후대를 가지려는 건 자연스러운 거니까. 다만 에리나의 친구로서 반가운 일은 아니지."

"그렇군요."

"갑자기 이런 걸 왜 물어보는 건데? 게다가 애초에 그렇게 많은 여자들이 있기나 해?"

"음, 가령 당신이라든가?"

"무……뭐!?"

농담이었지만 그 반응이 재밌어서 조금 기세를 타고 말았다.

"이상한 일은 아니잖아요? 장차 국가를 원만하게 통합할 때 이것만큼 편한 방법이 없기도 하고요. 각국의 왕이 맺어지면서 국가도 덩달아 통합을 하는 거죠."

"……"

로자는 우물쭈물하더니 눈을 치뜨며 묻는다.

"정말 그럴 생각이 있어?"

"……예?"

"네가 그런 생각이라면 나도 기꺼이……. 나라면 에리나와도 잘해 나갈 수 있기도 하고……."

로자의 눈빛은 더없이 진지했다. 이미 그 표정은 농담이 아니었다.

뭔가 이상함을 느낀 나는 서둘러 수습을 했다.

"다, 당연히 농담이죠. 진지하게 생각할 필요 없어요."

"으...... 으읏!"

로자는 얼굴을 새빨갛게 물들이며 당장 나가라며 소리쳤다.

왕궁에서 쫓겨난 나는 너털너털 저택으로 돌아왔다.

내가 그 부분을 묻고 다니는 건 딱히 많은 부인에 대한 욕심이 있다거나 하는 이유 때문은 아니었다.

그보단 자식에 관한 부분 때문이다.

알트론은 83명의 자식 중에서 모든 문제를 깔끔하게 해결할 위대한 인물이 나올 거라고 말했다. 그리고 그건 계시가 엇나간 지금도 마찬가지일 수 있다고 했다.

그 조건은 내 자식이라면 충족한다고 했으니, 지금 태어난 류나나 쌍둥이들도 조건을 만족할 거다.

그러나 조건을 만족할 뿐, 류나와 쌍둥이들이 그 계시의 아이라는 보장은 없다.

극단적으로 말하면 한 명의 아이가 계시의 아이일 확률은 1/83이다.

그리고 그런 의미에서 생각하자면 계시의 아이를 확실하

게 낳는 방법이 있다.

나도 83명의 자식을 가지면 되는 거다. 그러면 그중에 반드시 계시의 아이가 있다.

그런 타산적인 이유로 아이를 낳는 건 분명 꺼림칙했으나 그 아이가 누구도 해내지 못한 위대한 대업을 이룬다고 하면 그 정도는 당연히 해야 하는 게 아닌가 하는 생각이 들었다.

"어?"

그런 생각을 하며 저택에 돌아오자 묘한 조합의 인물들이 차를 마시고 있는 모습이 보였다.

리노아와 일리야 스승이었다.

그 기묘한 조합이 무슨 얘기를 하고 있는가 궁금해서 합석을 했다.

결론부터 말하자면 딱히 재밌는 얘기는 하지 않고 있었다. 리노아가 영지의 경비대 훈련에 대해 스승에게 상담을 하고 있었던 거다.

그 이야기도 금방 끝나 버렸기에 이참에 둘에게 그걸 물어보기로 했다.

"수십 명의 부인을 새로 들일 거라고요?"

리노아는 잘못 들은 거냐며 반문했다.

"가령 그렇다는 거예요. '그러면 어떨까?' 하는 이야기죠."

"당신, 진심으로 묻고 있는 거군요."

역시 리노아는 날카롭다. 그녀는 당장이라도 유미르에게

일러바칠 것 같은 기색이다.

"그러니까…… 예를 들면 당신이 내 부인이 된다던가?"

"진짜 뭐 잘못 먹었어요?"

로자와 다르게 이쪽은 담백하게 받아친다.

그래도 내 물음에 성실하게 대답을 해 주었다.

"다른 부인들이 상관이 없다면야 문제는 없을 수도 있죠. 물론 그런 형편 좋은 일이 있을 리가 없지만. 당신은 조만간 칼에 찔려 죽고 말겠죠."

"그, 그렇군요. 스승님은요? 어떻게 생각하세요?"

일리야 스승은 쓴웃음을 지었다.

"나로선 도무지 반가워할 수 없는 이야기구나."

"어째선가요?"

"나는 예전에 안톤에게 그런 말을 한 적이 있어. 나는 볼품없는 여자이니 다른 좋은 여자가 생긴다면 얼마든지 부인을 더 들여도 된다고 말이야. 그렇게 말하니 안톤이 뭐라 대답했는지 아니?"

스승은 마치 훈계를 하듯 무게감을 담아 말한다.

"그럴 일은 맹세코 없다. 평생 나 하나만을 사랑하겠다고 말해 줬단다."

"하, 하하……."

결국엔 스승도 반대라는 거다.

"조언 감사합니다. 저는 이만 방으로 가 볼게요. 아, 그리고 저기, 이 이야기는 다른 사람들에게 비밀로 해 주세요."

둘의 시선이 따가웠기에 도망치듯 방으로 돌아왔다.

일주일 만에 돌아온 내 방은 청결하게 관리가 돼 있었지만 책상만큼은 난장판이었다.

일주일 동안 쌓인 서류들이 놓여 있던 것.

"어휴, 지금 생각할 일은 아니긴 하지. 일이나 하자, 일이나."

책상의 자료 대부분은 앞으로 나타날 던전의 구체적인 정보와 그에 따른 토벌 방법, 적절한 토벌 인원이 브리핑돼 있었다.

"소피아가 해 놓은 건가? 꽤 알기 쉽네."

그중에서 소피아가 우리 일행에게 배정한 던전은 둘. '늪지의 요람'이라는 던전과 '생사결'이라는 던전이었다.

둘 다 1급 던전으로, 정예 전력이 아니면 토벌이 불가능했다.

'늪지의 요람과 생사결인가……. 뭔가 섬뜩한 이름인걸.'

영문은 모르겠지만 아까부터 등골이 오싹했다.

식은땀도 주르르 흘러내렸다.

'아니, 이건…….'

고작 던전의 정보를 읽었다고 이럴 리는 없었기에 나는 다급히 주변을 살펴보았다.

"헉……."

그 무시무시한 기척은 계단을 올라 내 방으로 다가오고 있었다.

똑똑! 침착한 노크 소리는 유미르의 것이 분명했으나 왜 인지 지금은 공포 영화에서나 나올 법한 노크 소리처럼 들렸다.

"……도련님, 안에 계신가요? 리노아 님에게서 돌아오셨다는 이야기를 들었습니다."

"으, 응. 안에 있어. 무슨 일이야?"

"잠시 이야기를 나누고 싶어서요."

"나, 나중에 하면 안 될까?"

그러자 다른 목소리가 들린다. 에리나와 에스텔의 목소리다.

"알스 니임? 로자에게서 아주아주아주 흥미로운 이야기를 들었는데요, 잠시 이야기를 나누고 싶어요."

"조금 전에 일리야 씨가 이상한 얘기를 하던데. 사실이 아니죠? 그렇죠?"

다음은 에오니아다.

"얘기는 엘레나 스승님에게서 들었어, 어서 문 열어 줘."

에오가 다른 사람이 있는 곳에서 반말을 하다니, 심상찮은 사태라는 뜻이다.

'다들 왜 이렇게 입이 가벼운 거야!?'

비밀이라고 했는데도 말이다.

"그럼 들어가겠습니다."

애초에 문을 잠가 놓지 않았기에 내게 저지할 수단은 없었다.

끼이이익! 문이 열리는 소리가 마치 지옥문이 열리는 소리처럼 느껴졌다.

나는 사자에게 둘러싸인 영양처럼 굳어 있었다.

유미르와 에오, 에리나와 에스텔, 넷은 분노를 드러내고 있었는데, 그 느낌도 제각각이었다.

유미르는 마치 혼을 내는 듯한 느낌이라면 에오는 단순히 토라진 것 같다.

에리나는 오랜만에 공작가 영애의 아우라를 풍기며 조용하게 분노를 태우고 있었고, 에스텔은 흑마법사 특유의 검은 마나가 보일 정도로 무시무시했다.

"저기…… 다들 모여서 무슨 일이야? 뭔가 표정들이 무섭네."

시치미를 떼 보려 했지만 오히려 장작을 넣은 꼴이 됐다.

에오가 울상을 지으며 단도직입적으로 말한다.

"엘레나 스승님이 말하셨어. 알스 네가 부인을 엄청나게 많이 들일 거라고! 이번에 데려온 엘프들도 그중 하나라고 말이야!"

에오가 반말하는 모습을 처음 본 유미르는 눈을 휘둥그렇게 떴다.

나도 흐뭇한 감정이 들었지만, 지금은 그럴 때가 아니었다.

"오, 오해야. 그건 그냥 만약 그런 일이 있으면 어떨까? 하는 느낌으로 물어본 거야."

"그럼 진심이 아니었던 거네? 역시 농담이었던 거지?"

둘러대는 건 둘째 쳐도 거짓말은 하고 싶지 않았기에 여지 정도는 남겨 두기로 했다.

"……절반 정도는?"

"뭐!? 그럼 절반은 진심이었다는 거잖아!"

활활 타오르는 장작. 그때 애쉬가 문을 열어젖히며 방에 들어왔다.

"야, 알스! 돌아왔다며! 엘프들의 섬은 어땠냐? 후기라도 좀 들려……."

애쉬에게 날카로운 시선이 꽂혔다. 분위기를 읽은 애쉬는 뺄쭘하게 말끝을 흐린다.

나는 다급히 애쉬에게 소리쳤다.

"후기? 당연히 들려줘야지! 그래, 오랜만에 술이라도 한잔할까?"

"아, 아니야. 나도 약속이 있었어. 그럼 이만……."

"야! 기다려!"

애쉬는 쥐 죽은 듯 조용히 문을 닫고 나간다. 쐐기를 박듯 에오니아가 문을 안에서 잠가 버렸다.

유미르가 다른 이들을 대표하듯 압박을 해 왔다.

"그럼 도련님, 자세히 설명해 주시겠어요?"

"넵……."

나는 드래곤을 만났던 것, 그 드래곤에게서 계시에 대해 들은 것을 전부 털어놨다.

"그렇게 된 거야. 내 아이 중에 세계를 구원할 위인이 나온다고 하니까."

"그래서 자식을 83명이나 가지려 했다는 건가요?"

"굳이 하지 않을 이유는 또 없지 않을까 해서. 충분히 할 수 있는 일이니까, 그걸로 세상을 구할 수 있다면 마다할 이유가 없잖아?"

세계를 구하는 일이라는 말에 넷은 주춤한다.

그러던 에스텔이 고개를 흔들며 말한다.

"이미 계시는 빗나갔다고 했잖아요. 그러면 자식에 관한 부분도 달라졌을 거예요."

"나도 그렇게 생각은 하는데……. 그 드래곤이 말하길 계시에 나올 만한 일이니 가벼운 일이 아닐 거래. 그러니 가능하면 자식을 많이 가지는 게 좋을 거라고 했어. 그러면 자연스럽게 부인들도 많이 있어야겠지?"

"으음……."

말문을 잃는 넷. 감정적으론 납득하기 힘들지만, 명분만큼은 내게 있다는 걸 안 것이다.

그러나 그때 에리나가 무언가를 깨달은 듯 눈을 크게 떴다.

"잠깐만요, 계시의 알스 님은 나이가 많아 남은 대업을 이루기 힘들었다고 했잖아요? 그래서 자식들이 남은 일을 끝마치는 거라고요."

"응, 그런데?"

"하지만 계시는 빗나갔고, 지금 알스 님은 무척 젊잖아요. 그럼 굳이 자식들에게 넘길 필요 없이 우리가 해내면 되는 거예요!"

에리나의 주장에 다른 셋이 적극적으로 동의했다.

에오니아는 모신이건 뭐건 단창에 해치워 버리겠다며 전의를 불태우고 있었고, 에스텔은 당장이라도 신화를 연구해 모신을 없애 버릴 방법을 찾겠다며 벼르고 있었다.

그 주장이 틀린 건 아니었다.

"……그래, 계시 같은 것에 좌지우지될 이유가 없긴 하지. 나도 뭔가에 홀렸나 봐."

나도 굳이 자식들에게 위험한 일을 맡기고 싶은 생각은 없었다.

'세계의 진실도 일찌감치 알아냈겠다. 내가 전부 마무리를 짓겠어.'

그렇게 결론을 지으니 한결 개운해졌다.

"다들 고마워, 덕분에 생각이 정리됐네. 그럼 마저 일을 해야 하니까 나가 줄래?"

그러나 넷은 미동도 하지 않았다.

"왜, 왜들 그래? 아직도 뭔가 할 말이 있어?"

"……."

"아하하……."

그때 유미르와 에오니아가 책상의 내 일거리를 안아 들고는 말한다.

"도련님, 이건 애쉬 님에게 처리하라 하겠습니다. 그분은 한가하신 모양이니까요."

이에 어째서인지 에리나와 에스텔이 감사를 표한다.

"고맙습니다, 유미르 씨!"

"저희는 아이들을 돌보고 있겠습니다. 용무가 끝난 이후엔 저희를 대신해서 잠시 아이들을 돌봐 주실 수 있을까요?"

"물론이죠."

"예, 그럼."

교대의 약속을 하고는 서류들을 챙겨 나가는 유미르와 에오.

둘이 나가자 에리나가 기다렸다는 듯 몸을 바짝 붙이며 속삭여온다.

"83명은 아무리 그래도 과하지만, 아이를 많이 가지고 싶은 건 저희도 마찬가지랍니다? ……오늘 밤은 자게 놔두지 않을 거예요, 후훗."

"헉."

내가 자초한 것도 있고 하니, 아무래도 오늘은 각오를 해야만 할 것 같다.

짧았던 일상이 지나가고.

이제 대혼돈까지 일주일밖에 남지 않게 됐다.

물론 이건 최소 기간이긴 했다. 격동의 주기가 6개월~1년이니 앞으로 6개월은 더 남아 있을 수도 있었다.

다만 그렇게 형편 좋은 일은 일어나지 않을 듯했다.

곧 격동의 대표적인 전조 현상인 자연재해가 여기저기서 일어나기 시작했던 것이다.

"폐하! 남부의 강이 범람하여 일대가 침수됐다고 합니다!"

"여왕 폐하! 벨루디 지역에서 정체불명의 역병이 창궐하여 시민들이 고통받고 있사옵니다!"

그 외에도 태풍이나 지진, 해일 등이 발생하며 점점 소란스러워졌다.

그 전조 현상이 지난번은 물론이고 왕국의 역사를 뒤져 봐도 전례가 없을 정도로 심각했기에 로자는 다급히 국가 총회의를 개최해 이렇게 선언했다.

"이번 격동은 어느 때보다 거셀 것입니다! 이 격동을 이겨 내지 못한다면, 우리 왕국은 토대부터 무너질 수도 있어요."

대혼돈에 관한 사실을 모르는 신하들은 초년 차를 맞이한 국왕이 위엄을 세우기 위해 괜한 설레발을 치는 거라며 웃어 넘겼지만, 사실을 알고 있는 자들의 표정은 돌처럼 굳어 있었다.

"다들 마음의 준비를 하고 각자의 위치로 향해 역할을 수행해 주십시오! 모두에게 행운이 있길 바라겠습니다."

각자의 역할이란 이때를 대비한 대피 작업을 말함이었다.

그렇게 대혼돈이 벌어지기 3일 전부터 대대적인 대피 작업이 시작됐다.

시민들은 곳곳에 만들어진 대피소로 들어가 대비를 시작했고, 대피소에 수용하지 못하는 인원은 잃어버린 땅에 만든 은신처에 보내거나, 집에 꼭꼭 숨어 있도록 지시했다.

다만 이것만으로는 완벽한 대처라고 보기 어려웠다.

그도 그럴 게 던전이 그 대피소 위치에 발생할 수도 있는 일이기 때문이다.

던전 지도를 만들긴 했으나 이 던전 지도는 역사에 남을 만한 악명 높은 던전만 기록돼 있다. 자잘한 던전들의 위치까지 전부 알 수가 없었기에 그 부분은 상황에 맞춰 대응을 해야만 했다.

그렇게 대혼돈의 당일.

나는 내 방에서 창밖을 바라보고 있었다.

'슬슬 시작된다.'

하늘이 요동치고 있었다. 시간은 오전 10시경이었음에도 무언가에 가려 해는 보이지 않았다.

"아빠!"

멍하니 하늘을 바라보고 있자니 뒤뚱뒤뚱 걸어온 류나가 내 바짓가랑이를 붙잡고 안아 달라 보챘다.

혹시나 사고가 날 수도 있었기에 나는 창문을 닫고 류나를 안아 들었다.

품에 안긴 류나는 나를 따라 멍하니 하늘을 바라본다.

하늘이 본격적으로 변하기 시작한 건 그 시점이었다.

대기 중에 흐르는 마나가 미친 듯이 소용돌이쳤던 것이다.

"말도 안 돼……."

보통 마나는 눈에 보이지 않지만, 그 기운을 응축하고 또 응축하면 옅은 색을 띤다.

마나를 품은 마강석을 보면 자세히 알 수 있다. 마강석은 품고 있는 마나의 기운에 따라 색깔이 달라진다.

지금 하늘이 그랬다. 마치 오로라가 발생한 것처럼 하늘이 형형색색으로 빛나기 시작했다.

'그렇다고 해도 저렇게 짙은 색이라니. 대체 얼마나 막대한 양의 마나가 뭉쳐 있는 거야?'

이는 봉인이 풀린 마정석이 증발하여 그 마나가 대기 중에 풀려난 탓이었다.

"아우!"

류나는 그 신비한 광경을 손으로 잡아 보려는 듯 버둥거렸다.

언뜻 보기에는 자연의 신비처럼 보이는 황홀한 광경.

그러나 그것이 지상으로 내려오면 재해가 된다.

형형색색의 마나들은 마치 운석 같은 형태를 이뤄 지상에 떨어지기 시작했다. 그 마나 폭풍의 잔재로 인해 한순간 안개가 낀 것처럼 창밖은 아무것도 보이지 않게 됐다.

"장난 아닌걸⋯⋯."

그제야 그 마나에 담긴 노골적인 악의를 느낄 수 있었다.

인도하는 드래곤 알트론은 말했다.

던전은 이종족들이 인간의 침공에 대응하기 위해 행했었던 저항을 현실화한 거라고. 역사 그 자체라고 말이다.

그래서인지는 몰라도 이 마나에서 인간에 대한 순수한 적의가 느껴졌다.

"으아아앙!"

류나도 그 꺼림칙한 기운을 감지한 건지 울기 시작했다.

나는 류나를 달래며 가신들이 모여 있는 라운지로 내려갔다.

라운지에는 가신들을 비롯해 엘프들의 국모인 베아트도 얼굴을 내밀고 있었다.

다들 심각한 표정으로 내 말을 기다리고 있었다.

나는 호흡을 가다듬은 뒤 말했다.

"결국엔 일이 벌어지고 말았습니다. 솔직히 말해서 이 정도까지 위험한 일이라고는 생각하지 않았습니다만…… 아무래도 오산이었던 것 같네요."

다들 동감한다며 고개를 끄덕였다. 그들도 느낀 것이다. 조금 전의 마나에 인류를 절멸시키겠다는 악의가 가득 차 있었다는 걸.

"우리는 예정대로 목표 던전인 늪지의 요람과 생사결을 공략할 거예요. 워낙 옛날에 토벌했던 던전인지라 구체적인 정보는 없습니다. 다만 대략적인 정보는 있어요."

던전의 토벌 인원이었다.

"그 중 하나인 생사결은 최소 토벌 인원이 일곱 명으로 정해져 있습니다만, 최대 토벌 인원은 왜인지 3만 명이라 돼 있어요. 이 이유는 자세히 모르겠으나 역사적으로도 일곱 명의 용사들이 토벌에 성공했다고 하니, 우리도 일곱 명으로 토벌을 진행할 수 있을 겁니다. 반면 늪지의 요람은 토벌 인원이 미지수로 기록돼 있어요. 토벌 인원이 가변적이라는 거죠. 그러니 이틀에서 사흘 정도는 직접 정보를 수집할 생각입니다. 이 부분은 가스파르, 당신에게 맡길게요. 지금 당장 늪지의 요람이 위치한 지역으로 가 정보를 수집해 주세요."

"알겠어, 바로 가지."

그러자 애쉬가 당황하여 나를 만류한다.

"가스파르 씨를 혼자 보낸다고? 너무 무모해! 어떤 위험이 있을 줄 알고? 간다면 나도 같이 갈게!"

"아니, 네가 같이 가면 오히려 더 위험해질 거야."

"그게 무슨 뜻이야?"

초창기에 가스파르는 실종자 수색을 위해 북대륙의 잃어버린 땅을 홀로 수색한 적이 있다.

당시엔 가스파르의 첩보 능력이 출중하니 그게 가능했겠다 싶었지만, 최근 탐사대가 남대륙의 잃어버린 땅을 개척하는 모습을 보곤 생각이 바뀌었다.

잃어버린 땅이란 그렇게 쉽게 탐색할 수 있는 지역이 아니었던 것이다. 그게 가스파르 정도의 실력자라고 해도 말이다.

실제로 내가 처음으로 들어갔던 잃어버린 땅인 한탄의 숲도 드래곤의 결계가 쳐져 있어서 한번 들어가면 어지간해선 나올 수 없는 곳이었다.

잃어버린 땅엔 그런 터무니없는 곳이 많았다.

그럼에도 가스파르가 자유롭게 잃어버린 땅을 수색할 수

있었던 이유는 간단하다.

"애쉬, 넌 가스파르와 달리 인간이니까."

던전의 목적은 인간을 멸망시키는 것. 그렇기에 순혈 수인인 가스파르는 적대의 대상이 아니다.

가스파르가 먼저 적의를 보인다면 모를까, 그게 아니라면 먼저 공격하지는 않는 것이다.

지성이 없는 괴물들은 상관없이 공격을 하겠지만 그렇게 무지성으로 움직이는 괴물들은 가스파르가 충분히 피해 갈 수 있다.

그리고 이건 아마 순혈 엘프들도 마찬가지가 아닐까 싶었다.

"가스파르, 그래도 너무 무리는 하지 말아요. 위험하다고 생각되면 바로 빠져나오십시오."

"맡겨 둬라, 내가 누구라고 생각하냐."

가스파르는 곧장 채비에 들어갔다. 그 채비를 유미르가 도와주고 있다.

"다음은 생사결을 토벌할 일곱 명을 뽑으려고 해요. 자료에서는 왕국에서 가장 빼어난 전사 일곱 명을 토벌로 보냈다고 해요. 그리고 거기서 살아 나온 건 네 명뿐."

무거운 침묵이 흘러간다.

"물론 그 시대에는 구원이동이라는 마법이 없어서 그랬던 거니 사망에 대해선 그렇게까지 걱정할 필요는 없을 겁니다."

무예가 뛰어난 정예 일곱 명.

이에 일리야 스승이 가장 먼저 나섰다.

"나는 당연히 참가해야겠지."

이에 경쟁심을 내보이듯 엘레나가 참전.

더불어 에오니아, 애쉬, 나, 귄터, 루크레치아가 지원하며 일곱 명이 채워졌다.

"선별 인원은 내일 아침까지 채비를 끝내 주세요. 내일 아침에 곧장 출발을 할 겁니다."

이걸로 기본적인 편성은 끝. 나머지 사람들은 저택을 지키는 역할이었다.

대혼돈이 발생한 이상 이곳 바이언도 안전하다고 하기는 어려웠으니까.

가신들은 제각각 해산했다.

어머니는 메이센과 함께 저택의 식량 창고를 확인하러 갔고, 소피아는 정황을 파악하기 위해 레이틴과 함께 왕궁으로의 출근을 준비했다.

나는 그중 레이틴을 붙잡았다.

"레이틴, 잠깐 얘기 좀 할 수 있을까요?"

"옙! 물론입니닷!"

레이틴은 나를 완전히 상관으로 인식했는지 군기가 바짝 들어 있었다.

"무엇이 궁금하신가요?"

"중앙 대륙으로 향하는 전이 마법진 말입니다. 연구가 어느 정도 진척이 됐는지 궁금해서요."

"그게……."

레이틴은 애매하게 말끝을 흐린다.

"중앙 대륙으로 갈 수 있는 전이 마법진 자체는 이미 완성이 됐어요. 그런데 그 마법진을 설치할 적합한 땅을 찾아야 했어 가지고요."

"적합한 땅이요?"

"중앙 대륙에서 이곳으로 올 때는 무작위적으로 이동해도 괜찮았지만, 이곳에서 중앙 대륙으로 갈 때는 목적한 위치에 정확히 도착해야 하잖아요?"

그것도 그랬다. 양방 통행을 해야 한다는 관점으로 보면 랜덤한 위치로 이동한다는 건 있을 수 없었다.

"그러니 쥬라스 님이 이용한 크로싱 공화국이란 곳의 전이 마법진으로 이동할 수 있게끔 좌표가 적합한 땅을 찾고 있었는데요……."

"근데요?"

"쥬라스 님이 굳이 시간을 끌 필요가 있냐면서 우리 궁정 마법사 중 몇 명을 그냥 중앙 대륙으로 전이시켜 버리셨어요."

"뭐라고요!?"

"그게 확실한 방법이라고 하셨어요. 전이된 궁정 마법사들이 크로싱 공화국을 찾아가서 그쪽에 설치된 전이 마법진을 손보면 되는 거니까요. 가져간 마강석을 설치하고 좌표를 우리 쪽으로 수정하는 거죠."

들고 보니 그것도 그랬다.

하지만 이건 리스크가 있는 일이었다.

무작위 위치로 중앙 대륙에 전이된 그 궁정 마법사들이 크로싱으로 찾아갈 수 있을지도 의문이었고, 혹여나 다른 국가에 잡혀 버리면 예상치 못한 변수가 발생할 수도 있으니까.

'쥬라스 녀석……! 마음대로 행동하긴!'

녀석은 어떤 변수가 발생하든 대응할 자신이 있으니 이렇게 한 것이 분명했다.

뭐가 됐든 이미 벌어진 일이었다.

"그 궁정 마법사가 크로싱에 도착하면 양방 통행이 가능해지는 건 시간문제겠군요."

"그 외에도 여러 조정 작업이 있어서 금방은 안 되겠지만 아마 수개월 안에는 가능할 거라고 생각합니다."

이건 눈이 번쩍 뜨이는 낭보였다.

그도 그럴 게 중앙 대륙과 왕래가 가능해지면 실종자들도 쉽게 찾을 수 있기 때문이다.

중앙 대륙으로 가 실종자들과 관련이 깊은 물품을 가져와 추적 마법을 걸면 되니까.

"레이틴, 그 전이 마법진을 잠깐 볼 수 있을까요?"

"예, 그럼 왕궁으로 같이 가시죠."

그렇게 레이틴을 따라 왕궁으로 가려 했을 때였다.

'끄아아아아악!' 하는 소름 끼치는 울음소리와 함께 저 멀리 하늘에서 뿌옇게 새 떼가 몰려오기 시작한 것이다.

처음엔 까마귀구나 싶었으나 그게 아니라는 건 금방 알 수 있었다. 그 덩치가 까마귀의 수십 배는 됐으니까.

"모, 모두 피해!"

"대체 뭐야, 저건!"

혼비백산하는 바이언의 시민들.

내 옆에 있던 레이틴이 망연하게 중얼거린다.

"그리폰……. 고대의 괴조……!"

그 괴물들은 급강하하여 시민들을 덮치기 시작했고, 바이언엔 곧장 비상사태가 선포됐다.

6장

돌연 바이언을 습격해 온 수백 마리의 그리폰들.

괴조들은 시민들을 마구잡이로 덮쳤다.

새가 먹이를 낚아채듯 사람을 발톱으로 잡아 하늘로 올라가더니 콰득! 방울토마토를 터트리듯 머리를 깨물어 부순 뒤, 축 늘어진 사람의 몸통을 가지고 어디론가 되돌아가기 시작했다.

놈들의 그 행동으로 인해 하늘에서 피가 비산했다.

"으아아악!"

"도망쳐!"

혼비백산한 시민들.

경비대의 대응도 빨랐다.

이곳 바이언은 대피소 중 가장 규모가 큰 곳임과 동시에 전력이 가장 막강한 곳이었다.

곧장 수비대가 그리폰들을 요격하기 시작한다.

"괴물들을 격추해라!"

이 과정에서 마법사들이 크게 활약했다.

던전 토벌에 있어 마법사가 필요한 이유이기도 했다. 이런 식으로 하늘을 날아다니는 괴물에 대해서 전사들은 무기력한 경우가 많으니까.

물론 예외는 있다.

우리 저택의 지붕에 올라와 있던 에오니아였다.

에오는 활을 멘 채 날카로운 눈으로 주변을 경계하고 있었다.

그러다 그리폰 하나가 저택을 목적으로 날아오자 주저하지 않고 활을 당겼다.

파팡! 파공성을 내며 쏘아진 화살은 거대한 그리폰의 몸을 관통하며 내부를 갈갈이 찢어 버렸다.

목숨을 잃은 그리폰은 마나의 입자로 변해 왔던 곳으로 되돌아갔다.

"에오니아 씨! 저희도 도울게요!"

에리나와 에스텔도 지붕에 올라와 있었다.

그녀들은 무언가를 속삭이더니 마법을 준비했다.

먼저 움직인 건 에스텔이었다. 그녀는 어둠의 마나 줄기를 날아다니는 그리폰에게 쏘았다.

키룩!?

에스텔의 마나에 접촉된 그리폰은 기성을 내지르며 발버둥을 쳤으나 곧 이성을 잃은 것처럼 얌전해졌다.

에스텔이 타고난 밴시 속성의 힘이었다.

상대를 자신의 마나로 오염시켜 꼭두각시로 만든 에스텔은 그 그리폰을 여기저기 날려 보내 다른 그리폰들을 붙잡게 했다.

붙잡힌 그리폰들도 에스텔의 마나에 감염되며 통제권을 잃었다.

에스텔은 그 숫자가 20에 이르자 이제는 힘들었는지 소리쳤다.

"에리나! 지금이야!"

신호를 받은 에리나는 계속 준비하고 있던 번개 마법을 시전, 에스텔이 뭉쳐 두었던 20마리의 그리폰들을 숯덩이로 만들어 버린다.

"완벽해!"

"아주 좋았어, 에스텔!"

둘은 서로의 손을 맞잡으며 쾌재를 부른다.

이에 내 옆에 있던 레이틴이 나직이 감탄한다.

"대단하군요. 마법을 배운 지 1년도 채 되지 않았다고 들었는데……."

"재능이라는 게 무섭죠. 그렇다 해도 소모한 마나에 비하면 비효율적인 것 같긴 하지만."

"비효율적이라뇨? 20마리나 처치했는데요?"

"그 정도로는 상대의 기세가 꺾이지 않아요. 레이틴, 그 수정구 좀 빌려줘 봐요."

나는 그녀가 늘상 갖고 다니는 마법 수정구를 뺏어 들었다.

"그걸로 뭘 하시게요?"

"보고만 있어요."

나는 그 수정구에 빛의 마법을 시전한 뒤 마나를 주입했다.

그다음에는 오러를 이용한 비전 구체를 형성해 그 빛의 마나를 가둔다.

"흐읍!"

쐐애액! 그걸 온 힘을 다해 공중으로 투척.

2백여 마리의 그리폰 무리 사이로 날아 들어간 비전의 구체는 내 비전 오러의 특성을 발휘하며 주변의 사물들을 강하게 끌어당겼다.

키엑!?

그리폰은 자신들을 끌어당기는 것에 의아함을 느끼며 무심코 구체를 응시한다.

그 순간 파팟! 하며 비전의 구체가 폭발하며 내부에 있던 강렬한 빛이 비산했다.

쿠에에엑!?

이 섬광에 눈을 당한 그리폰들은 몸부림치며 땅으로 곤두박질쳐 대기하고 있던 경비대원들에게 무기력하게 죽어 버렸다.

이 숫자만 백여 마리에 달했다.

"봤죠?"

"……."

말문을 잃는 레이틴.

"여, 역시 웨이드 님은 대단하시군요. 무예도 그렇고, 정무적인 능력도 있고, 심지어 마법까지……."

"마법은 아직 초보예요. 요령으로 헤쳐 나가고 있는 거지."

"그, 그렇지 않아요! 경이로울 정도라니까요! 적어도 전 당신을 존경하고 있어요!"

내 손을 붙잡고는 강하게 주장하는 레이틴.

그때 피핑! 내 주변으로 화살이 날아왔다.

그러고 지붕 위에서 에오의 목소리가 들린다.

"알스 님, 조심하십시오. 적은 저 괴조들만 있는 게 아닌 것 같으니까요."

에오니아가 쏘아 죽인 건 그리폰들의 출현에 놀라고 있던 쥐들이었다. 보나 마나 레이틴과 찰싹 붙어 있는 게 마음에 들지 않았던 거다.

어느새 지붕의 셋이 내게 따가운 시선을 보내고 있었다.

나는 레이틴의 손을 떼어 내고 지붕을 향해 말했다.

"아하하……. 다들 집을 지키고 있어 줘! 나는 왕궁에 잠깐 다녀올 테니까!"

그렇게 간 왕궁도 난리가 나긴 마찬가지였다.

이미 각지에 정보원을 뿌려 놓은 상황이었기에 던전에 대한 보고가 속속 들어오고 있었던 것이다.

로자는 창백한 표정으로 그 보고를 접하고 있었다.

이번 대혼돈에 대해선 이미 최악의 상황을 가정하고 대비를 하고 있었지만, 상황은 그 최악의 가정을 아득히 상회하고 있었다.

"부근에 던전이 출현하면서 닐라 대피소와의 연락이 완전히 끊겨 버렸습니다!"

"폐하! 바이언 동부에서 벌레 형태를 한 괴물 군체가 곡물 창고를 습격하고 있다고 합니다!"

역시 문제가 된 건 던전 지도에 표기되지 않았던 중소 던전이었다.

자체의 힘은 높지 않으나 그 숫자가 원체 많으니 광범위한 피해가 발생한 것이다.

이미 추산 인명 피해는 1만을 넘어가고 있었다.

"앗! 웨이드!"

로자는 나를 발견하더니 어서 가까이 오라며 손짓했다.

그녀는 다른 내무대신이 보고 있는 와중에도 나를 왕좌에서 가장 가까운 곳까지 다가오게 했다.

나는 이게 의도적인 정치적 행동이라고 생각했으나 그런 건 아니었다.

로자 자신도 모르게 한 행동이었다.

"웨이드, 당장 토벌대를 조직해서 그리폰을 토벌해 줘. 이 대로 가다간 바이언의 시민들이 공포에 떨게 될 거야."

"조급해하지 마십시오. 지금은 던전 하나하나에 휘둘리기보단 연락망을 확실하게 구축하는 게 낫습니다."

"으, 응. 그래, 그게 맞겠지……."

"엘프들의 섬이 중계 역할을 해 주고 있는 덕에 지금은 남대륙과도 연락을 취할 수 있는 상황입니다. 그 부분을 적극 활용하여 상황을 공유해야 합니다."

"알겠어, 그렇게 지시할게."

"그리고…… 소피아 재상!"

나는 소피아에게 주변 던전에 대한 조사가 끝나는 대로 토벌 인원을 편성해 달라 부탁했다.

소피아는 고개를 끄덕이며 정보원들을 데리고 자신의 집

무실로 향했다.

이를 보고 있던 내무대신들은 침을 꼴깍 삼켰다.

'조금 심했나?'

이 대혼돈을 원활하게 극복하려면 나도 정무에 적극적으로 참여해야 했기에 일부러 영향력을 과시한 것이었지만, 너무 과했던 모양이다.

그것도 그렇다. 여왕의 옆에서 조언을 하고 재상을 마음대로 부렸으니 비선 실세라는 말이 나와도 이상하지 않다.

나는 수습을 위해 로자에게 말했다.

"그 이외의 것들은 모두 폐하의 고견대로 진행하겠습니다."

"그, 그래! 그렇게 하도록!"

"그럼 저는 쥬라스 님을 만나러 가 보겠습니다."

로자는 표정을 근엄하게 고치며 바쁘게 다른 신하들에게 지시를 전달하기 시작했다.

그걸 뒤로하고 알현실을 나온 나는 쥬라스가 있는 집무실로 향했다.

녀석은 이 난리 통 속에서도 평온하게 책을 읽고 있었다.

마치 녀석이 있는 이 집무실만 다른 세계인 것 같은 느낌이다.

"뭘 읽고 있는 겁니까?"

내 물음에 쥬라스는 책을 덮으며 답한다.

"가장 흉악한 던전이라는 것들을 확인하고 있었습니다. 무시무시하군요, 던전 하나가 자그마치 2백만 명의 목숨을 앗아 가다니."

그가 말하는 것은 동대륙에 현존하는 '호수의 지배자'라는 10대 던전 중 하나였다.

"이 던전은 토벌할 방법이 도무지 떠오르질 않는군요. 마정석을 지닌 우두머리가 호수의 깊은 바닥에 있다니 말입니다. 그 물을 퍼내서 끄집어내려 해도 근처에 있는 강이 범람해 호수를 채워 버리고, 그렇다고 방치하자니 지속적으로 인명 피해를 입히니…….."

"그래서 동대륙이 괴물들의 세상이 되어 아직도 수복하지 못한 거죠. 그런 것보다 지금은 우리 일이나 걱정하는 게 어떻습니까?"

"내가 걱정해 봤자 달라지는 게 없으니까요. 뭐, 던전 토벌에 협력해 달라는 거라면 해 줄 수도 있습니다만? 저도 던전에 대해서 조금 궁금한 게 생겼거든요."

"……그건 됐습니다. 당신에게 묻고 싶은 건 전이 마법에 관한 거예요. 레이틴에게 들었습니다. 궁정 마법사를 무작정 전이시켰다면서요?"

"그게 가장 빠른 방법이니까요. 다른 마법사들의 말마따나 적합한 땅을 찾으려 했다면 못해도 2년은 더 걸렸을 겁니다. 반면 지금 내가 취한 방법은 빠르면 3개월 만에 일을 끝낼 수 있어요. 다소의 위험은 감수할 만한 가치가 있습니다."

"그건 그렇지만……. 만약 그 마법사가 다른 국가에 붙잡히면 어쩔 생각입니까? 가령 스벤나 서방 민족에게 잡혀서 그들이 바깥 세계와 전이 마법에 관해 알게 된다면요?"

"아주 흥미로운 상황이 되겠죠."

"……뭐라고요?"

"너무 걱정하진 말아요. 여차할 경우엔 내가 대응을 할 거니까."

"부디 나한테까지 피해가 오지 않았으면 좋겠군요. 그래서요? 그 마법진은 어디 있죠?"

"왕궁 지하 깊숙한 곳에 있습니다. 만드는 데 꽤 고생을 했죠."

"내가 보고 와도 괜찮겠습니까?"

"봐도 재밌는 건 없을 겁니다. 그보단 이걸 읽어 봐 줬으면 해요."

쥬라스가 내민 건 특수 던전에 관한 서적이었다.

"알스, 던전에 지성체가 있다는 건 당신도 이미 알고 있겠죠?"

"예……. 지능을 가지고 있는 괴물이 있다고는 들었습니다."

"그럼에도 의사소통은 되지 않는다. 그랬었죠."

"맞습니다. 말이 통하지 않으니까요."

"하지만 여기 이 서적에는 다른 얘기가 적혀 있더군요. 사파로 취급되며 묻히고 만 듯하지만요. 저도 우연하게 찾은 서적입니다."

이 책에는 던전의 괴물들과 의사소통을 하는 법이 적혀 있었다. 간단히 말해 지금은 사라진 고대어가 기록된 책이라는 거다.

고블린, 오우거, 트롤, 리자드맨, 심지어 그리폰까지.

구체적인 언어 체계는 아니어도 그 언어의 기본적인 인사법이나 회화가 기록돼 있었다.

"괴물들의 언어……!?"

"당신의 그 반응이 보편적이겠죠. 놈들은 말이 통하지 않는 괴물이다, 그렇게 생각했기에 사람들은 문답무용으로 던전을 토벌하려고만 했지 대화는 시도조차 하지 않았어요."

"그거야……."

"이걸 어떻게 받아들이냐는 당신이 결정하세요. 당신은 그 엘프들의 실세라는 국모에게 진실을 전달받았을 테니까요. 해석이 다를 수도 있겠죠."

쥬라스의 말대로였다.

던전들은 과거 인간들의 침공에 저항한 이종족들의 역사를 현실화한 것.

다시 말해 던전의 괴물들은 환상의 것이 아니라 역사적으로 존재했던 종족이라는 것이다.

그들만의 언어를 갖고 있었다고 해도 전혀 이상하지 않다.

'그 언어를 통해 던전의 괴물들과 소통을 할 수 있다면?'

상황을 반전시킬 수 있을지도 모르는 일이었다.

물론 희망적인 건 아니었다.

그 지성을 가지고 있는 종족과 그들의 언어가 지금 이 세계에 없다는 건 결국, 그들이 인간에 의해 멸종당했다는 뜻이니까. 인간의 말을 들어 줄지는 회의적이었다.

'한번 알트론에게 상담해 볼까?'

거의 태초부터 존재했던 그 드래곤이라면 아는 게 있을지도 몰랐다.

대혼돈이 발생하며 난장판이 벌어진 온 대륙.

우리는 준비한 대로 최선의 대처를 하고 있었다.

미리 육성한 모험가들을 대거 투입해 소규모 던전을 빠르게 토벌해 나갔고, 중규모 던전들도 베테랑 전력들이 속속 처리하며 주요 도시의 안전을 확보해 나갔다.

그 과정에서 무수히 많은 사람들이 죽어 나가긴 했다.

구원이동이 있긴 했으나 구원이동 주문서는 수량이 많지 않았기에 대부분은 구원이동의 혜택을 받지 못한 채 던전을 토벌해야 했기 때문이다.

그런 만큼 구원이동의 혜택을 받는 전력들이 성과를 올리며 모범을 보여 줘야 했다. 그렇지 않으면 죽어 나가고 있는 하위 전력들이 불만을 품기 때문이다.

그 불만이 커지면 과거 연맹이 독립했던 것처럼, 자기들만의 세력을 구축해 왕국을 저버릴지도 모르는 일이다.

생사결 토벌을 위한 원정을 준비하고 있던 나는 가신들을 모아 두고 말했다.

"그렇다고 너무 부담을 가질 필요는 없어요. 구원이동 주문서를 받은 정예 집단이 우리만 있는 건 아니니까."

정예 토벌 집단의 숫자는 23곳.

우리는 그중 하나에 불과했고, 우선순위도 높은 편은 아니었다. 당장 10대 던전 중 하나인 칠죄종 토벌에서 빠져 있었던 게 그 방증이다.

전사들의 기량은 출중한 반면, 마법사 전력이 전반적으로 약했기 때문이다.

"그래서 생사결의 토벌을 명받은 거기도 합니다. 거긴 전사들의 기량이 중요하다니까요. ……그럼 출발하겠습니다. 나머지는 안전을 최우선으로 하며 저택을 지켜 주세요."

나는 선별된 6인을 이끌고 생사결이 위치한 산지로 향했다.

그곳은 수도 바이언과 영토 북서부를 연결하는 주요 경로였다.

중간 지점에서 소피아의 정보원과 합류한 나는 던전의 위치에 대한 상세한 정보를 들을 수 있었다.

"생사결의 위치는 이곳입니다."

"이건……"

나도 모르게 눈살이 찌푸려졌다.

지도에 표시된 위치가 내게 너무나도 익숙한 지형이었기 때문이다.

전쟁에서나 활용할 법한 요충지. 생사결은 그 요충지에 떡하니 자리 잡고 있었다.

'설마……'

그 설마는 보기 좋게 맞아떨어졌다.

우리 일행은 던전의 모습에 말문을 잃을 수밖에 없었다.

웅장하게 서 있는 성채. 성벽을 빼곡하게 지키고 있는 수만 명의 오크 병사들.

그게 생사결의 정체였던 것이다.

웅장한 자태를 자랑하는 성채는 협곡의 중간에 떡하니 자리 잡아 통행을 완벽히 차단하고 있었다.

그걸 무시하고 반대편으로 넘어가려면 험준한 협곡을 지나야만 했다.

물론 그렇게 가려면 갈 수는 있다. 고생을 하더라도 불가능한 건 아니니까.

하지만 그게 군대라고 하면 얘기가 달라진다.

숫자가 많아지면 피해 없이 험준한 협곡을 통과하기란 사실상 불가능하다. 통과하던 도중 습격을 받기라도 하면 막대한 피해를 입을 테니까.

그러니 군대가 반대편으로 넘어가기 위해선 반드시 성채를 부수고 지나가야 했다.

그게 뜻하는 바는 하나였다.

'그랬던 거였어…….'

이 생사결이란 성채는 오크들이 인간의 침공을 막기 위해 세웠던 군사 요새였던 것이다.

그것이 던전으로 말미암아 현실화하여 이곳에 나타났다.

"무척이나 견고해 보이는 성채구나."

일리야 스승이 굳은 표정으로 말해 왔다.

"병사들의 훈련도도 높은 것 같으니, 저걸 뚫어 내려면 적어도 수만의 병력은 필요하겠어."

"……!"

순간 생사결에 대한 대략적인 정보가 떠올랐다. 토벌 인원이 최소 일곱 명에서 최대 3만이었다는 걸 말이다.

'병력으로 밀어 내려면 3만 명이 필요하다는 뜻이었구나!'

한편으론 어떻게 일곱 명만으로 토벌이 가능한가 하는 의문이 들었다.

'기록을 남길 거면 제대로 남겨 줄 것이지!'

아마 이곳을 토벌한 용사들은 한번 봉인했으니 생사결이 다시 세상에 나올 일은 없을 거라며 낙관했던 게 분명하다.

하기야, 이런 위험을 가져오는 핵폭탄 버튼을 인간이 스스로 누를 거라고 누가 생각이나 할까.

"알스, 어떻게 할 생각이냐?"

"일단 부딪쳐 보는 수밖에 없어요, 모두 이곳에서 구원이동을 사용하도록 할게요."

내 지시에 각자 배낭에 챙겨 온 구원이동 주문서를 찢었다.

그 준비가 끝난 뒤에는 조심스레 성채에 접근했다.

그러자 성문을 지키고 있던 오크 병사들이 눈을 부라리며 우리를 경계하기 시작한다.

그들은 알아들을 수 없는 언어로 우리에게 호통을 친다. 그 기백이 대단하여 가신들은 전투태세를 취했다.

그때 문득 쥬라스가 준 이종족에 관한 책이 떠올랐다.

나는 배낭에서 그 책을 꺼내 오크들의 언어에 대해 살펴보았다.

책에 적혀 있는 건 정말 기본적인 회화밖에 없었기에 내가 할 수 있는 건 인사말밖에 없었다.

"울레 나 쿤투?"

오크 말로 '안녕하십니까?'라는 뜻이라고 한다.

내 말에 오크들은 잠시 침묵하더니 한결 온화해진 태도로 말을 걸어온다.

물론 알아들을 수는 없었기에 내 할 말만 하는 수밖에 없었다.

"락샤 온 디!(날씨가 참 좋네요!)"

오크들은 동의한다며 고개를 끄덕인다.

가신들은 괴물들과 의사소통을 하고 있는 나를 어이없다는 듯 바라본다.

"구람 디 쿤투?(식사는 하셨습니까?)"

오크들은 따봉을 내보이며 가지고 있던 빵을 내보인다. 가지고 싶으면 주겠다는 뜻이다.

이 녀석들, 의외로 친절할지도 모르겠다.

하지만 이대로는 진전이 없었기에 나는 적혀 있던 언어 중에 가장 위협적인 말을 해 보기로 했다.

"프리다 온타!(용서할 수 없어!)"

그러자 오크들의 표정에 곤혹스러움이 지나간다.

내게 빵을 내밀고 있던 오크는 빵이 아니라면 물을 원하는 거냐며 수통을 내밀었으나 내가 또다시 용서할 수 없다고 말하자 뻘쭘하게 수통을 집어넣는다.

그러던 때, 문지기들의 대장처럼 보이는 오크가 나타나 강한 어조로 무언가를 물어 왔다.

이에 내가 영문을 모른 채 고개를 끄덕이자 성문 부근에 있던 뿔피리를 거칠게 집어 들었다.

뿌우우우우-! 산지를 울리는 뿔피리 소리. 그에 따라 성채가 요동치기 시작했다.

"나루디 아 온다!"

"아 온다! 아 온다!"

합창을 하듯 그런 함성을 지르기 시작한 것이다. 그 소리로 인해 산지가 진동했다.

애쉬는 그 기백에서 뜻을 눈치챘는지 내게 속삭인다.

"침입자를 용서하지 않겠다, 그런 뜻인 것 같은데?"

"그런 것 같네. 그런데 그 방식이 달리 정해져 있나 봐. 정말 용서하지 않을 거였다면 병사들이 바로 공격을 해 왔을 테니까."

문지기 오크들은 공격할 생각이 없어 보였다. 오히려 우리를 어떤 곳으로 안내하기 시작했다.

그에 따라 수많은 오크들이 이동하는 진동이 느껴졌다.

"이건……!"

우리가 안내된 곳은 성채 내부의 연무장이었다.

마치 콜로세움처럼 구성된 연무장의 저편에 심상찮은 기운을 지닌 여섯 명의 건장한 오크들이 줄지어 서 있었다.

그리고 반대편 관중석의 가장 위쪽에 우두머리로 보이는 오크가 거대한 의자에 앉아 우리를 내려다보고 있었다.

나는 본능으로 느꼈다.

'틀림없어, 저놈이 마정석을 가지고 있다!'

저놈을 처치하면 마정석을 회수하여 이 생사결이란 성채를 없애 버릴 수 있다는 뜻이었다.

"알스 님, 기습을 해 볼까요?"

에오니아가 활을 움켜쥐며 말했으나 일리야 스승이 만류했다.

"에오니아, 이건 그런 분위기가 아니야. 그런 짓을 했다간 오크들이 전부 우리를 공격할 거다. 정말로 한 방에 죽일 수 있는 게 아니라면, 그래선 안 돼. 지금 저들이 원하는 건 숭고한 무인의 대결이다."

"무인의 대결……?"

"내게는 그렇게 느껴져."

관중석엔 성채를 지키던 오크들이 가득 차기 시작했다. 그 숫자는 2만에 달하는 것 같았다.

"아 온다! 아 온다!"

그들은 연신 함성을 질러 대며 분위기를 고조시켰다.

그러던 중 우두머리 오크가 손을 들며 고함을 내지른다.

"나 쿤타!"

이 말은 책에 적혀 있어서 나도 알 수 있었다. '조용히 해라!' 같은 뜻이었다.

우두머리는 좌중이 조용해지자 무거운 목소리로 말한다.

"쿨라!"

그러자 줄지어 서 있던 6인의 오크 중 하나가 연무장의 중 앙으로 올라와 포효한다.

관중은 '쿨라! 쿨라!'라며 환호했다.

쿨라라 불린 오크는 거대한 도끼를 휘둘러 쾅! 땅에 처박 더니 우리를 향해 도발적인 손짓을 보냈다.

"한 명 나오라는 것 같은데?"

"이래서 생사결이라는 거구만."

왜 일곱 명으로 토벌이 가능한지도 이제는 알 것 같았다.

7 대 7의 대결.

미루어 보건대 6인의 오크를 상대로 최소 3 대 3의 스코어 를 기록하면 우두머리 오크가 직접 내려올 것 같았다.

거기서 우두머리를 처치하면 수만에 달하는 다른 오크를 굳이 상대하지 않아도 된다.

그러니 최소 7인에서 최대 3만의 토벌 인원이라는 것이다.

"잠깐 작전타임! 올라 나르 오 쿤투?"

나는 책에 적혀 있는 '잠깐 기다려 주시겠습니까?'라는 말 로 상대를 진정시켰다.

이후엔 가신들과 머리를 맞대고 엔트리를 짜기로 했다.

생사를 건 일대일의 대결.

본래라면 굉장히 압박이 컸겠지만 우리는 구원이동을 사용한 상태라 그런지 다들 긴장감은 크지 않았다.

오히려 흥미를 드러내는 사람이 더 많았다.

"우두머리는 내가 맡겠다."

일리야 스승이 그렇게 말하자 엘레나가 반발한다.

"무슨 소리예요! 우두머리는 내가 맡겠습니다!"

"엘레나 씨, 이런 땐 실력대로 정해야 하는 겁니다."

"큭……!"

그렇게 우두머리는 일리야 스승이 맡기로 했다. 나머지는 상대에 따라 정하기로 했는데, 일단 연무대에 올라와 있는 쿨라라는 녀석을 상대할 사람을 정해야 했다.

이에 애쉬가 말한다.

"처음엔 가장 약한 전력이 올라오기 마련이니까. 자, 갔다와, 루크!"

"뭐라고요!?"

최약체 취급을 받은 루크레치아는 발끈했지만 그게 현실이기도 했다.

"큭……! 알겠어요. 내가 가면 되잖아요! 내가!"

휘릭! 창을 갈무리하며 연무대에 올라가는 루크레치아. 이에 따라 관객석의 함성이 커졌다.

쿨라라는 오크는 비릿하게 웃고는 땅에 박아 두었던 도끼를 들어 올렸다.

"이고라!"

우두머리 오크가 신호를 보내자 쿨라라는 오크가 저돌적으로 덤벼들었다.

"하아앗!"

휘휘획! 루크는 재빠른 창격으로 돌진을 견제했으나 상대는 생각 이상으로 터프했다.

팔뚝의 철제 보호대로 창을 강하게 쳐 내며 접근, 그대로 도끼를 휘두른 것이다.

쿠과광! 돌로 된 바닥을 박살 내는 엄청난 거력.

"쳇!"

상대의 돌진력이 거슬렸던 루크는 마법을 사용해 상대의 다리를 얼리려 했다.

"우웃!?"

이에는 상대도 당황했다. 오러를 사용해 얼음을 지워 내긴 했으나 그 찰나의 틈을 이용해 루크는 정비를 끝마치고 공세에 나섰다.

그러나 그때였다.

우우우우-! 쏟아지는 야유.

아무래도 마법을 사용하는 건 매너가 없는 행위인 듯했다.

"어……?"

루크는 그 야유가 주는 압박에 멈칫하고 말았다.

"저 바보, 기껏 잡은 기세를……."

애쉬가 이마를 감싸 쥐었다.

애쉬의 우려대로 루크가 멈칫한 탓에 기세는 다시 상대에게 기울었다.

마법을 사용하는 게 비매너긴 해도 반칙은 아닌지, 오크들은 야유만 보낼 뿐 따로 개입하려 들지는 않았다.

'저쪽도 마법을 사용하긴 마찬가지잖아.'

쿨라라는 녀석도 오러를 통한 신체 강화 마법을 사용하고 있는 게 분명했다. 그렇다는 건 신체 강화 이외에 눈에 보이는 요란한 마법만 비매너라는 뜻이다.

그럼 결국 비매너건 뭐건 마법 자체는 사용해도 된다는 뜻인데, 야유에 흔들린 루크는 마법을 사용하기 주저하며 멘탈적으로 흔들렸다.

상대는 그 빈틈을 놓치지 않았다.

"크핫!"

녀석은 비릿하게 웃더니 턱! 루크의 창대를 잡아채 크게 휘둘렀다.

창을 놓치지 않기 위해 꾹 잡고 있던 루크는 그대로 업어치기를 당하듯 땅에 처박혔다.

"커헉!?"

충격으로 인해 폐에 모아 두었던 숨이 터져 나온다.

상대는 루크가 수습할 틈을 주지 않고 그대로 심장을 향해 도끼를 내리쳤다.

스륵! 쾅! 구원이동이 발동해 루크의 몸이 사라진 뒤, 도끼가 땅에 박혔다.

"……!?"

상대는 루크의 몸이 갑자기 사라지자 주변을 두리번거렸으나 연무대에 모습이 보이지 않는 걸 도망친 거라고 생각했는지 승리의 포효를 내지른다.

"브아스터—!"

"아 온다! 아 온다!"

덩달아 광란하는 오크들.

애쉬는 기세에서 밀릴 수 없다며 고래고래 소리쳤다.

"그 녀석은 우리 중 최약체! 그런 녀석을 이겼다고 기뻐하다간 큰코다칠 거다!"

어쨌든 초전은 상대의 승리.

쿨라는 우두머리 오크에게 승리의 영광을 바치는 듯한 제스처를 취하곤 연무대를 내려왔다.

내심 이기는 쪽이 계속 전투를 하는 팀 배틀일 수도 있다고 생각했지만 그런 건 아닌 모양이다.

"락샤샤!"

다음 우두머리가 호명한 건 가장 덩치가 큰 오크였다.

신장만 2m 20cm를 넘는 거물. 특이하게도 녀석은 아무런 무기도 쥐고 있지 않았다.

녀석은 연무대에 나오더니 불끈! 주먹을 꽉 쥐고는 땅을 내리쳤다.

쾅! 망치로 내려친 듯 부서지는 돌바닥.

"터프한 녀석일세, 이번엔 누가 나갈래요?"

이에 애쉬가 루크의 복수전을 하겠다며 씩씩거렸지만 귄터가 애쉬의 어깨를 붙잡으며 만류했다.

"알스, 이건 내가 갔다 올게."

"좋습니다. 귄터, 당신이 갔다 와요. 초전에서 진 만큼 당신이 꼭 이겨 줘야 합니다."

"두말하면 잔소리지."

귄터는 뿌드득! 뿌드득! 소름 돋는 뼈 소리를 내며 연무대에 올라갔다.

귄터의 신장도 2m를 훌쩍 넘어 2m 10cm 정도였으니 얼핏 상대와 눈높이가 맞았다.

게다가 무기를 다루지 않는다는 점도 똑같았다.

"내가 올려다봐야 하는 인간이 있을 줄이야. ……아니, 인간이 아니었지."

귄터는 상대를 노려보더니 양 손바닥을 앞으로 내밀었다. 이에 락샤샤란 오크는 그 의중을 눈치챘는지 크게 웃는다.

그러고는 피하지 않고 귄터와 깍지를 꼈다.

우직! 우지직! 아직 시합이 시작되지 않았음에도 둘의 근육이 꿈틀거리고 핏줄이 솟아올랐다.

우두머리 오크는 이 광경이 무척 재밌는지 관중의 호응을 이끌어 낸 뒤 엄청난 환호 속에서 신호를 보냈다.

"이고라!"

그 신호가 떨어지기 무섭게 둘의 근육이 무서울 정도로 팽창했다.

콰드득! 땅에 딛고 있는 발이 움푹 파여 들어갈 정도의 거력.

상대는 오러와 그 오러를 통한 신체 강화로 근력을 보조하고 있었던 반면, 귄터는 오직 마나를 통한 신체 강화만을 시전하고 있었다.

어쩔 수 없었다.

귄터는 무슨 이유에서인지 선천적으로 오러를 다루지 못했다. 그렇기에 무예의 수준은 높아도 그렇게까지 강하지 않았었던 거다.

그랬던 것이 이 세계로 넘어와 마나의 적성이 발견되며 상황이 반전됐다.

'마나에게 너무 사랑받았기에 오러를 사용하지 못한 걸지도 몰라.'

귄터의 몸에서 뿜어져 나온 마나가 일렁였다. 그로 인해 강화된 그의 완력은 종족의 한계를 아득하게 뛰어넘어 있었다.

콰득! 콰드득! 이 귄터의 완력을 감당하지 못한 상대 오크의 팔목이 크게 뒤틀렸다.

"크아아아악!"

귄터는 뿌득! 상대의 팔목을 완전히 부러뜨려 버린 뒤에야 그 손을 놓아주었다.

락샤샤란 오크는 괴성이나 다름없는 비명을 내질렀다. 굳이 죽일 생각은 없었던 귄터는 그의 거체를 번쩍 들어 관객석의 오크들에게 던져 버린다.

쿠당탕! 볼품없이 나뒹구는 락샤샤와 그를 제대로 받아 들지 못해 허둥지둥하는 오크들.

"……."

이 귄터의 압도적인 무력시위로 인해 연무장은 도서관처럼 조용해지고 만다.

귄터가 상대를 힘으로 짓누르며 1 대 1로 맞춰진 균형.

다음 세 번째로 나선 에오니아는 전혀 녹슬지 않은 창 실력을 발휘하며 15분 만에 상대를 요리해 냈다.

이기고 돌아온 그녀는 칭찬을 해 달라는 듯 나에게만 보이게끔 눈을 찡긋한다.

"잘했어. 역시나 내 가신 중 필두라고 할 만하네."

그녀가 가장 좋아할 법한 말로 칭찬을 하자, 눈을 끔뻑이며 내 귀에 속삭여 온다.

"필두라는 건 내가 가장 뛰어나다는 거지? 그런 거지!?"

"진정해, 필두 중 하나라는 뜻이었어."

"……."

에오는 토라진 듯 입을 삐죽이곤, 항의를 하려는 건지 몸을 부비적거린다.

최근 들어 그녀는 이런 직접적인 감정 표현이 풍부해졌다. 쓸데없이 고수하던 딱딱한 예의범절이 사라진 덕이라고 할까.

지금처럼 남들이 있는 곳에서도 보란 듯이 붙어 있는 때가 많아졌다.

애쉬와 권터는 이 모습이 꼴 보기 싫었는지 울부짖었다.

"우오오오옷-!"

"빌어먹을 세상! 이런 곳에 와서까지 염장질을 봐야 하다니!"

애쉬는 울분을 토하고 싶었는지 연무대로 올라갔다.

"아무나 나와! 한바탕해야 직성이 풀릴 것 같으니까!"

그리고 패배했다.

애쉬가 흥분한 것도 있었지만 상대의 실력이 예상 이상이었다. 에오가 지금 상대와 맞붙었다면 결과가 어떻게 됐을지 가늠이 안 될 정도로.

아무튼 다시 2 대 2로 균형이 맞춰진 상태에서 내 차례가 왔다.

나는 혹여나 패배할 경우를 대비해 일리야 스승에게 대처법을 일러둔 후 연무대에 올랐다.

내 상대인 오크는 특이하게도 비쩍 말라 있었다. 무기도 지팡이 하나가 고작이었다.

'설마 마법사인가?'

그 설마가 맞았다.

상대는 우두머리의 개시 신호가 떨어지자 곧장 마법을 시전했다.

놈이 마나가 실린 지팡이를 땅에 내리치자 땅이 뱀처럼 꿈틀거리더니 내게 쇄도해 온 것이다.

"마법은 비매너라며!?"

나는 점프하여 피해 보려 했으나 쿠쾅! 땅에서 식물의 줄기 같은 것들이 솟아올라 나를 포박했다.

그 식물의 줄기들이 촉촉하고 눅진눅진해서 기분이 더러웠다.

"이런 건 여전사들 상대로나 사용하라고!"

서걱! 나는 왼손의 검을 사용해 줄기들을 잘랐다. 마력으로 생성된 것인지라 오러를 담은 공격은 버티지 못하고 그대로 끊어져 버렸다.

다만 그 과정에서 소모된 시간으로 인해 이미 연무장은 놈의 영역으로 바뀌어 있었다.

좌악! 내 머리를 노리고 날아들어 오는 식물의 줄기. 그 줄기엔 섬뜩한 가시가 곳곳에 박혀 있었다.

반면 또 다른 줄기는 치명적인 독액을 품고 있는지 까맣게 죽어 있었다.

이 외에도 제각각 다른 독을 품은 줄기들이 나를 노리고 쇄도해 들어왔다.

'제법인데.'

빈말이 아니라 마법으로 맞불을 놓는 것 이외에는 해답이 떠오르지 않았다. 그냥 달려들었다간 꼼짝없이 잡혀서 죽겠지.

'아까 애쉬를 이긴 녀석의 실력도 그렇고…….'

놈들의 수준이 예상을 아득히 상회하고 있었다.

그래도 이 매치는 내가 유리했다.

녀석은 줄기들을 조종하는 것에 심력을 꽤 소모하는지 제자리에서 한 발자국도 움직이지 못했기 때문이다.

그렇담 방법은 간단했다.

탓! 탓! 나는 쇄도해 들어오는 줄기들을 박차며 하늘 높이 뛰었다.

"흐읍!"

그다음 창을 빛의 오러와 비전의 오러로 인챈트한 뒤 제자리에 있는 놈을 향해 투척.

"……!"

녀석은 눈을 부릅뜨더니 모든 식물의 줄기들을 모아 창을 막으려 했다.

콰콰콰콱! 불도저처럼 식물의 벽을 뚫고 나아가는 창. 그러나 팁! 여러 식물의 줄기가 창대를 잡고 물고 늘어지면서 그 기세가 빠르게 죽어 버렸다.

우뚝! 붙잡혀 멈춰 버린 창.

"하하핫!"

놈은 비릿하게 웃었으나 그런 놈을 무안하게 만들려는지 창이 백열하며 폭발했다.

붙잡고 있던 식물 줄기들을 모조리 찢어발기는 강력한 폭발.

놈은 그 폭발의 잔향에 혼란하여 당황하고 있었다.

나는 그 틈을 이용해 빠르게 접근, 쥐고 있던 검으로 목을 쳐 버렸다.

툭! 뒤늦게 떨어지는 놈의 머리. 좌중은 침묵에 휩싸인다.

"휘유!"

내가 무기를 갈무리하며 안도의 휘파람을 불자 그제야 상황을 파악한 오크들이 지진 같은 야유를 보내기 시작했다.

아무래도 마법을 사용해서 그런 것인 모양이다.

"너네가 먼저 사용했잖아! 너네들이 하면 로맨스냐?"

어쨌든 이걸로 3 대 2. 최소한 우두머리와의 대결은 성사시켰다.

이후 엘레나까지 승리를 거두며 스코어상으론 승리를 거둔 셈이 됐지만, 이 스코어는 애초에 크게 의미가 없었던 모양이다.

결국엔 우두머리를 꺾어야 하는지 커다란 의자에 앉아 있던 우두머리 오크가 벌떡 일어선다.

그러자 오크들이 엄숙한 태도로 그의 이름을 연호한다.

"아 울라, 크레알!"

"데이 올라, 크레알!"

느낌상 위대한 지도자 크레알이라 칭송하는 느낌이었다.

크레알이라 불린 우두머리 오크는 사람 키만 한 대검을 한 손으로 쥐고 다른 한 손엔 특수 금속으로 제작된 방패를 들고 있었다.

그는 연무대로 뛰어내리더니 막 승리를 거둔 엘레나를 검 끝으로 가리켰다. 보아하니 우리 측에서 이긴 전사들을 자기가 전부 상대해 주겠다는 뜻인 것 같았다.

"흥, 바라던 바입니다!"

이에 엘레나는 기세등등하게 응전. 둘은 치열한 전투를 벌였으나 명백하게 상대의 수준이 높았다.

엘레나는 마력을 방출해 열기까지 활용했으나 역부족이었다. 열기를 충분히 활용하기에는 장소가 너무 개방되어 있기도 했고, 상대의 신체 강화 능력이 월등했으니까.

"윽……!?"

상대의 대검에 결정타를 허용하며 구원이동이 발동해 사라지는 엘레나.

우오오오! 관중석의 오크들은 떠나갈 듯 환호성을 지른다.

"스승님이 이렇게나 무력하게 당하다니……!"

에오니아가 마른침을 꼴깍 삼켰다.

나도 동감이었다.

'큰일인데, 어쩌면 안톤과 동격인지도 모르겠어.'

그렇다면 승산이 없다는 뜻이었다. 쥬라스 녀석이 도와주지 않는 이상은 말이다.

'기습적으로 협공을 가하는 수밖에 없겠어…….'

일리야 스승이 결투를 벌이는 중 나와 귄터, 에오니아가 난입해 힘을 합쳐 녀석을 처리하는 것이다.

무도 정신에 어긋나는 행동이긴 했으나 방법은 이것밖에 없었다.

나는 그 준비를 다른 이들에게 은밀히 일러두려 했으나 그때 일리야 스승이 내 머리를 툭툭 쓰다듬으며 말했다.

"알스, 이 스승님을 믿지 못하는 거니?"

"그런 건 아닙니다만……."

"걱정 마, 스승이란 제자의 앞에선 몇 배는 강해질 수 있는 거란다. 지켜보고 있으렴."

양손에 무기를 꼬나 쥐고 연무대에 올라서는 스승.

상대 크레알은 일리야 스승이 가장 강하다는 걸 처음부터 알고 있었는지 호전적인 표정으로 웃는다.

"체스터류 갑 1급, 일리야 안페이다."

그렇게 선언하는 스승. 상대는 말이 통하지 않았음에도 그대로 돌려준다.

"아크 올라, 크레알 페케스터!"

인사치레는 거기서 끝. 둘은 서로를 죽이기 위해 무기를 휘두르기 시작했다.

정상급의 대결을 펼치며 무기를 주고받는 둘.

나는 그 모습을 보며 이 던전이란 것 자체에 대한 의구심을 품고 있었다.

던전이 과거의 사건을 현실화했다는 건 알겠다. 던전의 괴물들이 지성을 가지고 있다는 것도.

그러나 그 지성이란 것이 어느 정도인지를 가늠하기가 어려웠다.

'저들은 자기들이 어떤 신세인지 알고는 있는 걸까?'

인간을 죽여라, 멸종시키라는 사명만 가지고 있는 거라면 애초에 지금같이 양자의 명예를 건 일대일 대결은 이상하다.

인간을 죽이는 것만이 목적이라면 가타부타 할 것 없이 다 같이 덤벼 죽이면 되는 거니까.

이것이 과거 사건의 재현이라고 하면 할 말은 없지만, 이 오크들에게선 그것과는 다른 무언가가 느껴졌다.

'이건…… 원한? 그리고…… 기대감?'

갑자기 왜 이런 감각이 느껴지는지 알 수 없었다.

일리야 스승이 크레알이란 우두머리와 결투를 벌이던 시점부터 왜인지 머리가 지끈거리며 싱숭생숭한 기분이 들었다.

"⋯⋯알스."

그때 권터가 내게 다가와 속삭인다.

"슬슬 결정을 내려야 할 때가 온 것 같아. 일리야 씨가 패배하기라도 한다면, 토벌은 실패로 끝날 거야. 귀중한 구원 이동 주문서를 낭비한 꼴이 돼."

"그건 그렇지만⋯⋯."

"무인의 정신에 어긋난다는 건 알지만, 우리는 그것보다 더 큰 것을 짊어지고 있어. 이건 전쟁이나 마찬가지라고. 전쟁에서 어떤 냉혹함을 가져야 하는지는 네가 가장 잘 알고 있잖아?"

십분 이해하고 있었다.

그랬으나 왜인지 그래선 안 될 것 같은 기분이 들었다. 그렇게 해결을 해도 진정한 의미로 이 던전을 토벌했다고 할 수 없을 것 같은 기분.

권터는 답답하다며 나를 다그친다.

"알스, 이대로 가다간 일리야 씨도 위험할 수 있어! 구원 이동도 만능은 아니라고!"

그것도 그랬다. 구원이동은 미래를 읽는다는 개념을 이용한 마법이기 때문에 완전히 안전하다고 할 수는 없다.

살아 있는 미래가 확정되면 그 과정에서 발생하는 모든 피해는 그대로 유지되기 때문이다.

예를 들어 살을 주고 뼈를 치는 작전을 사용했을 때다.

스승은 결판을 내기 위해 그런 움직임을 취하고 있었다.

신체 일부분을 내주고 상대의 목을 치겠다는 거다. 이 경우 살아남는 미래가 확정되기 때문에 구원이동이 발동하지 않아 신체를 그대로 잃어버린다.

"……일단 지켜봐요."

"그런!"

귄터는 이해가 가지 않는다며 고개를 절레절레 흔든다.

나는 스승을 믿고 상황을 더 지켜보기로 했다. 이 결정으로 인해 스승이 팔을 잃거나 어딘가 불구가 된다고 하면 평생 후회하겠지만 그럼에도 지켜봐야 한다는 느낌이 들었다.

"……고맙다, 알스."

스승이 중얼거리는 소리가 나에게까지 들려왔다.

스승은 결심을 마치고는 마지막 공격을 시도했다.

끼긱! 상대의 대검을 검과 창을 교차하여 막아 흘려 낸 뒤 몸을 회전시켜 상대의 방패를 창을 이용해 전력으로 찔렀다.

연이은 공격으로 이미 찌그러져 있는 방패는 창에 관통.

스승은 대어를 낚아채듯 창을 저 멀리 던져 버리며 자신의 창과 상대의 방패를 서로 버리게 만들었다.

서로에게 남은 건 검 한 자루뿐.

대치는 길지 않았다.

스승이 상대의 목을 노리고 달려들었고, 상대는 반격을 가한다.

여기서 병기의 신속함이 승부를 갈랐다.

근거리에서 힘을 발휘하기 힘든 대검은 수 싸움에서 불리하기 때문이다. 그걸 방패를 이용해 상쇄하고 있었으나 지금은 그 방패가 없다.

몇 번의 교환 끝에 스승은 상대의 머리를 노릴 수 있는 틈을 포착한다.

그러나 그것도 완전하지는 않았다.

상대의 대검이 스승의 다리를 노리고 있었기 때문이다. 그대로 베이면 양다리가 전부 베이고 만다.

다리를 주고 머리를 치는 도박수. 놈을 이기기 위해선 이것밖에 없다고 스승이 판단을 했다.

이걸로 승리는 거둘 수 있겠지. 하지만 스승은 회복 불가능한 타격을 입는다.

'역시 내가 잘못 생각한 걸까……?'

잘못된 판단으로 일리야 안페이라는 귀중한 사람을 잃어버리게 되는 건가.

그러나 그때였다.

우뚝! 도중에 멈춰 서는 상대의 대검.

크레알이란 우두머리는 검을 멈추고 희미하게 웃고 있었

다. 어째서인지 내게 그의 심정이 고스란히 느껴졌다.

그것은 경의의 표시, 그리고 앞날에 대한 축복이었다.

"그럴 수가……."

나는 그제야 본능적으로 깨달았다.

저 오크는, 여기 이 오크들은 자신들이 던전의 괴물, 모신의 힘으로 말미암아 마나로 만들어진 덧없는 생명이라는 걸 전부 알고 있었다.

그렇기에 승부가 결정된 상황에서 굳이 일리야 스승의 다리를 빼앗지 않았던 것이다.

그대로 사라져 갈 자신과 달리 일리야 스승은 앞날을 살아가야 하니까. 자신과 동등하게 무예를 겨룬 무인을 향한 배려였다.

"……!"

일리야 스승도 이걸 느꼈는지 상대의 머리를 베어 내려던 검을 멈추고 뒤로 물러섰다.

"무슨 짓이지? 이건 도리어 나를 모욕하는 짓이다!"

스승은 다리를 베지 않은 것에 대한 분노를 드러냈다.

우두머리는 더욱 만족스럽다며 웃고는 드높여 소리쳤다.

"우레아 쿤타!"

그의 외침에 모든 오크들이 숙연한 표정을 짓고는 크레알을 따라 외친다.

"우레아 쿤타! 우레아 쿤타!"

협곡을 떠나갈 듯 울려 퍼지는 함성.

그와 함께 오크들의 몸과 성채의 구조물들이 마나로 변해 서서히 사라지기 시작했다.

"마, 말도 안 돼! 우두머리는 죽지 않았잖아!"

권터는 눈을 부릅떴다. 나도 마찬가지의 심정이었다.

'던전이 스스로 패배를 받아들였다고……!?'

그리고 스스로 사라진다.

흩어져 간 마나는 우두머리 크레알에게 모여들고 있었다.

그 마나가 한데 뭉친 순간, 아까부터 지끈거렸던 머리가 찌를 듯이 아파 왔다.

그리고 내 머릿속에 선명한 비전이 떠올랐다.

머리가 깨질 듯이 아파 왔다.

그와 함께 선명한 비전이 보여 온다.

'이건 대체……?'

뭐가 뭔지는 모르겠으나 머리가 너무 아팠기에 저항하지 않고 순응하기로 했다.

그러자 마치 슬라이드 필름이 영사되며 지나가듯 머릿속에 비전이 흘러갔다.

그것은 사라져 가는 오크들에 관한 것이었다.

인간의 침공이 본격화되던 시기의 이야기였다.

이미 오크들은 인간과의 전쟁에 연달아 패해 멸족 위기에 처해 있었다.

족장 크레알은 멸망이 머지않았음을 직감하곤 인간 측에 한 가지 제안을 하게 된다.

본인을 포함한 오크 특공대를 이끌고 이곳 협곡에 진을 치고 말한 것이다.

−역사에 남을 위대한 결투를 벌여 보자! 우리 일곱 명의 영웅들을 이긴다면 패배를 받아들이고 투항하겠노라!

지금은 인간들이 다른 종족들을 멸망시키고 있지만 이건 여러 불신과 오해가 겹쳐서 비롯된 것일 뿐, 결국엔 인간들도 다른 종족을 받아들여 줄 거라는 믿음이 있었다.

크레알은 인간이 지닌 명예와 숭고함을 믿고, 확인하고 싶었다.

그렇기에 생사결을 제안했다.

인간 측에서도 일곱 명만 무찌르면 수만의 군대를 상대하지 않아도 되니 구미가 당겼다.

처음에는 유명한 무도가나 장교 들을 투입해 도전을 해 보았다.

그러나 모두 패배했다. 선별한 오크들의 영웅을 이기려면 인간 측에서도 정상급 장군들이나 마법사들이 나서야 했던 것이다.

크레알은 그들과의 대결을 희망하고 있었다.

지도자 위치에 있는 그들이 숭고함을 가지고 있을 거라 기대했다.

하지만 돌아온 것은 식량을 끊고 우물에 독을 퍼뜨리는 냉혹한 작전이었다.

독에 중독돼 서서히 쓰러져 가는 오크들 사이에서 크레알은 씨익 웃었다.

이 또한 인간이 지닌 위대함 중 하나임을 알았기 때문이다.

목적을 위해선 수단과 방법을 가리지 않는다. 명예조차 내던져 버릴 수 있다.

누군가는 이걸 비겁한 행동이라고 하겠지만, 어떤 의미로는 이보다 더 위대한 일은 없다.

-하지만 인간들아. 그래선 너희들의 미래엔 자멸밖에 없느니라. 다른 종족을 전부 먹어 치우고 나면 너희들은 스스로 죽고 죽이는 일을 시작할 테니까 말이다.

크레알은 모든 오크가 쓰러진 순간에야 찾아온 인간들의 지휘관에게 소리친다.

-숭고함을 알도록 해라! 자신만의 명예를 가져라! 그것

이야말로 대륙의 패자가 된 너희 인간들이 나아가야 할 길이다!

인간의 장군은 무심하게 크레알의 목을 쳐 버렸다.
그러나 비전은 거기서 끝이 아니었다.
처음 생사결이란 던전이 등장한 때의 일이다.
크레알은 본인이 던전이 되어 되살아났음을 자각했다. 그리고 인간들을 모조리 죽이라는 누군가의 부추김도 느꼈다.
그러나 그는 굴하지 않았다. 수만의 오크들을 풀어 대학살을 시작할 수 있었음에도 생사결을 고집하며 인간의 숭고함을 시험해 보았다.
이번에도 꽝이긴 했다.
일곱 명의 실력 있는 전사들이 방문을 했으나 자신들의 목숨이 위험해지자 일시 협공을 가해 크레알을 살해한 것이다.
그리고 오늘로 이어진다.

"크흑!"
비전이 끝나자 나는 그대로 주저앉았다. 갑자기 들어온 막대한 정보량으로 인해 머리가 깨질 것 같았다.
"허억! 허억!"
"알스 님! 괜찮으십니까!?"
에오가 급히 다가와 나를 부축했다.

그녀의 부축을 받아 일어난 나는 사라져 가고 있는 크레알을 바라보았다.

녀석은 만족했다는 듯 웃고 있었다. 곧 그의 몸이 완전히 사라지며 하나의 돌덩어리로 변했다.

그러나 그건 던전을 품은 마정석이 아니었다.

"이건⋯⋯!?"

보통 던전을 품은 마정석은 형형색색의 흉흉한 빛을 띤다. 시급히 봉인하지 않으면 그 흉흉한 마나가 증발하여 다시 던전으로 나타난다.

하지만 지금 나타난 건 그렇지 않았다.

푸르게 빛나는 돌. 순수한 마나를 품은 마강석이었던 것이다.

심지어 품고 있는 마나의 양도 아득했다. 이것 하나만으로도 수개월간 마나를 사용할 수 있을 정도로.

스르륵 사라지는 성채. 그에 따라 연무대의 돌들도 사라져 갔기에 우리는 사라지지 않는 땅으로 이동을 해야 했다.

귄터는 안도의 한숨을 쉬며 말한다.

"어떻게든 끝난 건가?"

곧 바깥에서 상황을 지켜보고 있던 루크, 엘레나, 애쉬가 달려온다.

던전에 대해 잘 알고 있는 애쉬는 마강석이 돼 버린 던전의 모습에 어리둥절해한다.

"뭐야, 이건? 그냥 마강석이잖아? 이건 봉인할 필요조차 없어. 형태가 무척 안정돼 있거든."

"애쉬, 이런 경우를 들어 본 적이 있어?"

"어……. 글쎄, 그러고 보니 용병 선배한테 비슷한 얘기를 들어 본 적이 있긴 해."

"어떤 얘기인데?"

"그냥, 몬스터를 처치했는데 웬 떡인지 그 귀한 마강석이 나와서 땡잡았다는 얘기였어."

"그런가……."

이젠 어느 정도 정리가 됐다. 던전의 진정한 의미에 대해서 말이다.

여전히 이해가 가지 않는 것도 있었다.

조금 전에 내 머리에 떠오른 비전에 관한 것이었다.

이 부분에 대해선 천천히 고민을 해 봐야 할 것 같았다.

생사결 토벌을 끝내고 돌아온 우리는 저택에서 기다리던 사람들의 환영을 받았다.

어떤 일이 벌어졌는지가 궁금했는지 꼬치꼬치 캐묻기 시작한다.

모두들 입이 가벼운 애쉬가 있는 것 없는 것 전부 떠벌릴 거라 생각해 그에게 주목을 했으나 애쉬는 겸연쩍은 표정으로 뒷머리를 긁을 뿐이다.

그런 애쉬를 대신해서 귄터가 썰을 풀어 갔다.

"상대도 대단한 전사들이었어요. 하나하나가 눈이 번쩍 뜨일 정도의 강자였거든요. 처음엔 루크레치아 씨가 나섰는데……."

패배를 한 사람들의 표정이 어두워진다.

"루크레치아 씨가 패배하고 나서 애쉬가 괴물들에게 외쳤죠. 루크레치아 씨는 일곱 명 중 최약체이니 기고만장하지 말라고요."

폭소가 터져 나오는 저택. 루크는 굴욕감에 입술을 앙 깨문다.

그러고는 얄밉다며 애쉬의 옆구리를 강하게 꼬집는다.

"저와 에오니아 씨가 이긴 다음에는 애쉬가 나섰는데, 얘는 우스꽝스럽게 져 버렸어요. 괴물들이 얼마나 비웃던지. 그래서 알스가 소리쳤죠. '저 녀석은 우리 일곱 명 중 차약체! 그냥 인원수 채우기였다!'라고요."

이 얘기를 처음 들은 애쉬는 억울하다며 나를 응시한다. 루크는 쌤통이라며 통쾌해했다.

"백미는 일리야 씨였어요. 엘레나 씨를 이긴 우두머리를 상대하러 가면서 이렇게 말했거든요. 제자의 앞에서 스승은 몇 배나 강해질 수 있다고! 크하! 저도 전율했다니까요!"

"이제 그만해라, 귄터. 낯간지러우니까."

일리야 스승은 쓴웃음을 짓고 있었으나 싫은 기색은 없었다.

다만 그게 엘레나를 자극한 모양이었다. 엘레나는 제자인 에오니아가 보고 있는데도 패배했으니까.

"일리야! 그 말은 저를 빗댄 조롱입니까!?"

"……예? 아, 아뇨, 그런 게 아닙니다."

"아닌 게 아니지 않습니까!"

잔뜩 삐져 버린 엘레나는 다음엔 지지 않겠다며 루크레치아를 데리고 대련을 하러 나간다.

이런 지기 싫어하는 모습은 에오니아와 판박이였다. 소름이 돋을 정도로.

그러나 막상 에오는 이렇게 중얼거린다.

"우리끼리 경쟁심을 불태울 필요는 없는데, 스승님도 참. 아직 어린 면이 있으시다니까."

"……."

이 발언에 살인적인 침묵이 흘렀다. 가신들 모두 어이가 없다며 그녀를 바라보았다.

에오는 왜 그렇게 보냐며 어리둥절해한다.

나는 시험 삼아 물었다.

"에오, 중앙 대륙과의 왕래가 가능해지면 안톤을 데려와서 주력으로 삼을까 하는데, 어떻게 생각해? 아이들도 있으니 너는 저택을 지키기로 하고."

"그런……!? 제가 더 잘할 수 있습니다! 재고해 주십시오!"

"왜, 방금은 우리끼리 경쟁심을 불태울 필요는 없다며."

"그, 그건……! 아무튼 안 됩니다! 안 돼요!"

진심으로 위기감을 느꼈는지 귀엽게 투정을 부려 온다.

그때 소피아가 염장질을 그만하라며 다가왔다.

"그래서 그 생사결의 마정석은 어디 있죠? 어서 줘요, 시급히 봉인을 해야 되니까."

"그 부분에 대해서인데, 조금 이상해요."

사정을 듣자 소피아는 고개를 갸웃한다.

"던전 스스로가 소멸했다……?"

"맞아요. 그리고 마정석이 아닌 마강석이 됐죠. 이거예요."

막대한 마나를 품은 마강석을 보자 소피아는 눈을 부릅떴다.

"이, 이런 품질의 마강석은 처음 봐요. 뭔가요, 이건!?"

"증발하여 사라지려 하지도 않고 있어요. 봉인할 필요도 없다는 거죠."

"그런…….."

소피아는 입맛을 다시더니 나를 올려다보며 애원한다.

"웨이드, 이건 내게 주면 안 될까요?"

"예?"

"이게 있다면 저도 마음껏 마법을 사용할 수 있어요!"

"아……."

그러고 보니 소피아는 마강석을 이용해 마법을 사용하려 하고 있었다.

그러나 시중에서 구할 수 있는 마강석은 마법을 몇 번 사용하는 것만으로 금방 힘을 잃는다. 반면 이건 달랐다.

"부탁할게요!"

"……알겠어요. 그치만 일단 아카데미에서 연구를 해 보고 나서요. 로자에게도 보고를 해야 하고요."

소피아라면 재상의 권한을 사용해서라도 이걸 차지하려 할 게 분명했기에 그냥 주기로 했다. 나에겐 필요 없는 물건이기도 했고.

"아카데미에서의 연구는 내가 진행할게요!"

소피아는 마강석을 들고 희희낙락하며 아카데미로 향한다.

나는 그녀를 따라 나가려는 레이틴을 붙잡았다.

"레이틴, 당신은 잠깐 남아 줘요."

"무슨 용무가 있으신가요?"

"잠깐 내 방으로 와 줬으면 해요. 둘이서 긴히 하고 싶은 얘기가 있거든요."

"바, 방에서 단둘이……!?"

왜인지 순간 찌릿한 기운이 휘몰아쳤다.

"알스 님?"

"두 분이서 어떤 얘기를 하시려는 걸까요……?"

어느새 에리나와 에스텔이 내 양옆을 점하고 있었다.

유미르와 에오도 근처에 다가와 있었다.

"도련님, 잠깐 얘기 좀 하시죠."

"알스, 이리로 와."

그제야 말실수를 했음을 깨달은 나는 허겁지겁 수습을 해
야 했다.

어쩔 수 없이 내 방에는 레이틴, 그리고 다른 넷이 함께했다.
레이틴은 쓰게 웃으며 내 질문에 답한다.

"던전의 역사가 보여 왔다고요?"

"맞아요. 마치 사진이 흘러가듯이 그 역사가 보였어요."

"사진이요? 사진이 뭔가요?"

"아, 이러면 이해하기 힘들겠네요. 어쨌든, 과거의 상황이
보였다고 할까요. 그걸 통해 왜 그 오크들이 그러고 있었는
가를 느끼고, 알게 됐어요. 이 부분에 대해 뭔가 아는 게 있
나요?"

레이틴은 고개를 흔들었다. 궁정 마법사인 그녀도 아는 것
이 없었던 것이다.

"잘은 모르겠지만 확실한 건 마법의 힘일 거라는 점이에
요. 그게 아니고서야 그런 불가사의한 일은 설명할 수가 없
으니까요. 던전의 역사를 읽다니, 전대미문이에요."

"역시 그렇습니까……."

한 가지 짐작 가는 부분은 있었다.

인도하는 드래곤 알트론. 녀석이 내게 무언가를 심었을 거라는 점이다.

그러나 그때 레이틴이 고개를 갸웃하며 말한다.

"그래도 그런 거라면 웨이드 님 정도의 인물이 감지하지 못할 리가 없는데, 이상하네요."

"무슨 뜻인가요?"

"정신과 영혼에 개입하는 마법은 서로 간의 동의가 있지 않으면 어렵거든요. 당신이 동의하지 않으면 불협화음이 일어나서 마법이 기능하지 않아요."

그때 에오니아가 손을 들며 말한다.

"하지만 저는 알스 님과 영혼을 잇는 마법을 허락 없이 사용한 적이 있는데요?"

내 위치를 추적하는 마법을 말함이었다. 에오는 그게 서로의 영혼을 잇는 숭고한 마법이라 착각을 하고 있었기에 그렇게 말한 것이다.

그런 에오의 충격 발언에 다른 셋의 표정이 변한다.

"에오, 영혼을 잇는 마법이라니, 도련님에게 뭘 한 거죠?"

"에오니아 씨, 저희에게도 설명해 주세요!"

에오는 경솔하게 말했다는 걸 뒤늦게 깨닫고는 안절부절 못했다. 셋은 에오를 강하게 추궁한다.

어쨌든, 레이틴의 말대로라면 이상했다.

'내가 동의를 해야만 한다고? 그럼 알트론은 아니라는 건

데. 대체 누가 한 거지?'

내 동의를 받고 내게 마법을 시전했던 자라고 하니 떠오르는 바가 없었다.

그나마 있다면 에스텔에거 수혈을 할 때와, 내 혈석을 만들기 위해 혈마법을 시전했던 흑마법사 할머니 정도다.

혹시나 해서 에스텔에게 물어봤으나 에스텔은 평범한 흑마법사 할머니라며 일축했다.

하여 이 일에 대해선 여전히 갈피를 잡을 수가 없었다.

그런 와중이었다.

생사결의 토벌 성공을 보고하러 로자에게 갔을 때의 일이다.

토벌 보고가 끝나자 로자는 주변 신하들을 물리고 내게 말했다.

"웨이드, 너한테 한 가지 묻고 싶은 게 있어."

"다른 던전에서 무슨 일이 생겼나요?"

"아니, 그런 건 아니고……. 네가 최근에 정무 쪽으로 영향력을 발휘했잖아? 게다가 그 전에도 뒤에서 나를 도와줬고. 그로 인해 네게 관심이 생긴 사람들이 많아졌나 봐."

"그야 그렇겠죠."

"그래서인지는 몰라도 네 뒷조사를 한 사람들이 있었던 것 같아."

"어휴, 궁금하면 직접 물어보러 올 것이지. 내 뒷조사를 해 봐야 나올 게 없는데 말이죠."

"그게 그렇지도 않았어."

"……?"

로자는 한 장의 서류를 내밀었다.

"이게 뭔지 기억해?"

"음……?"

아카데미의 서류로 보였다.

"잘 모르겠는데요? 뭡니까, 이건?"

"널 왕립 아카데미에 입학시키라는 내용이 적힌 추천장이야."

그러고 보니 그런 것도 있었다. 결국엔 추천장과 별개로 리노아의 덕에 입학을 했기에 그 존재를 완전히 까먹고 있었다.

지금 떠올려 보면 입학을 관리하는 사람도 추천장에 대해선 별로 중요치 않게 다뤘던 것 같기도 하다.

"이 추천장, 누구한테 받은 거야?"

"북대륙의 람다멘에 있는 삼류 아카데미에서 받았어요. 거기에 있던 노마법사가 써 준 겁니다."

"……."

로자는 미간을 찌푸린다.

"그 노인의 이름은 알아?"

"지금은 좀 기억이 안 나네요. 그 추천장에 쓰여 있지 않나요?"

"맞아, 쓰여 있어. 히버트 크로스넬이라고."

"맞아요! 그런 이름이었어요. 근데 그게 왜요?"

"너……. 히버트 크로스넬이라는 이름을 듣고도 아무런 느낌이 없어?"

"뭔가 대단한 사람이기라도 합니까?"

"그야 대단하지! 그도 그럴 게……."

이어지는 말에 그제야 나에게 던전의 역사를 읽게 하는 기묘한 마법을 시전한 자의 정체를 알게 됐다.

"대현자 반달린이 사용하던 이름이니까."

순간 머리를 강타당한 것 같은 착각이 들었다.

"대현자 반달린……!"

사람들에겐 구원이동을 전수한 위대한 현자이자 인간으로 알려져 있지만, 최근에 나는 다른 사실을 듣게 됐다.

그 반달린이란 자는 사실 신의 권능을 이어받은 드래곤이라는 걸.

'그렇담 그 노인이 설마……!'

그 노인이 반달린이었다고 하면 모든 게 수긍이 갔다.

나는 그에게 속성을 확인해 달라 부탁하며 그가 거는 모든 마법에 동의를 했으니까.

그 과정에서 내게 던전의 역사를 읽을 수 있는 기묘한 마법을 걸었다 해도 이상하지 않다.

'그렇담 내가 왕립 아카데미에 온 것도, 리노아와 로자를 만나 입학한 것도 전부 그의 인도였다는 건가? ……아니야, 그건 너무 비약이야.'

당시 반달린은 내게 말했다. 어떤 아카데미에 가도 좋으니 연맹 아카데미에만은 가지 말아 달라고.

그건 즉, 미래의 일은 그조차 확신할 수 없었다는 거다.

'무슨 목적으로 내게 이런 짓을 한 건지 아직 확실하게 알 수는 없지만……'

반달린이 나를 처음부터 주목하고 있었다는 건 분명하다. 내가 알트론의 계시에 나오는 인물이라는 걸 그 또한 알고 있던 거겠지.

"감쪽같이 움직이고 있었구만."

내 태도에 로자는 고개를 절레절레 흔든다.

"역시 알고서 그랬던 거구나. 아카데미에 입학하기 위해서 허위 추천장을 쓴 거였어. 당시 서류를 접수하던 사람이 제대로 확인을 했다면, 넌 시험조차 치르지 못했을 거야. 뭐, 이제 와서 문제가 될 것 같지는 않지만……. 그러니 이 추천장의 일은 내가 덮어 둘게."

"아뇨, 그럴 필요 없어요. 그도 그럴 게, 그건 진짜이니까."

"……뭐?"

"그 추천장은 반달린에게서 직접 받은 거라고요."

"그런 농담은 재미없는데?"

"농담이 아닌데요."

"그, 그럼 정말로 반달린을 만났다고? 말도 안 돼, 그는 수백 년 전의 사람이야!"

"그럼 사람이 아닌 거겠죠."

이해하지 못하고 있는 로자를 놔두고 알현실을 나오자, 소피아가 나를 기다리고 있었다. 마강석에 대한 연구를 의뢰하고 오는 길인 모양이다.

"웨이드, 던전 토벌 현황에 대해 얘기하고 싶은 게 있어요."

소피아가 앞장선 곳은 던전 토벌을 총괄하는 지휘실이었다.

그곳으로 첩보원들이 눈코 뜰 새 없이 정보를 전달하고 있었다.

"융드리움의 포탑에 대한 토벌 실패! 구원이동 주문서의 개수가 여덟 개 줄었음을 아룁니다!"

"하늘의 왕자에 대한 토벌 실패! 그리폰들이 늪지의 요람으로 거처를 옮겼다고 합니다! 구원이동 주문서의 개수가 일곱 개 줄었음을 아룁니다!"

딱히 낭보가 없는 듯, 지휘실 사람들의 표정이 어두웠다.

"설마⋯⋯."

"그 설마가 맞아요. 상위 던전 토벌을 진행했던 23곳의 무리 중, 성공한 건 당신과 다른 다섯 곳밖에 없었어요. 나머지는 토벌 도중 중단했거나 전멸을 당했어요. 그로 인해 구원이동 주문서의 개수가 빠르게 줄어들고 말았고요."

던전 토벌의 핵심은 구원이동 주문서의 확보였다.

구원이동 주문서가 바닥나면 정말로 목숨을 걸고 던전 토벌을 진행해야 하기 때문이다. 그로 인한 무게감은 상상을 초월한다.

우리가 공략한 생사결이 그랬다.

구원이동 주문서가 없이 갔다면 애쉬, 엘레나, 루크레치아
는 사망했을 거란 뜻이니까.

만약 내가 그 죽음을 눈앞에서 봤다면, 일리야 스승과 그
오크의 마지막 대결도 절대 그냥 지켜보지 않았을 것이다.

이후의 충격도 작지 않았겠지.

"남은 구원이동 주문서의 숫자는 얼마나 되죠?"

"782장이에요. 여기서 이번에 새로이 2백 장을 지급해야
하니, 582장이 남은 셈이죠."

"구원이동 마법사들이 주문서를 만드는 데 걸리는 시간은요?"

"하루에 13장이에요."

"심각하네요."

3일 만에 2백 장이 나갔는데 생성된 건 39장에 불과하다.
버틸 수 있는 건 기껏해야 한 달인 셈.

"그러니 정예 전력의 인원을 재편하려고 해요."

"내 가신들은 빼 주세요. 어중이떠중이들에게 내 가신들
을 지휘하게끔 두고 싶지 않으니까."

"마음은 이해하겠는데요…… 당신을 비롯해서 당신 가신
들의 유능함은 그대로 두기 아까워요. 차출하는 방식으로 몇
명 정도는 지원을 해 줬으면 해요."

"……."

"생사결을 토벌할 때도 일곱 명 이외에는 전부 저택에 있었잖아요? 너무 아깝다고 생각하지 않아요?"

"그렇게 생각하지 않습니다. 우리에게 주어진 일은 완벽하게 해냈거든요."

내 고집이 완고하자 소피아는 못 말리겠다며 한숨을 쉰다.

"그럼 몇몇 사람만 차출이 가능한 걸로 하죠. 제가 생각한 건 이 정도거든요."

소피아가 말한 인물은 일리야 스승, 애쉬, 루크레치아, 엘레나, 귄터까지 다섯이었다.

나는 애매하게 고개를 흔들었다.

"루크레치아와 엘레나는 안 돼요. 다른 곳에 보내기엔 불안한 면이 많거든요. 다른 셋은 괜찮을 것 같기도 하지만……. 좋습니다. 그들의 경우엔 일이 없을 땐 차출을 해도 괜찮아요. 대신, 그들이 반드시 무리의 지휘관이어야 합니다."

"알겠어요. 그들이 가르친 아카데미 학생들 위주로 편성해 위험성이 낮은 중소 던전을 토벌하게끔 할게요."

"그리고 반드시 둘에겐 구원이동 주문서를 배급해 줘요. 아무리 위험성이 낮은 던전이라 하더라도."

"하여간 가신들에 대한 과보호가 심하군요. 그게 당신답긴 하지만."

이번 생사결 토벌을 통해 나는 던전에 대한 경각심을 부쩍 높인 상태였다.

그도 당연하다. 던전의 우두머리가 일리야 스승과 맞먹을 정도의 강자였으니까.

다음 타깃인 늪지의 요람도 결코 쉽지 않을 거라 생각했다.

늪지의 요람에 대한 토벌 일정은 차일피일 미뤄지고 있었다.

이 늪지의 요람이란 던전의 특성 때문이었다.

이곳은 주변 던전을 종속시키는 성질을 가지고 있었다. 다른 던전을 수족처럼 부리는 것이다.

그렇기에 던전 토벌 인원이 미지수였다.

늪지의 요람이 다른 던전을 얼마만큼 흡수했느냐에 따라 위험성이 달라지기 때문이다.

늪지의 요람 하나만 존재할 경우엔 위험도 1급으로 상위 던전 중 하나에 불과했으나, 던전을 충분히 흡수할 경우엔 10대 던전과 맞먹는 특급으로 책정이 된다고 한다.

현재는 가스파르를 비롯한 첩보원들이 정보를 모으는 과정이었기에 토벌 일정이 정해지지 않았다.

나는 그 짧은 시간을 이용해 쉬고 있었다. 그러지 않고서야 쉴 시간이 없었으니까.

"아우!"

찰싹, 찰싹! 류나는 쌍둥이들을 두들기며 놀고 있었다. 딱히 적의가 있는 건 아니고, 류나 나름대로 동생들과 놀아 주고 있는 것이었다.

쌍둥이들도 울지 않고 꺄꺄거리고 있는 걸 보면 아기들만의 커뮤니케이션이 있는 모양이다.

에오니아는 흐뭇하게 그 모습을 지켜보고 있었다. 유미르는 류나가 선을 넘으면 언제라도 낚아채기 위해 준비하고 있다.

"쌍둥이들은 아직도 조그마하네."

내 말에 유미르는 걱정할 필요 없다며 고개를 흔든다.

"류나의 성장이 가파른 것뿐이에요. 어머님께 들으니 에르니와 에드도 정상적인 성장 속도라고 해요."

"어? 이제야 어머니를 어머니라고 부르게 됐구나."

"……어흠!"

"하핫, 어머니는 엄청 우셨겠네."

"예, 저를 부둥켜안고 우셨습니다. 드디어 어머니라 불러 준다고…….."

"그 얘기를 자세히 듣고 싶은걸. 오늘 밤에 내 방에 와 줄래?"

"예, 류나를 재우고 가겠습니다."

침착한 목소리와 달리 꼬리는 세차게 흔들리고 있다.

에오는 '헛!?' 하며 내게 무언가를 원하는 듯한 시선을 보낸다.

"그래, 에오도 와. 쌍둥이들은 어머니에게 맡겨 두고."

그렇게 오붓한 시간을 보내고 있을 때였다.

똑똑! 간결한 노크 소리와 함께 에스텔이 모습을 드러냈다.

"알스 님, 드디어 그걸 완성했어요!"

"그거라니?"

"제 혈석이요!"

아티클과의 전쟁 이후 본격적으로 혈마법을 익히기 시작한 그녀는 단 1년여 만에 혈석을 만드는 데 성공했다.

그게 어느 정도 수준인지는 모르겠으나 성취감에 찬 표정을 보면 쉽지 않은 일이었음은 분명했다.

"여기에 추적 마법을 걸면 아버지가 어디 있는지를 알 수 있다고 하셨죠?"

"그렇긴 한데, 추적 마법을 사용하는 엘리엇과는 연락이 끊기고 말았거든."

그건 쥬라스가 오기 전의 일이었다.

우리 왕국이 연맹의 마정석 창고를 습격한 사실을 알게 된 엘리엇은 나와 왕국을 강하게 비난하며 연락을 끊어 버렸다.

도로시가 달래 보겠다며 맡겨 달라 했으나 아직까지 마땅한 소식은 들려오지 않았다.

그 도로시조차 대혼돈이 벌어진 이후엔 연락이 끊겼으니, 나로서도 걱정이 이만저만이 아니었다.

"추적 마법……."

에오니아는 그렇게 중얼거리더니 내게 말한다.

"그렇담 엘프들의 섬에 가 보시는 건 어떠신가요? 엘프의 장로들은 다양한 마법을 알고 있다고 들었어요. 국모님도 그렇고요."

"하기야. 에오 너의 기억을 봉인한 마법도 그렇고, 마법 실력이 상당했지."

심지어 국모는 드래곤이다. 엘리엇과 동등한 수준의 추적 마법을 구사할 수 있다고 해도 이상하지 않았다.

반달린에 관한 걸 물어보고 싶기도 했고.

"그럼 이번엔 에오니아 너도 같이 갈래? 이젠 딱히 눈치를 볼 필요가 없으니까."

"예! 수행하겠습니다!"

마침 동부의 항구도시가 복구된 시점이었기에 딱 좋은 타이밍이었다.

나는 에오와 에스텔만 데리고 엘프들의 섬에 가려 했으나, 바이언에 머무르고 있는 엘프 마르가리타가 그런 제안을 해왔다.

쌍둥이를 데려가는 게 어떻냐는 것이다.

듣자니 엘프들의 아이들은 태어난 뒤 자연의 축복이라는 것을 받는다고 한다.

주술적인 의미만 있는 게 아니라, 실제로도 효과가 있는 좋은 축복이라고 하니 아이들에게 그것을 받게 하고 싶었다.

겸사겸사 류나도 받을 수 있을까 하여 아기들 셋 모두 데려가기로 했다.

그렇게 인원은 유미르, 나, 에스텔, 에오니아가 되었다.

에리나는 소외되고 싶지 않은지 따라가고 싶다고 했으나, 격무에 시달리던 로자가 고열로 쓰러진 탓에 그녀를 간병하고자 남을 수밖에 없었다.

"출항하겠습니다!"

엘프들의 섬으로 가는 배는 튼튼한 군함이었다. 혹여나 섬에서 발생한 몬스터들의 습격을 대비하기 위함이었다.

엘프들의 섬을 경유하여 남대륙과의 연락망을 구축해야 했기에 배에는 국가의 정보원들이 대거 탑승하고 있었다.

섬까지 도착하는 데 걸린 시간은 길지 않았다. 미리 연락을 해 놓은 덕에 우리는 결계에 걸리지 않고 섬에 도착할 수 있었다.

"이곳이 엘프들의 섬……!"

나무가 빼곡하게 선 섬의 모습에 에스텔은 감탄을 금치 못한다.

류나도 신비한 광경에 손을 휘적이며 기뻐했다.

우리는 곧장 중앙 섬으로 이동했다.

나는 알트론에 대한 알현 신청을 한 뒤, 카일룸과 인사를 나눴다.

"오랜만입니다, 알스 일라인."

전에 왔을 땐 여러 절차적인 문제로 얘기를 나누지 못했지만 이번엔 달랐다.

엘프들의 국부가 된 그는 인자한 미소를 지으며 우리를 맞이해 주었다.

"미라벨 님도 어서 오십시오."

"예에……."

에오는 애매한 태도였다. 그야 그녀의 입장에서 카일룸은 기억을 잃은 자신을 교묘히 이용하려던 자였으니까.

카일룸은 충분히 이해한다며 본인 스스로 에오와 거리를 두었다.

"외부는 혼란한 상태라고 들었습니다만, 상황이 어떻습니까?"

"썩 좋지는 않습니다. 구원이동의 혜택을 받지 못하는 하위 모험가들이 계속해서 죽어 나가고 있고, 구원이동 주문서를 사용하는 정예 전력들도 던전의 막강함에 애를 먹고 있고요."

"흠, 그렇담 우리가 조금은 도움을 드릴 수 있을 것 같군요. 그것 때문에 방문하신 것도 있겠죠."

사실 이번 여정의 목적 중에 엘프들에게 구원이동 주문서를 원조받기 위함도 있었다.

카일룸이 말한다.

"우리 섬은 본디 던전의 위협에서 자유롭기 때문에 구원이동 주문서를 전략적으로 비축하지는 않았습니다. 다만, 역사가 깊기 때문에 저장된 양은 충분하죠. 수호대의 엘프들이 매일 사용해도 모자라지 않을 정도죠."

그러고 보니 이전에 이곳에서 엘레나와 대결을 벌였을 때가 떠올랐다. 당시 그녀는 구원이동 주문서를 사용하고 있던 덕에 내게서 죽지 않을 수 있었다.

당시엔 뭔가 위기 감지라도 해서 구원이동 주문서를 사용했겠거니 했지만, 그게 아니라 그냥 그게 매뉴얼이었던 거다.

구원이동 주문서는 충분하니 서슴없이 사용을 했던 것.

"창고에 있던 것을 합치면 대략 3천 장의 구원이동 주문서가 있습니다. 전략적으로 생산을 시작하면 하루에 일곱 장 정도를 만들 수 있죠."

"3천 장!"

이거라면 반년은 버틸 수 있다.

카일룸은 씨익 웃는다.

"이걸로 그대에게 진 빚을 갚을 수 있다고 하면 얼마든지 드리도록 하지요."

"빚이라뇨, 그거라면 오히려 제가 갚아야죠."

"아닙니다, 우리가 개국의 준비에 들어간 시점에서 이미 당신은 많은 것을 해 준 것이에요."

"하하, 말이라도 고맙습니다."

"그런데……."

카일룸은 아기들에게 시선을 돌렸다.

"당신의 아이인가요?"

"그렇습니다."

"그렇담 거기 있는 두 명의 아기가 당신과 미라벨 님의 자식이라는 거군요."

"예, 여자아이가 에르니, 남자아이가 에드워드입니다."

"……자, 잠깐만요. 남자아이라고요?"

그의 표정이 심각해진다.

"미, 미라벨 님의 아이가 정말 맞는 겁니까?"

"무슨 문제라도 있습니까?"

"그야……. 미라벨의 핏줄에선 남자아이가 태어나질 않는다고 알고 있거든요."

"……예?"

그게 무슨 뚱딴지같은 소리란 말인가.

"그렇기에 쿠라벨 성국에 발키리가 이어질 수 있었던 겁니다."

"설마하니 발키리란 건 여성만이 가질 수 있는 칭호인 겁니까?"

"그렇습니다. 정말 놀랍군요. 미라벨의 핏줄에서 남자아이가 나오다니! 당장 장로들과 얘기를 나눠 봐야겠습니다."

유난히 호들갑을 떠는 카일룸.

미라벨의 핏줄에 대해선 엘레나에게도 들은 게 있다.

무예에 능통한 핏줄이라고.

'하지만 여성밖에 나오지 않았다고 하면…….'

철저한 모계 가문이었다는 뜻이 된다.

모계 가문은 당연하게도 대를 잇기가 어렵다. 부계 가문은 후대를 두기가 쉽지만, 모계 가문은 여성에게 문제가 생기기라도 하면 그대로 대가 끊기기 때문이다.

그렇기에 엘프들의 섬에 남았던 미라벨 가문은 멸문했다.

유일하게 남은 건 중앙 대륙으로 이주했던 미라벨 가문.

이곳의 미라벨 가문은 인간 친화적으로, 대대로 인간인 쿠라벨의 왕족과 관계를 하여 자식을 낳았는데, 그게 쿠라벨을 수호하는 발키리였다.

"에오, 너는 뭐 들은 거 없어?"

"없습니다. 제 어머니는 저를 낳고 얼마 지나지 않아 돌아가셨으니까요."

에오는 불안한 듯 아기들을 꼭 끌어안았다.

쌍둥이들은 그게 불편했는지 울기 시작했다.

그사이 엘프의 장로 수십 명이 심각한 표정을 한 채 나타났다.

다음 권으로 이어집니다